Die Welt um Albert, einen deutschen Aussteiger, ist geschrumpft, seit er im Irak entführt wurde. Sie besteht nur noch aus dem, was der Zwischenraum zwischen den roh gezimmerten und doch unüberwindlichen Holzlatten des Verschlags zeigt, in den seine Entführer ihn eingeschlossen haben. Nie hätte er sich ausmalen können, wie sich das anfühlt: die Angst, gefesselt in einem Stall zu verrecken, umschwirrt von Fliegen, getrennt von seinem Übersetzer Osama, seiner Brücke in die fremde Kultur. Längst ist Osama, ein Einheimischer, der aus einer liberalen Familie stammt, zum Freund geworden. In der Gefangenschaft, der Willkür ihrer Entführer ausgesetzt, die sie mal getrennt, mal zusammen, von Ort zu Ort schleppen, begannen sie zu reden: über den Hass zwischen den Kulturen, der mit dem Denken beginnt, und über ihre eigenen Leben. Reden ist das einzige, was ihnen bleibt am vielleicht letzten Ort ihres Lebens, an dem das Leben der anderen weiter geht, als wäre nichts geschehen.
Sherko Fatah erzählt die Entführung von Albert und Osama als atemberaubenden literarischen Thriller und sensibles Psychogramm beider Figuren. Beide geraten in der aussichtslosen Situation an ihre Grenzen und verlieren sich in ihrer eigenen Angst und im wachsenden Misstrauen gegen den anderen. Als ihnen die Flucht gelingt, ist zwischen ihnen nichts mehr wie zuvor.

SHERKO FATAH wurde 1964 in Ost-Berlin als Sohn eines irakischen Kurden und einer Deutschen geboren. Er wuchs in der DDR auf und siedelte 1975 mit seiner Familie über Wien nach West-Berlin über. Er studierte Philosophie und Kunstgeschichte. Für sein erzählerisches Werk hat er zahlreiche Auszeichnungen erhalten, zuletzt den Großer Kunstpreis Berlin der Akademie der Künste und den Adelbert-von-Chamisso-Preis 2015, außerdem den Aspekte-Literaturpreis für den Roman »Im Grenzland«. Er wurde mehrfach für den Preis der Leipziger Buchmesse (2008 mit »Das dunkle Schiff«, 2012 mit »Ein weißes Land«) nominiert und mit »Das dunkle Schiff« auf die Shortlist des Deutschen Buchpreises 2008 gewählt.

Sherko Fatah

Der letzte Ort

Roman

btb

Der Verlag weist ausdrücklich darauf hin, dass im Text
enthaltene externe Links vom Verlag nur bis zum Zeitpunkt
der Buchveröffentlichung eingesehen werden konnten.
Auf spätere Veränderungen hat der Verlag keinerlei Einfluss.
Eine Haftung des Verlags ist daher ausgeschlossen.

Verlagsgruppe Random House FSC® N001967

1. Auflage
Genehmigte Taschenbuchausgabe Mai 2016
Copyright © 2014 by Luchterhand Literaturverlag
in der Verlagsgruppe Random House GmbH,
Neumarkter Straße 28, 81673 München
Umschlaggestaltung: semper smile, München
nach einem Umschlagentwurf von buxdesign, München unter
Verwendung eines Motivs von © photolibrary/Getty Images
Druck und Einband: GGP Media GmbH, Pößneck
SK · Herstellung: sc
Printed in Germany
ISBN 978-3-442-71387-5

www.btb-verlag.de
www.facebook.com/btbverlag
Besuchen Sie auch unseren LiteraturBlog www.transatlantik.de!

Der Verschlag

»Was siehst du?«, flüsterte Albert, zog den Kopf zurück und setzte, etwas lauter, noch einmal an: »Was siehst du?«

Er leckte sich die trockenen Lippen und wischte an der Wand entlang den Schweiß von seiner Stirn. Der Gedanke, der armselige Ausblick durch zwei roh gezimmerte Holzlatten könnte sein letzter Eindruck von der Außenwelt sein, ängstigte ihn nicht nur, er amüsierte ihn zugleich. Dieser Flecken im Nirgendwo würde schon allein durch seine Bedeutungslosigkeit alles, was ihm bevorstand, lächerlich wirken lassen. Ich werde in einem Stall verrecken inmitten von Bauern und Kameltreibern, umschwirrt von Fliegen und mit dieser herrschsüchtigen Sonne über mir, deren Strahlung ein Gewicht zu haben scheint, unter dem das Holz des Schuppens ächzt.

Er näherte das Gesicht wieder dem Spalt, kniff das linke Auge zusammen und blinzelte hinaus. Auf dem gelblichen Erdboden war wie aufgemalt ein blasser Pfad zu erkennen. Eigentlich nichts weiter als eine Spur nackter Füße und doch schien er Albert in diesem Augenblick so absichtsvoll gerade, als hätte ihn jemand angelegt.

»Was siehst du? Präge dir alles genau ein.« Er bemerkte, wie seine eigenen Worte ihn beruhigten und entschied sich weiterzusprechen: »Lass dich von diesen Hungerleidern nicht einschüchtern. Sie sind nicht deine Feinde, sie wissen nur nichts von dir. Sie wollen Geld und vielleicht noch etwas anderes, worüber sie nicht reden. Aber all das hat nichts mit dir zu tun. Du schaust dich um wie immer, prägst dir ein, was du siehst, und wirst davon berichten, wem und wann auch immer, so präzise wie möglich.«

Sein Auge tränte und der Staub ließ ihn husten.

Er kniete nieder und lehnte den Oberkörper zurück. Jetzt begannen die Fesseln zu scheuern, die Blutarmut lähmte seine Hände. Er bewegte die Finger, stellte sich vor, einen Fahrradlenker zu halten – und plötzlich verließ ihn der Mut. Er ließ sich auf die Seite fallen, wobei die Hände an den Fesseln zerrten. Er stöhnte, blickte unruhig im Verschlag umher, robbte auf die Blechschale zu, die sie ihm dagelassen hatten. Er schob sein Kinn hinein, nur um festzustellen, dass sie leer war.

»Das wusstest du, und doch hast du nachgeschaut.«

Er schüttelte den Kopf über sich selbst und schob mit der gleichen Bewegung die Blechschale von sich. Draußen war das Gemecker von Ziegen zu hören, von fernher wurden menschliche Stimmen herangeweht. Das einfallende Licht veränderte sich, Albert döste vor sich hin. Wie leicht sie es sich gemacht haben, dachte er, einen wertvollen Gefangenen einfach nur zu fesseln und in einen leeren Schuppen zu sperren. Nichts daran wirkte vorbereitet oder gar geplant. Sie improvisieren, dachte er und fragte sich, ob das ein gutes Zeichen sei. Der Ruf des Muezzins lenkte ihn ab. Er dachte an die Stadt, die wieder so weit entfernt zu sein schien wie bei seiner Anreise.

Er fuhr auf einer der endlosen Landstraßen durch das staubtrockene Land. Ununterscheidbare Dornensträucher wuchsen am Weg und zuweilen, inmitten von Hügelrücken aus Sand und Geröll, entdeckte er Reste steinerner Gebäude, die aussahen wie zertreten. Er verspürte keinerlei Bedürfnis nach Zwischenstopps in halb verlassenen Dörfern mit Hütten, an denen im beständigen Wind immer etwas flatterte, als würden sie ganz aus dunklen Stofffetzen bestehen, die sich gerade jetzt, als sie daran vorbeifuhren, an den Nähten voneinander lösten. Dennoch blieb ihm nichts übrig, als jede dieser Rasten durchzustehen und die durch das Wagenfenster gekaufte warme Cola in sich hineinzuschütten. Er hielt die Augen halb geschlossen, ruhte sie aus für den zu erwartenden, aber immer wieder unglaublichen Anblick der Kamelkarawanen, die mit der gleichmütigsten aller Bewegungen in Dunstschleier trotteten, um darin zu verblassen.

Albert atmete gleichmäßig. Möglicherweise war er bereits versöhnt mit den Mühen, der Hitze und dem unaufhörlich auf das Armaturenbrett schlagenden Rosenkranz, den der Taxifahrer ab und an beiläufig berührte. Vor der Weite der Wüstenlandschaft zogen die klaren Bilder ausgedachter Situationen an Albert vorbei, als würde diese leere Landschaft sie aus ihm herausziehen und sich damit beleben.

Er dachte über seine Gründe für diese Reise nach und vergaß dabei auch das Zittern nicht. Er war keiner von denen, die dem Tod noch entgegenlaufen, die in Felsgraten hängen und in Todeszonen campieren, um schließlich mit abgefrorenen Zehen heimzukehren und Unternehmensberater zu werden. Diese unpoetische, auf den Schmerz und die Kraft, ihn zu ertragen fixierte Abenteuerlust war ihm fremd.

»Den Leuten fehlt ein Krieg oder wenigstens die Erfahrung der Armut«, flüsterte er, und seine eigene Bitterkeit erinnerte ihn an die seines Vaters. Dabei hatte er für Selbstzweifel kaum Zeit. Was mir noch bleibt, dachte er, ist ein Blick auf Leben und Leiden der anderen, all dieser ungeschützten, leicht fortzuwehenden Menschen, die in ihren Gewändern, in ihren Hütten, auf Höfen und Straßen, Eselskarren und Lastwagen eingesenkt wirken in etwas Größeres wie Romanfiguren in eine Geschichte, ohne die sie keine Bedeutung haben. Und doch, zwischen den von Sandschwaden umzingelten Marktflecken, in denen die Hammel und Rinder mit sandverklebten, tränenden Augen auf ihre Schlächter warteten, war da noch die Erinnerung an etwas anderes. Sie suchte ihn in klaren Bildern heim, und er bemühte sich, ihr zu entgehen, indem er näher an das fleckenübersäte Fenster des Taxis rückte.

Um ihn begann die Wüste. Erst bei der dritten Pinkelpause wurde ihm das klar, als der Fahrer mit einem Lächeln im Fünftagebart in die Ferne wies und dabei einen Laut wie »Hey« von sich gab. Vielleicht hatte er sich nur lockern wollen, jedenfalls war dort, wo er hinzeigte, nichts außer einem lachhaften Windhöschen, weder bedrohlich noch eindrucksvoll. Dahinter erstreckte sich gelbe, ein wenig ins Rötliche spielende Erde unter einem von Hitze gebleichten blassblauen Himmel. Fast schon verwehte Viehtreiberwege und die Kurven und Kehren der Landstraße, das war alles.

Im Grunde geht es mir nicht schlecht, sagte er sich mit einem Blick auf seine Hände. Wenn nur diese Fesseln nicht wären. Er rekapitulierte, was er über das Land wusste. Die meisten Entführer waren auf Geld aus, jedenfalls im Norden. Hier, in der südlichen Region, lagen die Dinge etwas anders: Das ganze Gebiet wimmelte von religiösen Fanatikern, selbsternannten Propheten, Tribunen und Heerführern. Man hatte ihn gewarnt vor einem »irrationalen Land«, in dem zuweilen keine Regeln galten. Überhaupt war jedem, der von seinem Vorhaben, hierher zu reisen, hörte, die Furcht anzusehen. Religiöser Fanatismus ist für uns etwas wie wiederauferstandenes Mittelalter, dachte Albert.

Er erinnerte sich an eine der vielen abschätzigen Äußerungen seines Vaters Anfang der neunziger Jahre, als dieser sich noch immer nicht erholt hatte von dem Sturz ins Leere, den der Fall des Eisernen Vorhangs für ihn wie für so viele seinesgleichen bedeutete. Er kommentierte damals Fernsehbilder aus Russland. Orthodoxe Würdenträger schritten segnend eine Dorfstraße ab. Alte Männer, Mütterchen mit bunten Kopftüchern und sogar Kinder starrten die märchenhaft verkleideten Gestalten ehrfurchtsvoll an. Die Holzhütten im Hintergrund sahen aus wie von der sich überstürzenden Geschichte vergessen.

»Da sind sie wieder, die alten Weihnachtsmänner«, sagte sein Vater. »Als wäre nichts geschehen steigen sie aus der Mottenkiste. Gleich nach ihnen werden die Kulaken kommen und am Ende, wenn alles verteilt worden ist, die Faschisten. Das ist der Fortschritt, wie sie ihn sich wünschen.«

Diese Haltung wäre verständlich gewesen, wenn sie nicht jeden durch einen Abgrund getrennt hätte von eben der Weltgegend, für die er, Albert, schon immer ein Interesse gehegt hatte. Ich muss mir da noch auf die Spur kommen, dachte er schwer atmend, um sich gleich darauf selbst zu belächeln. Sie werden mir vielleicht vor laufender Kamera den Kopf abschneiden, dachte er, und doch tut dieser Kopf nichts anderes als sonst auch: grübeln.

Nicht weit von ihm entfernt war der festgestampfte Lehmboden aufgebrochen, als hätte ein Hund dort gewühlt. Genau auf diese Stelle fiel sein Blick. Etwas begann sich dort zu bewegen. Ächzend kroch Albert näher heran, um im Dämmerlicht zwei kleine Klauen zu sehen, die sich allmählich aus dem Boden hervorarbeiteten. Mit stoßartigen Bewegungen befreite sich ein Skorpion von der Erde, sechs Beine schoben ihn voran, und Albert wartete gespannt, bis er seinen mächtigen, dornbewehrten Schwanz in die Höhe gehoben hatte. Im Aufstehen trat er auf das Tier und zerquetschte es. Er fühlte nichts als Ekel und erinnerte sich im selben Moment an eine Begebenheit, die ihn vor Jahren aufgewühlt hatte. Seine Schwester Mila hatte ihm einen toten Skorpion geschenkt, auf dem Trödelmarkt für wenig Geld erstanden. Bei seinem Anblick habe sie sofort an ihn, Albert, gedacht. Selbst in seiner Plexiglasbox wirkte das Insekt gefährlich, gelblichbraun mit einem langen, an den Boden der Box geklebten Schwanz. Er stellte das Gefäß aufrecht in sein Regal und betrachtete das tote Wesen oft. Jedes Mal erfüllte ihn dieses versiegelte Stück Wüste mit Abscheu und Faszination zugleich.

Bis zu jenem Morgen, an dem die Box leer war. Erst nachdem er sich darüber klar geworden war, dass ihm niemand einen Streich gespielt haben konnte, durchfuhr ihn der Schrecken. Er suchte hinter Büchern und auf dem Boden nach dem Skorpion, schließlich sogar in den Zimmerecken und unter seinem Bett. Es schien ihm unmöglich, sich in dieses Bett zu legen, bevor er das Insekt gefunden hatte. Doch der Skorpion blieb verschwunden. Viele Male nahm er die leere Box vom Regal und betrachtete sie genau. Sie war intakt, niemand hatte sie geöffnet. Er fand keine Lösung, betrachtete die wenigen zurückgebliebenen Sandkörner und redete sich ein, der Skorpion habe sich in diese winzigen Reste der Wüste zurückgezogen.

Unvermittelt wie bei einem Anfall spürte Albert das Vergehen der Zeit. Plötzlich schien sich der Verschlag zu verdunkeln, die abgewetzten Holzlatten und der süßlich sauer riechende Boden umgaben ihn nicht mehr nur, sondern zwängten ihn ein.

Albert erhob sich und tat ein paar Schritte durch den winzigen Raum. Er ging zur Tür und wieder zurück zu seinem Aussichtspunkt, dann in die andere Richtung und schließlich im Kreis. Dabei achtete er auf die leichten Schmerzen im Rücken und in den Oberschenkeln, versuchte auszumachen, wie stark ihn die Entführung mitgenommen hatte.

Als er am Rande der Marktstraße aus dem klimatisierten Toyota 4Runner gestiegen war, hatte er die überwältigende Hitze und das grelle Mittagslicht für einen Moment mit geschlossenen Augen in sich aufnehmen wollen. Er nahm einen ersten tiefen Atemzug außerhalb des Autos, als der Stoß ihn traf und gegen die noch geöffnete Wagentür warf. Albert riss die Augen auf und erblickte eine abgerissene Gestalt über sich. Anfangs war er überzeugt, dass es sich um einen Raubüberfall handelte. Doch Osama, sein Übersetzer, war auf der anderen Seite des Wagens ausgestiegen und näherte sich so heftig fluchend und schreiend dieser Bettlergestalt, dass Albert realisieren musste, was er bis dahin für unmöglich hatte halten wollen. Derweil setzte ihm sein Angreifer den Fuß auf die Brust und drückte ihn gegen die Wagentür.

Als Osama bei ihnen war, umstanden ihn plötzlich vier andere Lumpengestalten, eine von ihnen hielt ihr Gesicht hinter grobem, gerafftem Sackstoff verborgen. Als der stinkende Baumwollsack über ihn fiel, glaubte Albert ersticken zu müssen. Das war alles, was er bislang an Misshandlung erfahren hatte, sah man von den Schlägen ab, die er im Dunkel des Sackes einstecken musste, damit er den Kopf auf der Rückbank unten hielt.

Sie waren sehr lange gefahren, daran erinnerte er sich, und auch daran, wie sehr er Osama vermisste, der bis dahin nicht nur sein Ohr und seine Stimme in dieser Fremde gewesen war, sondern auch das vertraute, freundliche Gesicht des Landes. Nun war es fort.

Albert seufzte und ließ sich in der Nähe seines Gucklochs nieder. Was mochten sie mit Osama getan haben, fragte er sich. Hatten sie ihn dort zurückgelassen, auf offener Straße, im Dunst des Markttreibens, den misstrauischen und ängstlichen Blicken all der Passanten ausgesetzt, die um sie gewesen waren, von denen jedoch niemand eingriff oder auch nur die Stimme erhob? So sehr ich es mir auch einzureden versucht habe, dachte Albert, ich gehöre nicht zu ihnen, und ein Angriff auf mich verletzt hier niemandes Gefühl für die Ordnung, die im Alltag herrschen sollte.

Erst als sie am Wege hielten, ihn aussteigen ließen und ihn

zwangen, sich auszuziehen, wurde Albert endgültig klar, dass es sich um eine Entführung handeln musste. Eine Limousine raste vorbei. Für eine Sekunde glaubte Albert im Heckfenster einen schwarz vermummten Kopf zu erkennen. Er war sich nicht sicher, doch wenn ihn seine Vermutung nicht täuschte, dann konnte das nur Osama gewesen sein.

Er bekam Latschen, eine fleckige, zu große Stoffhose und ein graues Hemd. Seine Kleidung vergrub einer der Männer am Straßenrand. Lächelnd schulterte er danach den Klappspaten. Noch bevor sie ihm den Sack wieder über den Kopf zogen, ahnte Albert, was ihm bevorstand.

Durch die groben Maschen sah er das flirrende Licht im Wagen, bis die einsetzende Dämmerung es verschluckte. Aus dem Autoradio ertönten religiöse Gesänge, »Bismillah« vernahm er häufig, mal klang es feierlich, mal bittend, und immer rührte es ihn, als wäre es Ausdruck seiner eigenen Verzweiflung.

Die Tür zum Verschlag öffnete sich langsam. So vorsichtig schob jemand sie auf, als hätte er sich im Zimmer geirrt. Albert rührte sich nicht, hob nicht einmal den Kopf, starrte nur in die Richtung des Geräusches. Er war selbst überrascht von der plötzlichen Gelassenheit, mit der er auf diesen Besuch reagierte. Es machte ihn stolz, selbst in dieser Situation noch einen Rest Haltung bewahren zu können. Hätte er zuhause oder in der Sicherheit eines Hotelzimmers versucht, sich eine Vorstellung davon zu machen, dann hätte er sich sprachlos vor Angst und zitternd vor Erwartung gesehen. Jetzt aber wartete er nur, bis der Mann vor ihm hockte, das Gesicht mit dem Turbantuch bis unter die Augen verhüllt.

Albert erkannte ihn sofort; das war jener, der ihn auf dem Markt zu Boden gestoßen hatte. Er roch nach Schweiß und Rauch, die Haut um seine Augen schien von einer teerartigen Schicht überzogen, fast bedrohlich ragten seine dunklen Zehen unter den Gummiriemen der zusammengeflickten Sandalen hervor.

Der Mann fixierte ihn. Albert hielt dem bohrenden Blick stand. Was er in diesen Augen sah, verhieß nichts Gutes. Obwohl der andere kein Wort zu ihm gesprochen, nicht einmal seine vor den Knien verschränkten Hände bewegt hatte, wusste Albert, dass dieser ihn hasste. Es war nicht mehr als ein Gefühl, doch stieg es heftig, ja, schmerzhaft in ihm auf. Dieser Mann ist mein Feind, dachte er, er kennt mich nicht, hatte bis zu jenem Mittag auf dem Markt nie etwas von mir gehört, außer vielleicht von seinen Auftraggebern – und doch will er mich vernichten. Es lag etwas Trauriges in dieser Einsicht, eine Art Enttäuschung.

Wie um dem bösen Blick einer allgegenwärtigen Bedrohung zu entgehen, hatte er sich als wohlgesinnter, demütiger Fremder in diesem Land bewegt, peinlich darauf bedacht, keine Spur der Ungeduld und des Überdrusses zu zeigen, Anwandlungen, die er daheim nur selten vor anderen verbarg. Doch das Schicksal hatte sich nicht besänftigen lassen. Es hockte vor ihm und studierte ihn wie um zu entscheiden, was es als Nächstes mit ihm anstellen würde. Ich wollte Gutes tun. Albert hasste sich selbst für die Anbiederung. Es ist nur die scheißende Angst, die mir das eingibt, sagte er sich trotzig und wich dem Blick des Mannes aus.

Der erste Schlag kam völlig überraschend und ließ Alberts Kopf zur Seite fallen. Er blickte dem Mann wieder in die Augen, doch dieser versetzte ihm weitere Ohrfeigen, links, rechts, links. Albert fühlte die Hitze in seinem Gesicht und schnaufte vor Schmerz, obwohl die Schläge nicht sehr hart waren. Schließlich duckte er sich und kroch zur Seite davon, doch der andere folgte ihm und schlug ihn mit der flachen Hand auf Rücken und Hinterkopf. Albert ließ sich zur Seite fallen und krümmte sich. Aus dem Augenwinkel sah er das Tuch vor dem

Mund des Mannes sich rascher blähen; allmählich kam sein Angreifer außer Atem.

Einige Sekunden später hielt er inne, richtete sich auf und bewegte die Finger, um sie zu entspannen. Albert blieb, wo er war, und zwang sich zur Ruhe. Wieder und wieder rief er sich ins Bewusstsein, dass der Entführer sein Gesicht, wenn auch erst jetzt, verhüllt hatte und es deshalb für ihn, Albert, eine Zukunft gab, in der sein Peiniger von ihm nicht erkannt werden wollte. Auch wenn er mich quieken lässt wie ein Schwein, so wird er mich doch nicht töten. Er klammerte sich an diesen Gedanken bis zu dem Moment, in dem der Mann einen Dolch zückte und damit auf ihn losging.

Er stach nicht zu, stocherte mehr, Albert aber geriet in Panik. Er kroch über den Boden und quiekte nun tatsächlich jedes Mal, wenn ihn die Klinge traf und einen brennenden Schmerz auf seinem Rücken hinterließ. Er packte den noch unbenutzten Kotkübel, wälzte sich herum und hielt ihn in Richtung der nach seinem Rücken suchenden Klinge wie einen Schild. Der Mann lachte auf, ein junges Lachen, unbeschwert. Die Klinge pickte nach Alberts Bauch, den er gerade noch mit dem Eimer schützen konnte, dann sauste sie aufwärts, bedrohlich nah an seiner Nase vorbei.

So ging es eine Weile, bis ein Geräusch vom Eingang her zu ihnen drang, das Albert nicht einzuordnen wusste. Er wagte nicht, dort hinzuschauen, klammerte sich mit den gefesselten Händen nur weiter an den Eimer und erwartete den nächsten Stich. Sein Angreifer jedoch sah auf, wischte sich mit dem Handrücken über die Stirn und schüttelte leicht den Kopf. Erst als er sich entfernte, wandte Albert vorsichtig den Kopf und erblickte ein schneeweißes Lamm, das sich auf unsicheren Beinen in den Verschlag verirrt hatte.

Der Dolch war verschwunden, mit einem pfeifenden Atemzug breitete der Mann die Arme aus und jagte das Tier hinaus.

Gleich darauf war auch er selbst verschwunden wie er gekommen war, ohne ein Wort.

Albert stieß den Eimer von sich, wollte sich auf den Rücken drehen, doch der Schmerz ließ es nicht zu. Stöhnend wälzte er sich auf den Bauch und lauschte den sich entfernenden Schritten. Es waren nicht mehr die Schläge und Stiche, die ihn schluchzen ließen, es war das Gefühl der Verlorenheit. Niemand wird dich vermissen, dachte er, niemand wird nach dir suchen und wenn doch, dann erst, wenn es längst zu spät ist.

Minuten später warf er sich doch auf den Rücken, unterdrückte grunzend den Schmerz, schloss die Augen und wartete, bis er wieder klar denken konnte. Wenn du wissen willst, wie es möglich war, dass du hier endest, dann musst du dich erinnern, dachte er, es ist wichtig, sich zu konzentrieren.

Albert zählte seine Atemzüge und versuchte immer größere Abstände entstehen zu lassen. Ruhe ist wichtig, beschwor er sich, du musst zur Ruhe kommen. Und tatsächlich, mit dem allmählichen Abklingen des Schmerzes begann er sich zu entspannen. Zwar glaubte er kurz, vor Erschöpfung einzuschlafen, doch er blieb wach. So klar wie in diesem Augenblick hatte er schon lange nicht mehr über sich nachgedacht, stellte er fest und fragte sich verbittert, ob es wirklich notwendig war, dass jemand ihn mit einem Messer angriff, damit er in sich ging. Ich bin ein Nervenbündel, und es ist nicht die Angst, die mich so hat werden lassen. Ich war gehetzt, bevor ich hier ankam, auf das Meer blickte und gleich darauf den Unfall bei den Färbern erlebte.

Er drehte sich auf die Seite und verharrte in dieser Position. Der zerquetschte Skorpion lag noch immer dort, wo er ihn zertreten hatte, und als er ihn jetzt sah, wunderte er sich in all seiner Schwäche darüber, fähig gewesen zu sein, etwas zu töten.

Der Gedanke an seine Ankunft in dieser Region ging ihm

nicht aus dem Kopf. Vielleicht lag es an dem schäbigen Hotel in der Hafenstadt. Einerseits hatte ihn beim Anblick und Geruch dieses Gemäuers eine morbide Romantik ergriffen, andererseits konnte er sich dort kaum bewegen, so sehr war er damit beschäftigt, sich selbst und alles, was er besaß, sauber und unberührt zu halten.

Als er am späten Abend mit von der Tageshitze brennenden Augen über die Holztische der Hotelbar hinweg zu den offenen Fenstern geblickt hatte, war es ihm ganz egal, wo er saß – ob auf dem Bett im Hotelzimmer, nahe der mit einem Fahrradschloss gesicherten Tür oder auf einer der Mauern mit Sicht auf den Hafen, um noch einmal die vom großen Wind hingebreitete Spur der Sterne zu sehen, bevor er sich auch an sie gewöhnen würde.

Draußen vor den Fenstern eilten Gruppen von Männern vorüber. Er brauchte einige Zeit, um zu begreifen, dass sie, anders als sonst, rannten. Zu tief versunken war er in den Anblick eines ungewöhnlich hohen, knochig aussehenden Strauchs, den die Fledermäuse unablässig anflogen, um im letzten Moment auszuweichen.

Der Barmann, ein unermüdlicher Fliegentöter und Zigarettenvertilger, kam hinter der Theke hervor, räusperte sich mehrmals und ging zur Tür. Er riss sie auf und blickte in Laufrichtung der Männer. Der Strauch stand im Fenster wie aus dem Rahmen gewachsen. Selbst der Wind schien ihm auszuweichen, ein Wind, der ansonsten alles berührte und zu bewegen suchte, auch Albert, nachdem der Mann die Tür geöffnet hatte.

Er erhob sich. Kurz überlegte er noch, ob er das Teeglas mitnehmen sollte, ließ es dann aber. Der Mann machte den Weg frei, wies mit einem Zucken des bärtigen Kinns die Straße hinauf und wackelte mit dem Kopf.

Wo sich die lichtgefleckten Gassen von der Hauptstraße lösten wie Risse an einem Grabenrand, stand eine Art Scheune. In den Lücken zwischen den quer verlaufenden Brettern tanzten Menschen durch das eingesperrte Lampenlicht, Stimmen drangen heraus, erzeugten Laute, die nichts beschrieben, sondern etwas begleiteten.

Der Mann neben Albert nahm diese Laute unwillkürlich auf; da er sie so wenig verstand wie Albert, ahmte er sie leise und fast ängstlich nach. Albert bedeutete ihm zu warten, löste sich aus der Tür und ging zur Mitte der Straße.

Für Sekunden stand er unschlüssig da, seitwärts zum Geschehen und dem Strauch gegenüber, welcher, nun befreit vom Fensterrahmen, mit seinen vielen Fingerknochen in den Nachthimmel griff. Der Barmann ermahnte ihn mit einem Räuspern, das er zu einem beharrlichen Brummen in die Länge zog. Albert wandte sich in Richtung der Scheune und ging los.

Mit jedem Schritt wurden seine Zweifel stärker. Zwar war dieser düstere, wie aus Staub geformte Straßenzug nichts weiter als der Souk der Färber. Doch auch hier konnten sich, zumal bei Dunkelheit, schreckliche Dinge ereignen. Wozu das anschauen und eindringen lassen in seine selbst verordnete Beschaulichkeit?

Am Ort des Geschehens angekommen, stellte er erleichtert fest, dass sich die Leute nicht wie Fliegen um eine Wunde scharten, sondern Gassen bildeten, durch die sich jemand bewegte. Sie lachten, während sie wieder und wieder ihre Füße hoben, als bestünde Gefahr, am Boden kleben zu bleiben. Wie Kinder stießen sie einander, und einer, der auf den Stoßzähnen eines Hubwagens stand, wurde zu Fall gebracht.

Albert verharrte am Tor der einfachen Werkhalle, bemüht, zwischen den Hälsen und Schultern zu erkennen, wer da herauskam. Die Gestalten trugen merkwürdige Overalls. Eine von ihnen blieb stehen und drehte sich nach ihren Kameraden um. Im Lampen- und Laternenlicht erkannte Albert gerade noch, dass die Gestalt verfärbt war. Etwas hatte sich über sie ergossen, hatte Haare, Haut und Kleidung verklebt, bevor es den Boden erreichte. Albert sah nun die gelbe Schleppe, aus der der Mann herauswuchs. Wenn dieser auch unablässig an sich herumwischte, so konnte er doch nichts von der Farbe abtragen. Noch im Dunkel, inmitten der Beine von Schaulustigen, war jeder Zentimeter des Bodens erkennbar von giftigem Glanz überzogen.

Der Mann wartete, bis drei weitere Arbeiter, die wie er selbst aus einem einzigen gelben Stück gegossen schienen, zu ihm aufschlossen, und ging dann weiter. Als sich das Spalier der Gaffer schließlich auflöste, weil alle den Verfärbten folgten, wurde die Sicht auf die Straße wieder frei. Ein paar Meter weiter vor den Säulen eines uralten Handelshauses kauerten Mütter, die ihre Kinder in Decken gewickelt und dicht bei sich gelagert hatten. Sie versuchten kaum, der gelben Lache auszuweichen, die sich durch den Sand der Straße fraß und nicht haltmachen wollte vor Steinen, Strauchwurzeln, Gewandsäumen und Hosenböden.

Eine der Frauen bemerkte, dass Albert stehen geblieben war. Mit einer hastigen Bewegung zog sie ihr Kopftuch über den Haaransatz zurück und erwiderte fragend seinen Blick, während sie ihr Kindsbündel aufhob und an sich drückte. Sie stand auf und er versuchte freundlich zu blicken; die gelbe Lache verband sie nun wie ein Teppich.

Dann rannte er los, den anderen nach. Vor der Gasse, die sie genommen hatten, blieb er noch einmal stehen und schaute zurück. Das Tor zum Lagerhaus der Färber stand weit offen. Die Lichtreste im Innenraum ließen nichts als zitternde Formen sehen. Er eilte weiter; die Gasse endete unter Zitronenbäumen. Er folgte den Fährten, die zwar nicht gelb, aber feucht waren, stieg einen Hügel hinauf und spürte den Wind, der vom tintenschwarzen Meer heraufzudrängen schien.

Am Hang sah er die Leute. Sie hatten das Wasser noch nicht

erreicht. Gerade als er begann, das Niedertreten der Sporen ausstäubenden Sträucher zu genießen, holte er sie ein. Die Nacht war hier grün und tief, und das Meer lag schwarz und kalt an ihrem Grund. Die gelben Männer hüpften hinab. Sie alle wirkten sehr dünn, ihre Beine waren zu Stelzen geworden, an denen ihre Hosenbeine klebten. Albert lief voraus, Falter und vielleicht sogar Eidechsen wichen seinen Tritten aus. Nicht weit entfernt, wo das Meer das Land berührte, zischte es auf dem Sand. Als die gelben Männer an ihm vorbeigesprungen waren, folgte er ihnen vorsichtig.

Während sich die Gaffer am schmalen Strand aufstellten, stürzten die Gelben direkt ins Wasser und begannen, ihre Gesichter mit den Handflächen abzureiben. Sie standen bis zu den Hüften inmitten der zu Schaumschlieren verebbten Wogenkämme, und tatsächlich löste sich etwas von der Farbe und trieb um sie herum auf der dunklen Fläche.

Sie wuschen sich. Zwei andere hatten Taschenlampen dabei, mit denen sie die Arbeiter bestrahlten. Deren Oberkörper ragten aus gelben Ringen der zäh sich ins Wasser lösenden Substanz. Ihre Gesichter wurden an Stirnen und Wangen allmählich wieder braun, und dies zu sehen, ließ sie erleichtert seufzen.

Albert stieg den Hang hinauf, die Luft roch nach Fell und Blumen. Über ihm rotierte Licht. Männer kamen ihm entgegen, offenbar Sanitäter, jedenfalls trugen sie alle Gummihandschuhe. Auf der Gasse, wenige Meter vom Hang entfernt, stand ein Ambulanzwagen mit verdreckten Scheiben und offener Ladeklappe. Im Vorbeigehen blickte Albert hinein: Zwei leere Tragen mit knapper Liegefläche warteten.

Auf der Hauptstraße warf er seine Leinenschuhe fort und überprüfte kurz die nackten Fußsohlen. Dann betrat er die Hotelbar, patschte barfuß über den noch immer warmen und etwas schmierigen Steinfußboden und setzte sich wieder zu seinem Tee. Er war darauf vorbereitet, dem Barmann erklären zu müssen, was geschehen war, aber der hatte sich bereits informiert. Er stand wieder an dem Tresen, der Bar und Rezeption in einem war, und wartete. Der Ventilator an der Decke kreiste heftig, schien jeden Moment aus seiner Befestigung springen zu wollen. Und doch war der Luftstrom, den er erzeugte, nicht stark genug, auch nur die Zuckerkrümel von Alberts Untertasse zu fegen.

Der Morgen, der in den Verschlag einbrach und sich mit Lichtschauern und wabernden Schatten über die Wände ergoss, schied das gerade und das längst Vergangene weniger voneinander, als Albert erwartet hätte. Er lag auf dem Rücken, spürte den Schmerz in seinen Händen und blinzelte. Er wusste nicht, wo er sich befand. Vor Erschöpfung hatte er tief geschlafen, alles in ihm hatte versucht in diesen Schlaf zu fliehen. Jetzt betrachtete er das Innere des Schuppens, bewegte die Finger, als kraulte er ein unsichtbares Tier, und stöhnte.

Er setzte sich auf und beobachtete zwei aufeinanderklebende Fliegen an der Wand und, aufmerksamer noch, ihren schräg abfließenden, vielbeinigen, monströsen Schatten. Beinahe gerührt dachte er an die im Vergleich harmlosen Schrecken seines Hotelzimmers in der Stadt zurück. Am ersten Abend bereits wurde er für seine unbefangene Neugier bestraft, als er im Deckenlicht der Glühbirne das Laken betrachtete. Er konnte nicht erkennen, was, aber etwas bewegte sich darauf. Es mussten winzige Insekten sein. Sie bevölkerten im nächsten Augenblick den ganzen Raum, vor allem die nackten Wände mit ihren Mulden und Rissen. Tagsüber war sein Widerwillen, sich in dieses belebte Bett zwischen belebten Wänden legen zu müssen, schwach. Aber mit dem Glühbirnenlicht änderte sich das.

Er hatte versucht, bis zum Schlafengehen nicht daran zu denken. Um sich zu schonen, löschte er das Licht, während er noch im Raum stand, und legte sich im Dunkeln nieder. Gegen die allmählich sich erhebenden, feinen Geräusche stopfte er sich Wachskügelchen in die Ohren. Doch das erwies sich als Fehler.

Fast taub und vollkommen blind, wurde ihm die Haut zu einem einzigen großen Sinnesorgan. Etwas stach oder stieß ihn oder landete auf seinem Kopf. Er rappelte sich auf, machte Licht und sah, wie all das Kleine um ihn sich erhob und von der grauen Lakenfläche floh. Er starrte auf die Pünktchen und Flecken, die sich, näher betrachtet, auflösten in noch kleinere Partikel, in Klumpen und längliche Fortsätze – und er registrierte das Zittern seiner Hände.

Damals hatte er zum ersten Mal in diesem fremden Land gezittert, in dieser Nacht etwa drei Wochen nach seiner Ankunft. In den winzigen Lebewesen, die sich seinen Fingern entzogen, erkannte er all das Kleine, Filigrane wieder, das sich jemals seinen Fingern entzogen hatte: Ungreifbares. In der Ohnmacht dieser Nacht erkannte er die alte Ohnmacht.

Und wieder zitterte er wie damals beim ersten Mal, als jene Bruchstücke der 0,3 mm starken Fineliermine unter seinen riesigen Fingerkuppen einfach nicht zur Ruhe kommen wollten, bis er verstand, dass seine Hände befallen waren von einer Unruhe, die ihn, wie er später erfahren sollte, irgendwann zerstören würde.

Er durfte sich nicht um die Insekten, um Flöhe, Wanzen oder was auch immer kümmern. Er musste sie akzeptieren, wo sie waren, wenn diese Stellen auch auf seinem Körper lagen. So hatte er zwischen Laken und Decke geruht, gespürt, wie seine Wärme das Getier allmählich belebte und über ihn hinweg ausschwärmen ließ.

Albert betrachtete seine Hände, wartete, näherte sie seinem Gesicht und ließ sie schließlich erleichtert sinken. Kein Zittern war zu bemerken, doch schienen sie kalt und leblos. Erneut bewegte er die Finger, hob den Kopf und starrte zur Wand des

Schuppens. Auf den Knien kroch er hinüber und blickte durch den Spalt hinaus.

»Was siehst du?«, fragte er sich müde.

Wieder blickte er auf die gelbbraune Erde und die hellen Steine, da wurde der Spalt vor seinem Auge verdunkelt. Ruckartig zog er den Kopf zurück, der Schreck ließ ihn schnaufen, und er hätte geflucht, wenn nicht sofort jene panische Furcht in ihm aufgestiegen wäre, die er schon im Moment der Entführung empfunden und die ihn sich hatte klein machen lassen wie einen verängstigten Hund.

Draußen löste jemand seine Hand von der Schuppenwand. Albert hörte die leichten Schritte, als die Person um den Verschlag herumging. Instinktiv rutschte er fort von dem Geräusch, bis sein Rücken die Wand berührte. Hunde bellten in der Ferne, kurz war das zänkische Krächzen von Krähen zu hören. Gebannt starrte er auf die Tür. Er wischte sich über das Gesicht, biss sich in die Finger, blickte auf und wartete, doch nichts geschah. Schließlich beruhigte er sich. Leise stieg ein feiger Zorn in ihm auf; er fühlte sich um etwas betrogen, worauf er nach dieser ersten Nacht in Fesseln ein Anrecht zu haben glaubte.

»Mach schon«, brummte er. »Komm schon rein, was sollen die Spielchen?«

Er kroch zum Eingang hinüber, doch dort gab es keine Spalten zwischen den Latten. Albert stieß mit dem Knie gegen die Wand, so sanft, dass es nicht gewalttätig wirkte, eher wie ein Klopfen. Dabei sagte er laut auf Englisch:

»Ich bin krank, jemand muss sich um mich kümmern.«

Es blieb still, nur der Wind erhob sich sacht und wehte Sand in das noch zarte Sonnenlicht, das durch die Ritzen drang. Kurz fühlte sich Albert von dem unsichtbaren Besucher verhöhnt, doch er bezähmte sich und schwieg.

Plötzlich vernahm er ein Rascheln und langsam, Zentimeter für Zentimeter, wurde ein Stück Papier unter dem Eingang hindurchgeschoben. Es war länglich gefaltet und wies genau zu ihm, der verwirrt auf dieses erste Lebenszeichen seit vielen Stunden blickte und nicht wagte, danach zu greifen. Als es ganz vor ihm lag, hörte er, wie jemand am Holz der Schuppenwand kratzte und sich sodann entfernte. Wieder waren da die leichten Schritte eines kleinen Menschen, wahrscheinlich eines Kindes.

Nach kurzem Zögern hob er das Papier auf und faltete es auseinander.

»Was soll das?«, stieß er hervor, als er sah, was ihm da zugesteckt worden war.

Er hatte eine Nachricht erwartet, etwas, das ihn bedrohen, warnen oder gar beruhigen sollte. Stattdessen hielt er ein ausgerissenes Magazinfoto in den Händen, das einen prachtvollen Innenraum zeigte. Nah an der Risskante war ein Kerzenleuchter zu erkennen, im Hintergrund ein Marmorkamin. Albert fühlte sich verhöhnt, faltete das Papier rasch zusammen und kroch zurück an seinen Aussichtspunkt.

Der Schlaf hatte ihm gutgetan. Auch wenn sein Körper schmerzte, waren seine Lebensgeister wieder erwacht. Selbst Sarkasmus, dachte er, braucht Energie, und begann, die Umgebung zu sondieren. Er presste das Gesicht gegen die Holzlatten, um nach den Seiten Ausschau halten zu können. Er schnaufte, rollte das Auge und erspähte tatsächlich eine Gruppe von Frauen. Sie trugen schwarze Umhänge, schlenderten dahin und unterhielten sich. Zwei von ihnen trugen Strohkörbe auf den Köpfen.

Albert zog den Kopf zurück und atmete tief ein. Das Leben geht weiter, dachte er, schloss die Augen und grinste. Die dunklen Gestalten in der hellen Landschaft hatten sich ihm eingeprägt. Er öffnete die Augen, blickte um sich und versuchte zu verstehen, was ihm dieses Bild sagen wollte. Wenn überhaupt irgendwo, dann sollte doch an einem solchen Ort alles seine Bedeutung haben. Es könnte der letzte Ort sein, den ich sehe, dachte er, hier kann es keine Belanglosigkeit mehr geben. Er schaute noch einmal hinaus, doch die Frauen waren verschwunden.

Ein Hund bellte in der Ferne, und mit diesem Geräusch erfasste Albert die Verzweiflung. Der letzte Ort, dachte er, der letzte Ort. Wie ist es möglich, dass mich meine Geschichte hierher geführt hat. Es ist absurd. All das hat nichts mit mir zu tun. Daheim war es mir näher, als es mir hier je sein könnte. Dort war das Fremde eine Art Abwechslung und zugleich Ausweis von Modernität. Welche Gesellschaft will schon im eigenen Saft schmoren, welcher gebildete Mensch nur Landsleute kennen? Aber das hier? Das ist kein Abenteuer, das ist heutzutage mindestens so lächerlich wie auf einer einsamen Insel zu stranden. Es gehörte nicht in die Welt, wie er sie kannte. Sicher, jeder ahnte etwas von den Abgründen, zumal, wenn er sich auf den Weg in Krisengebiete machte. Aber all das waren nur aufgelesene Informationen, bestenfalls Ahnungen, die sofort wieder im Alltag verschwanden. Dieser Gedanke war es, der Albert so tief verunsicherte: Es gehörte nicht zu seiner Welt, wie es eben auch zur Welt von niemandem gehörte, den er kannte. Sie würden es sich nicht einmal vorstellen können.

Die Tür zum Verschlag wurde geöffnet. Albert schreckte auf, realisierte, dass er eingeschlafen war, starrte kurz auf seine heftig zitternden Hände und fasste im Bruchteil einer Sekunde einen Plan.

Auch denjenigen, der diesmal in den Schuppen trat, kannte er. Er hatte während der Entführung neben ihm auf der Rückbank der alten Limousine gesessen und verzichtete hier auf die Vermummung. Er war vielleicht vierzig Jahre alt, hatte tiefe

Ringe unter den Augen und ging gebeugt, obwohl er nicht sehr groß war und im Schuppen bequem hätte stehen können.

Albert half dem Zittern seiner Hände etwas nach und hob sie bis auf Kinnhöhe vor sich, damit der andere sie nicht übersehen konnte. Der stellte eine Blechschüssel in die Mitte des Raumes und Alberts Blick fiel sofort auf die dampfende rostbraune Suppe darin. Das muss Linsensuppe sein, dachte er und leckte sich unwillkürlich die Lippen. Doch er wartete, hielt weiterhin seine gefesselten Hände hoch und sprach auf den Mann ein.

»Ich bin krank, meine Hände, schau, hier …«

Der Bewacher kniff die Augen zusammen, näherte sich ihm und begutachtete die dunklen, zitternden Finger. Mal nach der einen, mal nach der anderen Seite legte er seinen Kopf und verzog dabei konzentriert den Mund. Sein Blick war ausdruckslos. Nach einer Weile griff er nach dem Zipfel seines zerschlissenen Turbantuches, führte ihn zu den Lippen und kaute darauf herum.

Albert beobachtete jede Bewegung des anderen und war nahe daran zu lachen, denn er begann zu glauben, es mit einem Idioten zu tun zu haben. Wie aus dem Nichts jedoch hatte der Mann ein Messer in der Hand und stieß die kurze, gekrümmte Klinge zwischen Alberts Unterarmen hindurch, hielt inne und zerschnitt dann die Fessel.

Im nächsten Moment schlugen Alberts Gefühle so heftig um, wie er es selbst nie erwartet hätte. Seine endlich befreiten Arme waren herabgesunken, doch sogleich hob er sie wieder, um nach der Hand seines Wohltäters zu greifen, die ihm dieser aber entzog. Fast verächtlich spie er den Tuchzipfel aus, erhob sich und sagte:

»Eat, eat!«

Albert kroch zu dem dampfenden Gefäß hinüber, doch seine Hände zitterten nun so stark, dass er es nicht zu berühren wagte. Der Bewacher erkannte sein Problem, hockte sich neben ihm nieder, packte Alberts Rechte und drückte sie zu Boden. Albert wollte ihm nochmals erklären, dass er krank sei, doch da schwächte sich der Anfall ab und das Zittern ließ nach. Der Mann ließ ihn los, sagte ein paar Sätze, die Albert nicht verstand, und verließ den Schuppen.

Alles aufbewahren, das war der Gedanke, an den er sich weiterhin klammerte, eine Aufgabe, ja, Arbeit, die ihn bei Sinnen halten und ihm etwas Vertrautes wäre in seinem Verschlag, der ihn ansonsten zu einem Tier werden ließ.

Wo soll ich beginnen, dachte er, bei wem? Mila, ja natürlich, seine Schwester war die Erste, die vor seinem geistigen Auge auftauchte, mager und abweisend, mit jener Melancholie, die um sie war, seit er sie kannte. Der verunglückte Wochenendausflug ans Meer: Das wollte jetzt und hier zu ihr passen, und er entsann sich bereitwillig des gemeinsamen Strandspaziergangs vor gut zehn Jahren.

Mila ging ihm voraus wie eigentlich immer. Sie trug ein weites weißes Baumwollshirt, ließ es flattern und um sich schweben im Wind, der von der See her kam, der alle Erwartungen erfüllte und auf ihren glatt und fest gewordenen Lippen salzig schmeckte. Vor der diesigen, horizontlosen Ferne schwankte sie, zur Hälfte umschlossen vom Fischgrau des Wassers. Ihr Gang war leicht und unsicher.

Auf diesem Teil des Weges war der Strand bis zur nächsten, weit entfernten Biegung menschenleer.

Milas Füße sanken in den Sand. Sie stapfte, aber das gab sich, je weiter sie gingen. Unterhalb des Baumwollshirts spannte sich ihr verwaschener dunkelroter Bikinislip. Er war schmal und klein und schien auf Milas leicht gebräunter Haut wie eingewachsen.

Albert musste an die Plastikblumen auf dem Nachttisch im

28

Hotelzimmer denken und daran, wie Mila gleich nach der Ankunft steifbeinig zur Toilette ging. Dort erbrach sie sich; jeden Stoß begleitete ein mechanisch klingendes Wimmern. »Die Autofahrt«, flüsterte sie beim Zurückkommen. Ja, das ist sie, dachte er und lächelte dabei. Wie dünn sie war, auf eine Weise, die immer erneut erschreckte. Nach dem Erbrechen hatte sie sich mehrmals den Mund ausgespült, eine Prozedur, die sie lautstark verrichtete, wie um deutlich zu machen, dass sie etwas hinter sich gebracht hatte. Mit feuchten Augen starrte sie ihn von der Zimmertür aus an und sagte Gute Nacht.

Sie gingen über dunkle, lamettaartige Tangfäden auf geglätteten Sandzungen. Die Wellen zogen die Fäden in die Länge, legten sie fein säuberlich nebeneinander. Im Dunst der Ferne waren Lichter aufgetaucht, gelbe Ringe und Ketten an ganz verschiedenen Stellen und doch, in Anbetracht der Weite, in seltsamer Nähe zueinander: Wie Fabriklichter sahen sie aus, das Gewaltige, Rohe war in der Kühle spürbar und wie eine Halle spannte sich das Grau um sie.

Für einige Zeit gingen sie im Gleichschritt. Das Wasser wurde allmählich dunkler, ein Gewitter zog herauf. Als Albert sich kurz umwandte, sah er die graublaue Wolkenfront, die sich hinter ihnen auf die Landschaft legte. Vor ihnen aber herrschte noch das helle Sonnenlicht, das auf dem feuchten Sand schimmerte.

Die großen Seemöwen platschten durch die Spülsäume oder standen zerzaust auf den Buhnen. Gleichmütig und aufmerksam schauten sie hinaus, ihre Köpfe duckten sich im Wind nieder, der stoßweise und aus wechselnden Richtungen kam. Einige Nacktbader lagen noch am Strand. Mit dicken Bäuchen und querliegenden Schwänzen die Männer, die Frauen saßen aufrecht daneben, ordneten ihre Frisuren und waren vom Unwetter beunruhigt.

Mila blickte sich nicht um. Albert aber sah hinter sich den

berstenden Wolkengletscher und vor einem scharf begrenz-
ten, lichterfüllten Raum über der See Vögel, die ohne Flügel-
schlag in der Höhe hingen. Dann war da wieder Milas schmaler
Rücken, verbunden mit dem Gedanken an Berthold. Milas
Freund war erst am Tag zuvor angekommen und wahrscheinlich schon wieder geflohen. Der Arme, nicht einmal die Reisetasche hatte er abgelegt bei der Ankunft, sondern sich gleich
vor Mila aufgebaut, den bloßen Masseunterschied zwischen
ihnen sichtlich genossen, um ihr dann mit spitzen Lippen einen
Kuss auf die Stirn zu geben, den sie empfing wie ein Kind.

Diese auffällige Distanz war ein Spiel zwischen ihnen, zu
dem auch gehörte, dass Berthold sie manchmal packte und einfach nur festhielt, solange er wollte. Schwer zu sagen, ob ihr
das Spaß machte. Berthold jedenfalls genoss für Momente seine
Überlegenheit, er, der immer auf der Suche war nach dem Fremden, der, wie er gerührt von sich selbst sagte, »es akzeptieren
und schützen lernen wollte«. Was für ein Irrtum, dachte Albert,
er hielt sich für eine Art Entdecker des Lebens, dabei war alles,
was er brauchte, eine problematische Madonna, eine Terra in-
cognita mit genügend nachgiebigem Boden für seine Eispickel.

Good cop, bad cop, dachte er, als der Messerstecher wieder
vor ihm stand. Ich werde dich Sam nennen und den anderen
Joe, nein, besser: Joey. Weiter kam er nicht, denn ein Fußtritt
warf ihn krachend gegen die Schuppenwand. Albert schützte
seinen Kopf mit den Armen, doch ein weiterer Tritt blieb aus.
Stattdessen vernahm er den schweren Atem seines Angreifers.
Nach einigen Sekunden blinzelte er über die Armbeuge hinweg zu ihm. Der Mann hielt ein Mobiltelefon vor sich, als wäre
er zu weitsichtig, um die Zeichen auf dem Display entziffern
zu können. Doch es schien nur so, Sam hob den Kopf und gab
Albert zu verstehen, er solle zu ihm kommen.

Vorsichtig, jede seiner Bewegungen kontrollierend, kroch

Albert voran. Als er in Sams Nähe war, blieb er auf dem Boden hocken, weil er sich so sicherer glaubte. Der andere packte ihn ungeduldig am Kragen und zog ihn aufwärts, bis er stand. Sam schien nicht bemerkt zu haben, dass Albert nicht mehr gefesselt war.

Kurz nur, für einen Moment wagemutig, ließ Albert den Blick schweifen: Die Tür zum Verschlag stand offen, friedlich und verlockend fiel das Tageslicht herein, und der Mann neben ihm war so sehr mit den Tasten des Mobiltelefons beschäftigt, dass ein überraschender Schlag genügt hätte.

Sam drückte ihm das Telefon in die Hand, gab Anweisungen auf Arabisch. Albert hob die Schultern und schaltete das Gerät ein. Es war tatsächlich frisch aufgeladen, und der Anblick der kindlich-naiven Symbole ließ seinen Atem stocken. Ich habe in einer Spielzeugwelt gelebt, ging es ihm durch den Kopf, als er den Daumen auf die Tasten legte und fragend zu Sam blickte. Dieser versuchte mit ausladenden Armbewegungen zu erklären, was er von ihm erwartete.

Albert begann auf die Tasten zu drücken und konnte gerade noch den Kopf einziehen, um Sams Schlag auszuweichen. Er unterdrückte seinen Zorn, atmete pfeifend durch die Nase und öffnete sein elektronisches Adressbuch. Sam nickte beifällig, dennoch behielt Albert dessen rechte Hand im Auge. Er überlegte fieberhaft, was der andere von ihm wollen könnte und kam zu dem Schluss, dass es eigentlich nur um die für eine mögliche Zahlung des Lösegeldes wichtigen Kontakte gehen konnte.

»Ihr seid doch Entführer, oder, Sam?«, brummte er leise.

Blitzschnell hatte er die gespeicherte Nummer seiner Mutter gewählt, doch die Verbindung wollte sich nicht aufbauen. Zu gern hätte er von hier aus ein Zeichen in die friedliche Stille der heimatlichen Hinterhöfe und Gärten gesendet, dorthin, wo an einem Nachmittag wie diesem die Zeit stillzustehen schien.

Sam entriss ihm das Mobiltelefon, drückte wild darauf herum. Er trat nach Albert, der sich sofort wieder zu Boden hatte fallen lassen, und stieß unverständliche, aber zweifellos sehr böse Flüche aus. Erst Minuten später kam er zur Ruhe, sodass Albert sich wieder aufsetzen konnte, um ihm jene Telefonnummern zu zeigen, die wichtig waren. Sollten sie doch das Büro in der Stadt anrufen und vielleicht auch noch das deutsche Konsulat in Jordanien – wenn es nur half.

Als er wieder allein war und an die Decke starrte, stellte er sich das kleine Büro in der Hauptstadt vor, verlassen im Mittagslicht. Wie oft hatte er dort gesessen, seine Runden auf dem Drehstuhl gezählt und darüber nachgedacht, ob das Katalogisieren der zu einem großen Teil geplünderten Bestände nicht eine vollkommen sinnlose Aufgabe war. Die hiesigen Museumsbeamten hatten sich gefreut, sie einem Deutschen übertragen zu können, gleich darauf allerdings schienen sich alle aus dem Staub gemacht zu haben. Staub, ja, der war überall, auf und in den Glasvitrinen, auf der Computertastatur, auf den Seiten seiner Notizbücher, sogar zwischen seinen Zähnen. Der Verkehrslärm von der Straße drang durch die verhängten Fenster herein, während er sich am Anblick gewaltiger grüner Aktenschränke erfreute, die ihn an die Requisite alter Filme erinnerten.

Wenn dein Vater ein Abenteurer war, dann musst du ihm als Sohn wohl folgen, wenn auch nur als Erbsenzähler; die Geschichte, ein tragisches Schauspiel, das sich als lumpige Farce wiederholt. Hatte er das nicht immer zitiert? Nun, ich bin die Wiederholung, sagte sich Albert.

Er schaute konzentriert zur Schuppendecke hinauf und war plötzlich gebannt. Die Latten dort oben schienen unbefestigt zu sein. Sofort erhob er sich, holte den Eimer, den er noch immer nicht benutzt hatte, drehte die Öffnung zum Boden und stellte sich darauf. Gerade so reichte er heran und drückte vorsichtig gegen das Holz. Wie erwartet gaben die Latten nach.

Albert zog die Hand zurück und setzte sich auf den Eimer. Er wusste, er würde dort nur schwer hinaufkommen, da es nichts gab, was er auf den Eimer stellen konnte. Und doch ließ ihn die Vorstellung nicht los, als Gefangener dicht über seinem Kopf eine Öffnung in der Zelle zu wissen.

Albert lauschte auf die Geräusche in der Ferne, auf den hörbaren Raum, der sich zwischen das Hundegebell und die herangewehten, möglicherweise nur eingebildeten Stimmen legte, auf das leise Ächzen der Latten und Reisigzweige über ihm. Mila hatte oft gesagt, einmal würde es ihn hinaustreiben in die große weite Welt und dort würde er verloren gehen. Albert fragte sich, ob das eine Prophezeiung oder nur eine ihrer verrückten Ideen war. Damals am Strand hatte er noch längst nicht beschlossen fortzugehen, obwohl ihn der Anblick des Meeres mit Fernweh erfüllte.

Der Strandabschnitt vor ihnen war verlassen. Aus einiger Entfernung sah er einen angespülten Fischkadaver. Es war ein unterarmlanges Gebilde, an dem sich mit auf- und niederzuckenden Köpfen die Möwen zu schaffen machten. Trotz ihrer heftigen Bewegungen lösten sie kaum sichtbare Stücke aus dem Körper.

Mila starrte einen Moment auf die Szene. Als der Fisch vor ihr lag, stieß sie einen zischenden Laut aus, um die Vögel zu vertreiben. Sie flogen auf und Mila ging geradewegs auf den Kadaver zu. Anstatt einen großen Schritt zu tun, trat sie mitten hinein in die aufgeweichte Masse. Ihr Fuß versank mit einem Schmatzen und hob sich wieder. Albert blieb stehen und betrachtete den Fischkörper, in dem sich andeutungsweise Milas Abdruck abzeichnete. Sie hingegen eilte weiter, ohne ihren Fuß wenigstens nass werden zu lassen. Stattdessen schien sie ihn bewusst vom Wasser fernzuhalten, Sand setzte sich daran fest. Sie hatte den Fisch bereits vergessen, als Albert zu ihr aufschloss.

»Fühlt sich innen kalt an und dann klebt es«, stellte sie sachlich fest und blickte gelangweilt zurück.

Der Wind schob sie beide vor sich her. Die graue Wolkenfront hatte sie eingeholt und stand über ihnen wie ein riesiges, vom Boden losgerissenes Zelt. Die Vögel schrien dem Wind entgegen. Mila schien von all dem nichts zu bemerken, sah nicht einmal auf. Sie raffte ihr Shirt zusammen und hielt den Kopf gesenkt, als erwarte sie jeden Moment einen Schlag. Das Meer hatte jetzt keine Farbe mehr. Die Fläche brodelte unter dem Beschuss des Regens. Der Dunst war nah, die durchsiebten Wogenkämme fuhren daraus heran.

Vor ihnen, wie am Ausgang einer Tunnelröhre, gab es noch ein Stück helles Land mit sonnenbeschienenen Kiefern, und der Wind jagte heraus aus dem Tunnel, um dieses verbliebene Sommerbild zu verheeren. Albert legte den Kopf schräg, und für eine Sekunde erzeugte das Brausen in seinen Ohren einen schrecklichen Laut. Es war, als hätte er das Ohr an eine Öffnung im Sturm gelegt und das Geräusch in seinem Inneren gehört.

»Wenn Berthold es weitererzählt, werden sie dich einliefern. Begreifst du das?«

Albert suchte ihren Blick, doch sie schaute noch immer zu Boden.

»Mila, jetzt ist nicht der richtige Zeitpunkt, das kleine Mädchen zu spielen.«

Sie riss den Kopf hoch.

»Was soll das? Hör einfach auf, mich wie ein kleines Mädchen zu behandeln.«

»Ist dir je in den Sinn gekommen, dass ich das tue, weil du genauso aussiehst?«

»Ich sehe aus, wie ich will. Wenn es dich stört, dann geh.«

»Noch mal: Er wird es erzählen. Du kannst nicht einfach mit einer Schere auf Leute losgehen.«

»Was ist schon passiert? Ich wollte nachschauen.«

Sie wollte nachschauen. Das war ihre Erklärung. Albert schüttelte den Kopf genau so, wie er es damals getan hatte. Er spähte durch das Loch in der Wand hinaus und versuchte die Zeit bis zum Einbruch der Dunkelheit abzuschätzen.

Ich bin nicht viel besser gewesen als Berthold, dachte er. Aus irgendeinem Grund ging ich zwar immer davon aus, aber es stimmte nicht. Wie konnte er mit einer Irren zusammen sein wollen, die sich nicht helfen ließ, und wie konnte ich versuchen sie zu verstehen? Sie, die wie zum Spaß Wahnwitziges behauptete und alle anderen damit allein ließ. Milas psychische Probleme, ihre »Visionen«, wie sie das nannte, waren eine Tatsache. Doch da sie immer richtig dosierte und auch sonst nicht den Eindruck machte, darunter zu leiden, ließ man sie gewähren.

Die Fabriklichter über dem Meer strahlten jetzt prachtvoll und erschreckten Albert. Dieses Bild der Ferne passte zu ihm und Mila wie der dunkle Wald zu Hänsel und Gretel. Abgesandt von den Inseln aus kaltem Licht trieb eine schmutziggelbe Boje nah am Strand, überzogen von Spuren des Meeresinneren. Die Wellen ließen sie wie einen aufgetriebenen Leib tanzen und erzeugten einen dumpfen Knall bei jeder Berührung des Ufers. Die Boje wälzte sich im Tumult, und Albert hastete auf dem Trockenen daran vorbei, um nicht im selben Wasser zu stehen.

Diesmal wartete Mila auf ihn. Sie, befallen von dieser seltsamen Krankheit des Hungers, erschien ihm damals absurderweise wie ein Sinnbild. Sie war der neue Mensch – der Mensch, den man von den Besiegten zu werden verlangte –, sie hatte sich schneller als jeder, den er kannte, verändert, entschlossen und doch zerbrechlich in ihrer Knochenrüstung.

Der Strand war ein verkrusteter Saum, die See ein offenes Maul. Sie verließen diesen unwirtlichen Ort und stiegen die Böschung hinauf. Dabei holte ihn Mila allmählich ein.

»Wo willst du hin?«, fragte er, als sie wieder vorauseilte.

»Ich zeige dir etwas«, erwiderte sie.

»Was?«, keuchte er, verstimmt über die Leichtfertigkeit, mit der sie über das von ihr angerichtete Unheil hinwegging.

Oben angekommen blickten sie über eine Wiesenlandschaft, in der Ferne wie eine ziegelrote Wischspur im Grün die Hausdächer eines jener entvölkert wirkenden Dörfer Ostdeutschlands.

»Du, und deine halb verhungerte Schwester«, hatte sein Vater irgendwann gesagt. »Jetzt, wo ihr so viel fressen könntet wie nie zuvor, jetzt hungert sich diese Idiotin zu Tode. Was wollt ihr? Kann man es euch nie recht machen?«

Warum auch immer, er machte Mila, Albert und im Grunde jeden, der jünger war als er, verantwortlich für den Zusammenbruch jenes Systems, von dem er sich einst so viel erhofft hatte. Er mied die Fernsehbilder von der allmählichen Auflösung des Kommunismus wie ein Vampir das Licht. Lange war er nicht ansprechbar, bis er schließlich jene neue Persönlichkeit zur Schau trug, in die er sich verwandelt hatte und die er wohl bis an sein Lebensende zu bleiben gedachte: ein zynischer, von der Welt enttäuschter Veteran.

Als sie kamen, hing Albert an der Decke des Schuppens. Er hatte vom Eimer aus hinaufspringen, das Dach mit den Armen durchstoßen und sich dort oben abstützen müssen. Voller Furcht, die Hütte könnte zusammenbrechen, blickte er auf das in tiefer Dunkelheit liegende Dorf. Er zählte zwei Fenster, aus denen noch schwacher Lichtschein drang, ansonsten herrschte Frieden, der ihn schläfrig gemacht hätte, wenn da nicht die Anstrengung gewesen wäre, sich oben zu halten.

Es scheint sie nicht zu kümmern, dass ich jederzeit fliehen könnte, dachte er und fragte sich, wie ernst es jemandem mit einer Entführung sein konnte, der seinen Gefangenen so nachlässig einsperrte. Der Gedanke stimmte ihn zuversichtlich, da sah er den Schein einer schaukelnden Öllampe auf den Lehmmauern der Häuser. An der Stelle, an der eine enge Gasse in die Dunkelheit führte, hallten Stimmen, das scharrende Geräusch von Schritten auf dem Sand wurde vernehmbar. Albert stemmte seinen Körper aufwärts, ließ sich hinabfallen und stieß den Eimer dabei um. Sie hatten ihn nicht gesehen, doch das Geräusch des umkippenden Eimers mussten sie gehört haben.

Es war eine seltsame Parade, die da vor ihm aufmarschierte. Sam und Joey waren dabei, ein dicker alter Mann in zerschlissenem Karohemd hielt die Lampe und kommandierte zwei Halbwüchsige herum, die Albert anstarrten wie ein Weltwunder. Ein verkrüppelter Bursche rollte auf einem umgebauten Handkarren in den Schuppen, indem er sich mit den Fäusten voranschob.

Gleich nachdem sie sich vor Albert versammelt hatten, entspann sich eine heftige Diskussion zwischen ihnen. Der Mann mit der Lampe, Albert hielt ihn für eine Art Dorfältesten, war sehr unzufrieden mit dem, was er sah. Alberts alter Bekannter Sam trat an ihn heran, ließ einen kurzen Strick vor seinem Gesicht baumeln und befahl Albert, die Arme auszustrecken. Dessen Herz begann zu rasen, als wollte es aus seiner Brust springen. Er winselte, als der Strick seine Handgelenke zusammenpresste.

»Sie werden uns finden«, sagte der Mann im Karohemd plötzlich auf Englisch und hielt Albert das Mobiltelefon vor das Gesicht. »Du hast das gemacht und nun werden sie uns finden.«

Der Krüppel rollte noch näher an ihn heran, verzog das Gesicht, als lutschte er ein zu großes Bonbon und spie Albert auf sein Hosenbein, bevor die Jugendlichen ihn unter den Schultern packten und auf die Beine stellten.

»Zeit zu gehen«, sagte der Mann mit der Lampe und schritt voran.

Sam trat Albert von hinten, Joey stand nur da und nickte stumm.

Verfolgt vom Klappern der Holzwagenräder trat Albert hinaus in die Dunkelheit. Nach dem ersten Anfall von Schwäche bemächtigte sich seiner nun eine fast unheimliche Klarheit. All seine Ängste waren fiebriger Konzentration gewichen. Er war hellwach, seine Sinne hätten noch die kleinste Veränderung in der Umgebung registriert, wenn sein Geist nicht immerfort nur einen Gedanken umkreist hätte: Er hatte selbst verursacht, was jetzt geschah. Albert schüttelte den Kopf, doch amüsieren konnte er sich darüber nicht; sie glaubten tatsächlich, er habe mit dem Anruf die Aufklärungsdrohnen der Amerikaner wecken wollen, die hier die Nächte und wohl auch die Träume der Menschen durchschwirrten. Die Angst davor war den Männern in die Gesichter geschrieben.

Der Krüppel packte Alberts Hosenbein und ließ sich Schritt für Schritt von ihm voranziehen. Sam tat nichts dagegen. Er war zwar unbewaffnet, doch seine Finger bohrten sich wieder und wieder in Alberts Rücken, wie um ihn an die noch immer schmerzenden Wunden zu erinnern, die er dort hinterlassen hatte. Die beiden Jungen liefen plötzlich voraus, aus dem tanzenden Schein der Laterne hinein ins Dunkel. Albert sah am Himmel einen blassen, im Dunst zergehenden Halbmond. Wenn das meine letzten Minuten sein sollten, dachte er, dann ist von allem, was war, nur eine erbärmliche Leere zurückgeblieben; nicht einmal ein Gebet habe ich parat, keinen Glauben, keine Erinnerung, die mich aufrecht halten würde.

Er ließ sich zu Boden fallen, der Krüppel schlug ihn mit flachen Händen auf den Kopf, der Dorfälteste kam heran und leuchtete ihm ins Gesicht.

»Yallah«, befahl er.

Sam und Joey packten zu und zerrten Albert voran. Dessen Füße schleiften über den Boden, er schluchzte leise, und als er den Kopf in den Nacken warf, sah er die Jungen vor einem weißen Lieferwagen stehen. Zwei maskierte Männer saßen darin, der Fahrer trommelte mit der Hand ungeduldig auf das Blech der Wagentür. Albert durchfuhr gerade noch der Gedanke, dass sie ihn offenkundig doch nicht töten wollten, da hielt einer der Jungen bereits etwas Weiches, Dunkles in den Händen und schüttelte es aus wie eine Bettdecke. Sie wickelten Albert darin ein, schnürten ihn wie ein Bündel zusammen und warfen ihn auf die Ladefläche. Er hörte noch, wie der ältere Mann Anweisung gab, sie zweimal wiederholte, dann startete der Motor und die Vibration wurde ein Dröhnen in seinen Ohren.

Er konnte nichts sehen, war taub vom Lärm des Motors und wurde bei jeder Unebenheit der Straße auf der Ladefläche durchgeschüttelt. Alberts Angst hatte sich gelegt, er klammerte sich an den Gedanken, dass sie sich wohl kaum die Mühe machen würden, ihn zu transportieren, wenn sie es einfacher hätten haben können.

Die Todesangst zog sich in einen hinteren Winkel seiner Seele zurück, und doch konnte er die Vorstellung nicht unterdrücken, dass sie ihn auf einer gottverlassenen Ebene im Mondlicht verscharren könnten. Er lag da und wartete auf das Unausweichliche, und während er Stoß um Stoß mit seinem Körper abfing, lullte ihn die Monotonie allmählich ein.

Geschieht dir recht, hätte sein Vater jetzt wohl gesagt, wie all den Vollidioten, die in Sommerschuhen auf Berge steigen, um dann in einer Felsspalte zu verschwinden, so bist du losgefahren, ohne die Gefahr zu sehen. Soll ich jetzt Mitleid haben oder über dich lachen?

Wie gern hätte er dem Alten bewiesen, dass all das nichts

mit ihm zu tun hatte, dass es jedem hätte passieren können –
doch Albert zweifelte selbst daran. Er überlegte, was in seinem
früheren Leben auf die Situation, in der er sich jetzt befand,
hätte vorausweisen können. Er war nie leichtsinnig gewesen,
nicht mehr jedenfalls als andere. Berthold schon eher, aber der
hätte das risikofreudig genannt. Ich hingegen war einfach nur
dumm, dachte Albert, als der Wagen hielt.

Die Türen wurden geöffnet und zugeschlagen, Alberts Körper vibrierte, jemand rüttelte an der Klappe der Ladefläche.
Schließlich spürte er die Hände an der Decke und wurde über
das Blech gezogen. Mit einer gewissen Vorsicht, die Albert registrierte, stellten sie ihn auf die Beine und wickelten ihn aus.

Was er, japsend vor Aufregung, erblickte, war eine Art Tankstelle im Nirgendwo. Vor dem Holzgebäude standen zwei riesige Metallkanister, über dem Eingang hatte sich ein Schild mit
unlesbarer Aufschrift gelöst und hing schief herab. Die Sze-
nerie ließ Albert an einen Horrorfilm denken, es blieb ihm jedoch keine Zeit, genauer hinzuschauen, denn seine Bewacher
stießen ihn voran.

Im Gebäude gab es ein verlassenes Büro mit wackligen
Drehstühlen und Holztischen, auf denen eine Sandschicht
lag. Keine Papiere, keine elektronischen Geräte, nichts deutete mehr auf die Tätigkeit von Menschen hin. Was immer man
hier verwaltet hatte, es war längst verschwunden. Der dunkle
Raum roch süßlich, bei jedem Schritt, den Albert tat, rieselte
Sand von der Decke. Hier wollen sie dich unterbringen, stellte
er fest und blickte sich um. Schon sehnte er sich nach dem Verschlag zurück.

»Eine Nacht«, sagte einer der Bewacher, »morgen weiter.«

Sie lösten den Strick, er musste die Arme um einen Holz-
pfosten legen, um sogleich wieder, diesmal mit Handschel-
len, gefesselt zu werden. Er ließ sich am Pfosten hinabgleiten,
lehnte die Stirn gegen das Holz und verbrachte so den Rest der

Nacht. Er war müde, ausgebrannt, anfangs lauschte er noch auf die leisen Stimmen seiner Bewacher, auf ihr Hüsteln und Geklapper wenige Meter von ihm entfernt. Schließlich aber schlief er ein, tief und traumlos, er fiel in einen Abgrund, seine Hände zitterten leicht, er aber stellte sich vor, die Arme auszubreiten wie ein bereitwillig Ertrinkender.

Osama

Beim Betreten des Kellers stieß Albert mit dem Kopf gegen den oberen Rand der niedrigen Tür. Endlich war ihm der Sack vom Kopf genommen worden, aber was er sah, hob seine Stimmung nicht. Nach der kurzen Nacht in der verlassenen Tankstelle hatten ihn seine Entführer wieder eingewickelt und an einem Treffpunkt anderen Leuten übergeben. Diese verzichteten zum Glück auf die kratzende Decke und begnügten sich mit einem Sichtschutz, ließen Albert auf der Rückbank ihres Wagens liegen und brachten ihn schließlich hierher.

An den Geräuschen hatte er erkennen können, dass sie durch eine bewohnte Gegend, vielleicht sogar die Vororte einer Stadt fuhren. Die Kühle der Dämmerung ließ nach, allmählich wurde er wach, doch seine Aufmerksamkeit reichte noch nicht aus, um ihn beim Hinabsteigen der in den Lehm gehauenen Stufen vor dem Zusammenprall mit dem Türrahmen zu bewahren.

Blut rann über Alberts Gesicht. Einer der Wächter hängte sein Gewehr über die Schulter, um die Wunde mit beiden Händen untersuchen zu können. Er war ein etwa fünfzigjähriger Mann, der sein Gesicht nicht verhüllt hatte. Er sah gütig aus, wie ein Familienvater, jemand, der am Leben hängt. Dennoch war er bewaffnet, stand hier in diesem unterirdischen Verlies vor Albert und wiegte skeptisch den Kopf. Seine Zuwendung und Gewissenhaftigkeit beruhigten Albert sofort, er mochte diesen Mann mit dem grauen Schnurrbart und war überzeugt, von ihm nichts befürchten zu müssen. Als er auch noch kurz blinzelte, das Blut an seiner Hose abwischte und ihm ein blütenweißes Stofftaschentuch reichte, war Albert überwältigt. Er wurde in eine unterirdische Kammer geführt, setzte sich in der Ecke auf den Boden und hätte vor Rührung heulen können. Nachdem er sich die Stirn abgetupft hatte, hielt er seinem Bewacher das Taschentuch hin, doch dieser hob nur seine große Hand und machte eine beruhigende Geste.

Ihr Väter und Mütter, steigerte sich Albert in seine Gefühle hinein, was wäre die Welt ohne euch, bevölkert nur von den schwerbewaffneten Clowns, die durch all die Filme und Spiele des Westens irren – und hier tatsächlich durch das Land.

Die hölzerne Tür wurde geschlossen und Albert fiel Captain Moore ein, dem er keine drei Wochen vor seiner Entführung begegnet war. Es war an einem Tag mit besonders kurzer Morgenkühle, alsbald vom allgegenwärtigen Staub über Straßen und Hainen verschluckt, einem zunächst grauen, nach und nach gelblich werdenden Staub, der aus der Erde zu kriechen schien.

Die Amerikaner waren zu sechst und näherten sich dem Gehöft von der Rückseite her. Albert befand sich mit Frau Bakir, dem Fahrer Khaled und seinem Übersetzer Osama ganz in der Nähe an einer der geplünderten Grabungsstätten. Anfangs beachteten sie die Soldaten nicht weiter, waren jedoch durch ihre Anwesenheit alarmiert. Aus irgendeinem Grund rief der Mann, der sich später als Captain Moore vorstellte, Osama zu sich und Albert folgte ihm. Ohne recht zu wissen, wie ihnen geschah, wurden sie in die bevorstehende Operation eingebunden. Albert konnte dem Fahrer und seiner Chefin gerade noch Handzeichen geben, dort zu bleiben, wo sie waren, da setzte sich der kleine Trupp bereits in Bewegung.

Die Amerikaner hatten einen Übersetzer bei sich, doch der Captain hielt es für eine gute Idee, noch einen weiteren Sprachkundigen bei sich zu haben. Albert nahm er kaum wahr. Seine Männer erwarteten keine Feindberührung, hielten die M-16-Gewehre zwar bereit, die Läufe aber gesenkt. Die neue

Strategie war defensiv und effektiv: respekteinflößend auftreten, ohne zu drohen, das Gespräch suchen, aber nicht erzwingen. Sie überstiegen schmale, an vielen Stellen fast verwehte Bewässerungskanäle. Ihre Stiefel und Hosen waren binnen Minuten gelbgrau gefärbt. Das Gehöft lag friedlich in der Stille des Vormittags, nicht einmal ein Hund kläffte.

An einer verfallenen Lehmmauer gab der Platoonführer das Halt-Zeichen. Albert erinnerte sich, wie beeindruckt er von diesem hochgewachsenen, beinahe schlaksigen Mann war, der einem Kriegsfilm entsprungen zu sein schien, nicht nur in der Art sich zu bewegen und seine Männer zu führen, sondern bis hin zu seinen Gesichtszügen. Dass es solche Inkarnationen in der Wirklichkeit gab, verblüffte ihn stets aufs Neue. Dieser Moore sah aus wie der perfekte Soldat.

Albert blieb ein paar Meter zurück. Der Captain begutachtete die Gegend. Nichts rührte sich, die Stille umschloss sie. Der Platoonführer gab Zeichen und die Männer postierten sich nebeneinander, die Rücken direkt an der Mauer. Sie warteten. Sanft strich der Wind über das trockene Land und wirbelte zart leuchtenden Sand auf. Moore machte mit zwei Fingern eine Geste vor seinen Augen. Einer der Soldaten schob sich an der Mauer entlang, spähte um die Ecke und gab ein Zeichen zurück. Sie warteten wieder. Jetzt vernahm Albert weit entfernt und sehr leise das Bellen eines Hundes. Es wurde vom Wind herangetragen und wieder fortgeweht. Das Bellen schien in der Stille zu versinken. Plötzlich ging ein Ruck durch die Reihe, Stiefelsohlen scharrten, Waffen wurden entsichert.

Captain Moore musste kaum wahrnehmbar einen Befehl gegeben haben. Einer nach dem anderen stießen sich die Soldaten von der Wand ab, bewegten sich auf das Gehöft zu. Sie gingen langsam, machten vorsichtige Schritte wie auf unsicherem Grund und schwärmten aus. Als der letzte um die Mauer herum war, bildeten sie zwei locker gestaffelte Reihen. Albert tapste nur hinterher und kam sich vor wie in einem Western: allmählich spürbar werdende Hitze, die angespannten Bewegungen der Männer und die Gebäude des Hofes mit weichen Konturen im Staub.

Der Captain gab erneut Zeichen und alle hoben die Gewehre, sodass die Läufe in den Himmel wiesen. Ganz offensichtlich war dies ein Zeichen für jene, die sie kommen sahen. Keine fünfzehn Meter trennten sie vom Haus, und es hatte sich auf dem Hof noch niemand bewegt.

Albert war bereits überzeugt davon, dass das Gehöft verlassen war, als sich doch noch eine Tür öffnete. Ein magerer Mann in heller Dishdasha trat heraus. Ob er lächelte oder nur sein Gesicht verzog, war nicht auszumachen, mit einer Hand zupfte er seinen Turban zurecht, mit der anderen rieb er seinen Bauch.

Sofort kam routinierte Bewegung in die Gruppe. Der Platoonführer rief seinen Übersetzer und Osama zu sich. Die Soldaten standen locker verteilt herum. Kurz wirkte all das wie ein Spiel.

»Salam alaikum.« Moore trat an den Mann heran, eröffnete das Gespräch und ließ den Übersetzer die üblichen Fragen stellen: Hatte er etwas Auffälliges gesehen in der letzten Zeit, hatte er Besuch von Fremden gehabt, wie viele Waffen gab es im Haus? Das Gespräch verlief zwanglos, der Mann verneinte alle Fragen. Mit einer Handbewegung schickte Moore drei seiner Männer zum Haus. Albert wartete wie alle anderen ab. Die Stille war undurchdringlich.

Moore schien diese Situation gut zu kennen. Er stand mit dem Übersetzer nahe bei dem leicht gekleideten Gewandträger, der aussah, als wäre er soeben aus dem Bett gestiegen. Albert blickte auf die im Sonnenlicht durchsichtigen Ärmel des Gewandes: Im Vergleich zu den Soldaten mit ihren an vielen Stellen verschnürten, durch Gurte und Schnallen gesicherten Tarnanzügen wirkte dieser Mann nackt.

Der Captain zog Osama zu sich und ließ ihn noch einige weitere Fragen stellen. Osamas jugendliches Aussehen und seine Eigenart, stets leise zu sprechen, weckten Vertrauen in den Menschen. Albert verstand kaum etwas von der Unterredung, doch der Captain schien sehr zufrieden mit dem, was ihm übermittelt wurde.

Hinter dem Gebäude erhoben sich Stimmen. Noch vor allen anderen hatte Moore die Unruhe wahrgenommen, leicht den Kopf gehoben und kurz Blickkontakt mit seinen Männern gesucht. Das genügte, um sie in Alarmbereitschaft zu versetzen.

Der Lärm hörte sich nicht gefährlich an. Einer der ausgesandten Soldaten fluchte, ein zweiter gab Laute des Erstaunens von sich. Der Mann im Gewand setzte sich in Bewegung, führte Moore und die Übersetzer in Richtung der Stimmen. Der Captain gab wieder Handzeichen und die übrigen seiner Leute folgten ihm. Albert verharrte, ließ die anderen einige Meter vorausgehen. Er machte sich unsichtbar, trat aus der Szene heraus, dann folgte auch er.

Die drei vorausgeschickten Soldaten standen vor einer Art Schuppen, einem niedrigen Gebäude aus Lehm mit eingefügtem und darübergelegtem Reisig, nicht unähnlich jenem, das Albert wenig später von innen kennenlernen sollte. Der Eingang stand offen, die Latten der gezimmerten Torflügel hingen schief aus den Lehmwänden. Einer der Soldaten hatte sich ächzend niedergehockt und streckte vorsichtig den Kopf hinein. Der Mann im Gewand breitete die Arme aus, als er sah, was die Amerikaner gefunden hatten. Moore und die Übersetzer eilten an ihm vorbei und gafften suchend in den Eingang.

Doch da war nichts zu sehen, der kleine schmutzige Raum war leer. Nur von den Wänden hingen an zwei Stellen weit oben befestigte Riemen herab, die in Schlingen endeten. Sofort begann reges Palaver, Osama und der Übersetzer der Amerikaner versuchten herauszubekommen, wozu dieser Verschlag diente. Captain Moore hatte den Verdacht, dass es sich um ein Versteck für Entführungsopfer handelte.

Doch der Mann im weißen Gewand stritt alles kategorisch ab, wedelte mit den Händen und schüttelte den Kopf, verzog das Gesicht, verschränkte die Hände und hob sie wie zum Gebet. Er beschwor die Übersetzer, die jedes Wort wiedergaben, ihn nicht zu verdächtigen. Dennoch wurde sein Haus durchsucht, polternd drangen die Soldaten ein, Schreie und Flüche einer Frau waren zu hören.

Am Ende versammelten sich die Amerikaner vor dem Haus und was sie sagten, war nur Ausdruck von Verwirrung. Osama flüsterte Albert zu, es sei kein Versteck für Entführte gewesen, wen oder was sie dort einsperrten, wollten die Leute allerdings nicht preisgeben. Die jungen Burschen blickten unter ihren Helmen frustriert drein, als wären sie einmal mehr ins Leere marschiert.

Albert streckte die Beine von sich und legte sich flach auf den Boden. Ziellos bewegte er die Hand und ertastete eine jener dunklen Decken mit großem Blumenmuster, wie sie ihm auch Frau Bakir ins Büro gebracht hatte, wenn es wieder einmal spät geworden war und der Abend nahte. Das Ding sah aus wie ein durchlöcherter Vorhang. Er rollte es fest zusammen und schob es sich unter den Nacken.

Die nackte Glühbirne in dem Kellerloch blendete ihn, weshalb er die Hand auf die Augen legte. Sein Rücken schmerzte vom stundenlangen gebeugten Sitzen an jenem Pfahl in der verlassenen Tankstelle. Dennoch schlief er nicht wieder ein, befühlte nur den allmählich sich bildenden Schorf seiner Wunde und lauschte auf die wenigen Geräusche, die in seine Zelle drangen.

Vor der Tür mussten mindestens zwei Wächter stehen, die sich leise, doch angeregt unterhielten. Albert fragte sich, ob sie wussten, was mit ihm geschehen würde. Wie wertvoll ihm dieses Wissen gewesen wäre, hätten die beiden nicht erahnen können. Er verfluchte sich dafür, den älteren Wächter nicht nach der Uhrzeit gefragt zu haben. Dafür bezahlte er jetzt, musste bald zwischen Tag und Nacht vor sich hindämmern. Kurz erlosch die Glühbirne und flackerte wieder auf, noch heller als zuvor. Wie konnte es sein, fragte sich Albert, dass er mit der wichtigsten Frage seines Lebens nur durch eine Holztür von zwei ihm völlig Fremden getrennt war, welche möglicherweise die Antwort kannten?

Er blinzelte durch die Finger, sah die dunklen Verfärbungen an Wänden und Decke. Einem Impuls folgend, setzte er sich auf, rieb sich die Augen und kroch zur Tür hinüber. Er klopfte fest und zugleich vorsichtig, einmal, zweimal, machte eine Pause und klopfte ein drittes Mal. Die Tür wurde aufgestoßen und traf Albert stark genug am Kopf, um seine Wunde wieder bluten zu lassen. Mit aufgerissenen Augen starrte ihn einer der Wächter über sein vor das Gesicht gezogene Tuch hinweg an. Albert ließ sich zur Toilette bringen. Dort, über dem stinkenden Loch im Boden hockend, brauchte er so lange, dass der Mann ihn mehrmals ermahnen musste.

Auf dem Rückweg hob Albert den linken Arm und tippte auf sein Handgelenk. Der Wächter brauchte einen Moment, schließlich begriff er, zog den Ärmel hoch und zeigte ihm die Uhr. Albert grinste dankbar, als der andere bereits verschwunden war.

Es war dreizehn Uhr, der Nachmittag des dritten Tages. Insgeheim hoffte er noch immer, dass die Sache vorbei sein würde, bevor sie Kreise zog, dass die Leute im Büro die richtigen Schritte einleiten würden. Das Problem war das Geld – worum sonst sollte es hier gehen? Natürlich hatte er mit Frau Bakir und dem Leiter des Nationalmuseums über einen Fall wie diesen gesprochen und sie instruiert, mit der Botschaft Kontakt aufzunehmen. Wie lange konnte das dauern, fragte er sich. Frau Bakir war eine durchaus resolute Dame, doch Direktor Zulagi entsprach eher dem Typus des machtlosen Beamten der Diktatur: ein wichtiger Nichtsnutz.

Eine halbe Stunde später wurde die Tür erneut geöffnet. Der Wächter mit der Armbanduhr trug einen Blechnapf herein und stellte ihn vorsichtig in der Mitte des Raumes auf den Boden. Er blieb davor hocken, bis Albert sich aufgerappelt und das Essen pflichtschuldig inspiziert hatte. Der Mann legte die Finger seiner Rechten zusammen, führte sie andeutungsweise zum Mund und nickte dabei. In der Schale war Reis, darüber lagen zwei gekochte Okraschoten, außerdem gab es sogar noch ein wenig Hühnerhaut.

Albert brummte zustimmend, der Mann erhob sich, verließ den Raum, nur um wenig später mit einer zweiten Schale zurückzukommen. Gleich darauf wurde Osama hereingestoßen, er stolperte drei Schritte voran, fiel auf die Schale und wälzte sich stöhnend auf den Rücken. Der junge Wächter blickte auf ihn herab, und obwohl Albert nur die Augen sah, nahm er die Abschätzigkeit wahr, mit der er die beiden Gefangenen betrachtete.

Als sie allein waren, kümmerte sich Albert um seinen Übersetzer. Osama war in schlechter Verfassung, er war barfuß, seine Hände und Füße von Kratzern übersät, und das alte Sakko, das er fast jeden Tag getragen hatte, hing ebenso in Fetzen wie seine Hosen.

»Was haben sie mit dir gemacht?«, fragte Albert und versuchte dabei in Osamas Augen zu sehen.

Osama schüttelte nur den Kopf und wehrte Alberts Hände ab.

»Es ist nichts, lass«, flüsterte er, wischte das verschüttete Essen mit der Hand zusammen und tat es zurück in die Schale.

»Ich habe Hunger«, stieß er entschuldigend hervor und schob sich den ersten Happen in den Mund.

Albert tat es ihm nach, formte mit den Fingern Kugeln aus Reis. Schweigend saßen sie einander gegenüber, hin und wieder blinzelte Albert hinüber, um eine Vorstellung von dem zu bekommen, was Osama durchgemacht hatte.

Sie behandeln ihn roh, weil er aus der Stadt ist, ein verwestlichter, ein schlechter Gläubiger, der noch dazu für die Ausländer arbeitet. Einer von denen, die nach ihrer Meinung ohnehin nicht mehr in dieses Land gehören, die es mit ihren Herzen bereits verlassen haben und sich am liebsten den Amerikanern und Briten zu Füßen geworfen hätten. Albert kaute schmatzend und nickte stumm vor sich hin, bis Osama brummte:

»Was ist? Du schaust, als wäre ein Geist im Raum.«

Diesen Ton war Albert von ihm nicht gewöhnt. Der zurückhaltende Osama, stets bereit herumzualbern, ein Mann, der nie beleidigt zu sein schien, wenn Albert einmal eine allzu laxe Bemerkung über die Sitten seines Landes herausrutschte – dieser Osama hatte sich verändert. Alles Vertrauenerweckende war aus seinem Gesicht verschwunden, etwas Grimmig-Verstörtes lag nun darin. Albert blieb vorsichtig.

»So kommt es mir auch vor.«

Osama wischte die Schale aus, stellte sie neben sich und leckte seine Finger ab.

»Ich habe die Prügel bezogen, die für dich bestimmt waren.«

»Für mich?«

Albert, überfordert von diesem unerwarteten Gespräch, merkte, wie sich sein Herzschlag beschleunigte.

»Du weißt genau, warum ich hier bin. Ich wollte helfen.«

»Ja, helfen.«

Osamas schmales Gesicht legte sich in Falten, er schnitt eine Grimasse, und Albert vermutete, dass er unter Schock stand.

»Hast du meine Botschaft bekommen?«, sagte der Übersetzer mit dem Anflug eines Lächelns.

»Welche Botschaft?«

»Das Foto.«

»Oh ja, das Foto«, sagte Albert und ließ kurz den Kopf hängen, »ich habe es bekommen und mich sehr darüber gewundert, wie du dir vorstellen kannst.«

Osama lachte lautlos und sackte in sich zusammen.

Sie hatten ihn ausschließlich barfuß gehen und im Freien schlafen lassen, was ihm Gelegenheit gab, während der langen Mittagsstunden im Dorf Kontakte zu knüpfen.

»Ein Bauernbursche hat mir das eingebrockt. Er sollte dir nur das Foto bringen. Hat er auch getan, mich aber gleich danach verpfiffen. Diese Leute vom Land, man wird aus ihnen nicht schlau.«

»Hattest du das Foto in der Hosentasche?«

Albert grinste ihn an.

Osama seufzte müde.

»Natürlich, so etwas habe ich immer bei mir.«

»Wer sind die?«

Albert hielt den Moment für günstig, das Thema zu wechseln.

Osama lehnte sich gegen die Wand und streckte die Beine aus. Seine Fußsohlen waren blutverkrustet. Er seufzte.

»Auf jeden Fall sind sie Schiiten. Sie haben vor zwei Wochen einen Aufstand gegen die Besatzer begonnen.«

Osama suchte Alberts Blick.

»Tja, man könnte sagen, wir haben Pech gehabt.«

»Wieso?«

Albert wurde nervös.

»Das sind keine Wegelagerer oder Gangster, wie ihr sagt. Die hier vor der Tür glauben an das, was sie tun.«

»Frag sie, was sie mit uns vorhaben.«

Osama winkte ab.

»Die wissen von nichts. Sie sind nur so etwas wie Zwischen-händler, die uns weiterreichen. Die Chefs sitzen woanders, sie geben die Befehle und entscheiden.«

»Aber es geht doch um Geld, oder?«

»Geld und Glauben.«

»Sie schneiden also auch Köpfe ab«, sagte Albert.

Osama wusste, dass er wie jeder verbliebene Ausländer im Land das Schicksal des Amerikaners Nicholas Berg fürchtete, der kürzlich vor laufender Kamera enthauptet worden war.

»Zuweilen«, sagte er mit einem grausamen Lächeln, »ver-setzt der Glaube auch Köpfe.«

Die Wächter brachten ihnen zwei Stunden später noch Wasser, dann schalteten sie das Licht aus. Alles in Albert sträubte sich dagegen, am helllichten Tag im stickigen Dunkel zu liegen. Als er sich lautstark beschwerte, erinnerte Osama ihn daran, dass der Keller zumindest einen Vorteil hatte: Man musste sie nicht mehr fesseln.

Zähneknirschend stimmte Albert zu. Er schwieg, denn er konnte Osama nicht verzeihen, was er über die Köpfe gesagt hatte. Dieser triumphierende Zynismus überraschte ihn, es war, als hätte ihre bislang kurze Gefangenschaft eine andere Person in Osama zum Vorschein gebracht.

Nervös wischte Albert an seiner Stirnwunde herum, bis sie erneut zu nässen begann. Er fühlte das Blut auf seinen Finger-spitzen und musste plötzlich wieder an Mila denken.

Sie stand im Wind auf jener Wiese, die sie nach ihrem Strandspaziergang erreicht hatten. Dann schlenderte sie vor-aus, stelzte ungeschickt über Grasnarben und Steinbrocken, bis etwas ihre Aufmerksamkeit auf sich zog. Kurz verharrte sie, um endlich loszulaufen bis an den Rand einer sich weit hinstre-ckenden, flachen Senke.

Als Albert bei ihr war, zeigte sie mit dem Finger auf sand-überzogene Klumpen und schiefe Stapel: Bücher. Es mussten Hunderte sein, die man hier entsorgt hatte, und alles deutete auf eine hastige, überstürzte Aktion hin.

»Das Zeug wollten sie aber dringend loswerden«, brachte Mila es auf den Punkt. »Die Stadtbibliothek ist umgerüstet worden.«

»Eher der Bücherbus«, erwiderte Albert.

Mila hüpfte wie ein Kind in die Senke hinunter und machte sich an den Haufen zu schaffen. Albert war noch immer fest entschlossen, sie so einfach nicht davonkommen zu lassen; er wollte mit ihr über die zurückliegende Nacht sprechen. Noch bevor er bei ihr war, hatte sie eines der Bücher aufgehoben, blätterte darin und sagte:

»Das hatten wir doch auch. Mutti hat es vorgelesen. Hier: ›Die Nacht verging, leis strich der Wind, ein heller Frühlings-tag brach an, und in dem warmen Morgenglanz, da starb der junge Partisan …‹ Kennst du das noch?«

»Nein.« Albert wurde ungeduldig. »Was war letzte Nacht mit dir los? Nimmst du deine Tabletten nicht mehr?«

»Was soll das jetzt: Tabletten?«

Mila war ehrlich empört. Sie warf das Buch zu Boden und breitete ihre mageren Arme aus.

»Schau dich um, niemand nimmt mehr seine Tabletten.«

»Nicht schon wieder, Mila, nicht jetzt. Was glaubst du, wie Berthold sich fühlt?«

»Der kommt schon wieder. Sie kommen alle wieder. Das Kranke zieht sie an.«

Mila konnte widerlich sein. Er drang nicht weiter in sie, doch ihm war unwohl dabei.

Er horchte in die Stille hinein. Osamas gleichmäßige Atem-züge waren zu hören und die unregelmäßigen, gedämpften Ge-räusche vor der Tür des Kellers. Die verbrauchte Luft nahm ihm den Atem, seine Haut war überzogen von einer Schweiß-schicht, die sich ständig zu erneuern schien. Ganz langsam lief er aus. Er meinte den Pulsschlag in seinem Kopf zu hören, die Enge des eigenen Körpers zu spüren, der sich anfühlte wie ein zu knapper Anzug.

Verzweifelt klammerte er sich an seinen letzten Gedanken: Mila stand so lebendig vor seinen Augen wie niemand sonst. Ihm war, als könne er jetzt erst, nach all den Jahren, verstehen, wie sie sich fühlte. Etwa ihre wahnwitzige Idee, manipuliert zu werden, die Angst vor einer Veränderung, die ohne ihr Wissen vorgenommen worden war. Was war das anderes als die Vor-stellung, ihr Innerstes sei nicht ihr eigenes. Etwas Fremdes so gut versteckt in ihr, dass sie es nicht einmal erkennen konnte. Durch ihre Augen blickte es in die Welt, mit ihren Ohren hörte es, ja, es dachte sogar mit ihrem Geist. Das Indiz dafür fand sie als Zwölfjährige auf ihrem eigenen Kopf. Die Narbe stammte in Wahrheit von einem Aneurysma, das behandelt wurde, als sie fünf war. Mila aber blieb bei ihrer Überzeugung und wei-tete die Vision sogar noch aus: Nicht nur sie selbst, sondern jeder, den sie kannte, hatte sich dieser Operation, ohne es zu wissen, unterziehen müssen.

Im Strandhaus hatte sie es übertrieben. Berthold musste Todesängste ausgestanden haben, als sie mitten in der Nacht mit einer riesigen Textilschere, Vorkriegsmodell, abgewetzte Metallklingen, auf ihn losging und ihm büschelweise Haare vom Kopf schnitt. Dabei konnte man nicht einmal damals ganz sicher sein, ob sie es ernst meinte oder auf ihre sinistre Weise herumspielte. Konzentriert, mit präzisen Handbewegungen suchte sie auf Bertholds Kopf nach Hinweisen auf den »Ein-griff«. Sie verletzte ihn dabei, sodass feine Rinnsale aus Blut über sein Gesicht liefen, als er aufrecht und mit entsetztem Ausdruck im Bett saß.

»Wenn du von ihr sprichst, könnte man glauben, sie sei deine Geliebte«, sagte Osama im Laufe der langen schlaflosen Nacht.

Er hatte über den Deutschen nachgedacht, darüber, wie er sich seit ihrer Entführung verändert hatte. Er ist deprimiert, sagte er sich, aber auf eine merkwürdige Weise: Er versinkt förmlich in sich selbst, etwas zieht ihn hinab. Vielleicht ist es die Angst.

»Ja«, gab Albert lächelnd zu. »Ich weiß nicht, warum. Sie rührt mich, verstehst du, und sie ist verbunden mit dieser anderen Zeit.«

»Sie ist deine Schwester, ihr kennt euch lange. Das ist hier auch so«, leitete Osama ungeschickt über. »Man kennt sich von Kindheit an, hat zusammen gespielt.«

»Woher dann all der Hass?«

»Der kommt später, nach der Kindheit, wenn die Leute anfangen zu denken.«

»Wenn sie denken, hassen sie einander?«

»Oh ja, sie haben dann Überzeugungen.«

Osama dachte an die Wächter und ihre ihm allzu vertraute, wortkarge Entschlossenheit. Er entstammte einer liberalen Familie und glaubte immer, dass sie ihren relativen Wohlstand dieser liberalen Haltung verdankten. Sein Vater hatte es immerhin bis zum stellvertretenden Direktor gebracht, trotz seiner insgeheim kritischen Haltung gegenüber dem Regime.

Ursprünglich vom Land, war Osama später im sogenannten Ausländerviertel der Hauptstadt aufgewachsen, dort, wo nicht etwa nur Fremde, sondern all jene wohnten, die gute Beziehungen ins Ausland hatten. Seine Deutschkenntnisse verdankte er seiner Mutter, einer Lehrerin, die vor vielen Jahren in der DDR studiert hatte. Osama hatte kurzzeitig sogar für ein deutsches Institut gearbeitet, bis es aus Sicherheitsgründen geschlossen wurde.

Dieser ungewöhnliche Hintergrund schien sie in Alberts

Augen miteinander zu verbinden. Er wünschte sich, Osama von jenen Kleinigkeiten aus der Heimat erzählen zu können, die ihm hier nach Monaten plötzlich in den Sinn kamen und die er jetzt festzuhalten versuchte, als könnten sie ihn von seiner Furcht erlösen.

Gern hätte er ihn einbezogen in dieses zwanghafte Erinnern, ihm Mila als Kind beschrieben, im Sand einer der ewigen Baustellen, aus denen sich ein neues Wohnsilo erhob: Selbst die Zöpfe standen mager wie Antennen von ihrem Kopf ab, sie trug ein verblichenes Blümchenkleid und zu große Schuhe.

In der Kindheit schon war es die Kleidung, die Mila mit einer vergangenen Zeit zu verbinden schien. Auch er, ihr Bruder, betrachtete sie mitleidig, denn schließlich war im Sozialismus alles Vergangene überwunden. Was immer sie trug, Mila war übrig geblieben in ihrem hundertmal gewaschenen Kleidchen, mit ihrer schwarzen, am Bügel zusammengeklebten Brille und den Schlagspuren in ihrem Gesicht.

Er sah sie vor sich, gerade hatte es geregnet und von den Wolkenkanten stürzte das Licht herab über die endlose Betonfassade des Wohnblocks hinein in die Straßenpfützen, stieg wieder auf und ließ Milas helle Haut schimmern. Vom Jochbein zog sich eine rosige Fläche über ihre rechte Gesichtshälfte bis hinunter zu der etwas schiefen, weil geschwollenen Unterlippe. Nein, dachte Albert, schön war sie nicht, aber damals schon wie ein zurückgelassenes Stück von mir. Ist es möglich, das mit zehn zu empfinden, eine kindliche Liebe aus Schmerz?

Albert starrte in die Dunkelheit, rieb sich die Augen und fragte Osama, ob er noch wach sei. Es wunderte ihn nicht, dass dieser bejahte. Sofort wurde ihm bewusst, wie wenig der Übersetzer überhaupt hätte anfangen können mit seinen Kindergeschichten, er, der sein Land im Krieg erlebt hatte, einem Bürgerkrieg entgegensah und nun zu allem Überfluss auch noch als Verräter gefangen gehalten wurde.

Und doch war das Reden gerade hier wichtig für sie. Sie gingen gemeinsam durch, was passiert war, erinnerten sich an Captain Moore und seine Soldaten, daran, wie sie ihm schließlich, als es zu lange dauerte, ins Haus der Familie folgten, vielleicht nur, um von ihm offiziell entlassen zu werden.

Die Frau des Hausherrn und ihre drei halbwüchsigen Kinder kauerten in einem Korridor am Boden, blickten ängstlich und neugierig zugleich zu den Soldaten hinüber, die sich in der Wohnung umsahen. Der Captain und sein Übersetzer waren nirgends zu sehen.

Albert und Osama gesellten sich zu den vier Männern. Die registrierten sie kaum und fuhren mit ihrem Gespräch fort. Albert las ihre Namensschilder und versuchte so viel wie möglich von dem Gerede zu verstehen. Die Soldaten hatten ihre Staubbrillen hoch auf die Helme geschoben und die schwarzen Gesichtstücher unter das Kinn. Sie sollten ihre Gesichter zeigen.

Johnson blickte nach oben, drehte sich langsam und musterte die fleckigen Wände, die primitiven elektrischen Installationen und das verbeulte Kochgeschirr, das auf schiefen Regalen stand oder von groben Nägeln gehalten an der Wand hing.

»Was für ein Scheißloch«, sagte er, »wie kann man nur so wohnen.«

»Ich habe schon Schlimmeres gesehen«, murmelte Hurlacher. »Hier haben sie wenigstens Fernsehen. Schau dir die Kiste an, das Ding stammt aus den Siebzigern.«

Johnson musterte ein vergilbtes Kalenderblatt an der Wand. Es zeigte ein verschleiertes Bauernmädchen mit Strohkorb an einem Flussufer.

»Erinnert mich an deine Mom«, sagte er.

Hurlacher grinste, wies mit dem Gewehrlauf in den Korridor:

»Die Alte da erinnert mich an deine.«

»Verdammtes Arschloch.«

Alle Schränke waren geöffnet und durchsucht worden. Die Männer hatten ein großes Deckenbündel gefunden und es auf den Boden geworfen. Jetzt standen sie darauf, schoben die Falten mit den Stiefelspitzen auseinander.

»Ist das ihr Bettzeug?«

»Ich glaub, ja. Hab kein richtiges Bett gesehen. Die schlafen hier.«

»Keine Heizung, kein Ofen. Was ist das da?«

»Riecht wie ein Grill. Barbecue, immerhin.«

»Was für ein Scheißloch.«

Captain Moore kam herein, gefolgt vom Übersetzer und dem Hausherrn, dessen Dishdasha beschmutzt war. Der Mann drängte sich in den Raum, sein Gesichtsausdruck war angsterfüllt. Sogleich stürzte er zum Korridor und sprach auf seine Familie ein, seine Frau konnte ihn kaum beschwichtigen.

»Hat der etwa gedacht…«, zischte Johnson.

»Man sieht's dir eben an«, erwiderte Hurlacher.

Der Captain gab den Befehl zum Abmarsch, die Männer zogen ihre Staubtücher vor die Gesichter und verließen an Albert und Osama vorbei das Haus.

»Sahen sie nicht genau wie Gangster aus?«, fragte Albert.

Osama stimmte zu:

»Räuber, die gerade einen Überfall begangen haben.«

Der nächste Tag begann mit einer Art Hofgang. Albert und Osama waren glücklich darüber, aus dem Keller herauszukommen; mit unterdrücktem Feixen folgten sie den Wächtern die Treppe hinauf. Als sie einen großen, selbst im Morgenlicht dämmrigen Raum betraten, kamen sie plötzlich zur Vernunft. Kalt drängte sich die Furcht in Alberts Brust, kroch ihm bis in den Hals. Keiner der Wächter machte Anstalten, ihnen die Augen zu verbinden, alarmiert blickte sich Albert um, sah nichts weiter als Stapel weißer Plastikstühle und ein paar zusammengerollte Decken, die schmutzige Fensterfront und den Innenhof davor.

Filmbilder jagten durch seinen Kopf: ein Pistolenlauf, von hinten auf seinen Nacken weisend, eine langsam sich ausbreitende Blutlache auf dem Boden. Zugleich aber versuchte er kleinste Hinweise auf das Bevorstehende zu finden und wollte sich selbst davon überzeugen, dass sie nicht lange genug in der Gewalt der Entführer waren, um jetzt schon mit dem Tod rechnen zu müssen.

Und doch hätte es eine gewisse Logik, hier auf dem staubigen Boden zu sterben, nach all den Risiken, die er eingegangen war, den Gefahren, die er ignoriert hatte. Wie Einträge auf ein himmlisches Gutschriftkonto sah er die gezählten Akte seines Leichtsinns vor sich und fühlte sich schwach und dumm dabei. Die Angst machte ihn klein, und er ahnte etwas von dem Segen, den es bedeutete, auf das bloße Weiterleben vertrauen zu können. Niemand wird mir das wiedergeben können, dachte er, ich werde ein ängstliches Tier sein, selbst wenn ich hier heil herauskommen sollte.

Osama ließ sich nichts anmerken. Er konzentrierte sich in Gedanken auf seine Familie. Immer wieder rief er die Erinnerung an seine Mutter, seinen Vater, seine Geschwister und natürlich an seine Frau Randa in sich wach, versuchte ihre Gesichter deutlich zu sehen, als stünde er dicht vor ihnen. Doch es gelang ihm nicht, er kam nicht nahe genug an sie heran. Warum kann ich sie nicht sehen, wie ich will?, dachte er zornig. Wozu ist man Menschen überhaupt nah, wenn sie sich im Augenblick der Gefahr zurückziehen wie Phantome? Hier gab es für ihn nur den Deutschen und die Wächter. Sie versperrten ihm die Sicht auf jene, die er liebte.

Aufrecht trat er in den Hof hinaus, schützte seine Augen

vor dem Sonnenlicht, nur ein kurzer Seitenblick zu Albert ließ diesen wissen, dass er ebenso furchtsam war wie er. Die Wächter führten sie zu einer Lehmmauer und stellten sie nebeneinander auf.

Erst als jener ältere Mann, der Alberts Wunde untersucht hatte, mit zwei Kabelbindern zu ihnen trat, löste sich die Anspannung der Gefangenen. Sie wurden gefesselt und man hieß sie, sich niederzusetzen. Die Mauer spendete Schatten, und das Gefühl schwindender Todesangst ließ Albert seufzen und den Kopf auf die Brust senken.

Osama starrte auf seine nackten Füße und wiegte den Kopf. Zwei Hühner stolzierten über den Hof und schüttelten ihr staubiges Gefieder. Die Wächter verschwanden im Haus, für Minuten waren Albert und Osama allein. Die Situation ließ sie zurückfallen in eine frühere Phase ihrer monatelangen Bekanntschaft. Als wäre nichts geschehen, kauerten sie nebeneinander, für Albert schien der Hof wie das ganze Land wieder offen und begehbar. Er fühlte etwas von der alten Sicherheit und, versteckt darin, auch jenes Vertrauen, das er Minuten vorher noch verloren geglaubt hatte.

Er bemerkte die Schönheit des Hauses. Umlaufende, vom Sonnenlicht bestrahlte Balustraden erhoben sich vor den offen stehenden Türen all der Zimmer, die um diese Zeit gelüftet wurden. Eine alte Frau fegte dort oben den Sand von den Steinen. Ihr Reisigbesen erzeugte ein monotones Geräusch. Osama nahm die Hand vom Gesicht, allmählich gewöhnte er sich an den hellen Tag und den sanften Wind.

»Was meinst du, wo wir sind?«, fragte Albert.

Osama schaute sich um und zuckte die Schultern.

»Ich weiß es nicht. Wir sind bisher nicht lange gefahren. Aber sie werden uns Station für Station weiter nach Süden bringen.«

Ein Geräusch in der Ferne schreckte sie auf. Zunächst klang

es wie das Flattern von Stoff im Wind, doch kam es rasch näher, die Lautstärke schwoll bedrohlich an, und als der Black Hawk über den Hof hinwegraste, glaubte Albert die Vibration der Rotoren spüren zu können. Nach ein paar Sekunden war alles vorbei.

Gleichzeitig mit Osama senkte er den Kopf und blickte auf den Boden vor sich. Die Rettung schien so nahe zu sein, doch was bedeutete das in einem Land, das allmählich zu zerfallen drohte in immer mehr Einflussgebiete immer neuer Gruppierungen und ihrer Milizen. Wo am Boden nicht einmal sicher war, wem die nächste Straße gehörte, da konnte die Herrschaft über den Luftraum wenig ausrichten.

Ein Junge brachte eine verbeulte Metallschüssel und stellte sie vor Albert in den Sand. Er richtete sich auf, zog die umgehängte Kalaschnikow vor seinen Bauch und blickte stolz auf die beiden Gefangenen hinab. Das Gewehr wirkte riesig im Vergleich zu seinem kindlichen Körper. Er kramte in seiner Hosentasche und fand ein Stück Kernseife, warf es in die mit Wasser gefüllte Schüssel. Das war Aufforderung genug.

Albert schöpfte Wasser in seine Hände und warf es sich ins Gesicht. Der Junge hockte sich nieder, der Gewehrlauf wies auf die Gefangenen. Er tippte auf seine eigenen Füße, die in ausgetretenen Sandalen steckten. Umständlich streifte Albert seine Sandalen ab, tauchte erst einen, dann den anderen Fuß ins Wasser. Immer wieder glitt ihm die Seife aus den Händen, und er musste sie entweder aus dem Sand klauben oder aus der Schüssel fischen. Der Junge war sichtlich amüsiert. Albert lächelte ihm zu, um ihn bei Laune zu halten.

Als er fertig war, reichte er Osama die Seife, und dieser begann sofort mit der Wäsche. Er ahnte, was geschehen würde. Gerade einmal das Gesicht konnte er benetzen, bevor der Junge mit einem Schnalzen aufsprang, die Schüssel packte und das Wasser vor seinen Augen in den Hof goss.

Osama hatte Mühe, seinen Zorn zu unterdrücken. Er kauerte im Sand, hielt den Blick gesenkt und umklammerte seine Knie, um nicht aufzuspringen und den Jungen zu packen. Am meisten schmerzte ihn, dass die Ordnung hier nicht nur auf den Kopf gestellt, sondern mit Füßen getreten wurde. Dieser dumme Bengel war Herr über Leben und Tod, konnte sie beide erschießen, und keiner der Wächter im Haus hätte es verhindern können. Einem unberechenbaren Kind ausgeliefert zu sein, nicht nur seinen Befehlen folgen, sondern es fürchten zu müssen, war für Osama unerträglich. Er wich dem Blick des Deutschen aus, denn er wusste, dass dieser ihn nicht verstehen würde: Für ihn war es gleich, ob sein Bewacher ein Kind war oder ein Erwachsener.

Aus dem Augenwinkel sah Osama, wie Albert dem Jungen mit einer raschen Handbewegung bedeutete, dass er sich rasieren wolle. Die tropfende Schüssel von sich haltend, blickte ihn der kleine Milizionär verblüfft an. Er schüttelte andeutungsweise den Kopf, doch gleich darauf lächelte er hinterhältig und murmelte etwas, bevor er sich entfernte.

Osama stieß Albert an.

»Was soll das?«

»Ist etwas falsch daran?«, entgegnete Albert und ahnte bereits, dass Osama recht hatte.

»Diesmal werden sie nicht mich, sondern dich bestrafen«, sagte dieser. »Vielleicht sogar uns beide.«

Schweigend warteten sie und lauschten auf den Lärm hinter der Mauer. Das Quietschen von Holzkarren war zu hören, Händler riefen ihre Waren aus. Zwei Mädchen schrien einander etwas zu, immer im Wechsel und leiser werdend. Möglicherweise waren sie auf dem Weg zur Schule. Ein Lastwagen fuhr vorbei und ließ die Mauer erzittern. Das Leben geht weiter, als wäre nichts geschehen, dachte Albert und verspürte die lähmende Trostlosigkeit dieser Einsicht.

Sie hoben die Köpfe, als Schritte hörbar wurden. Ihre schlimmsten Befürchtungen schienen sich zu bewahrheiten. Vier Männer und der Junge kamen rasch auf sie zu, der Anführer der Gruppe hielt ein langes, leicht gebogenes Messer in der Hand. Er war ein Zweizentnermann mit vierschrötigem Gesicht, in dem der Schnurrbart wie aufgeklebt wirkte. Mit der freien Hand machte er eine fordernde Bewegung und dreimal sagte er das gleiche Wort.

»Gib sie ihm«, sagte Osama und wies zum Boden.

Albert reichte das sandverklebte Stück Seife dem Mann, der es ihm aus der Hand riss und seine Begleiter aufforderte, ihn festzuhalten. Zwei drückten Albert nieder, ein dritter presste seinen Kopf gegen den Boden. Der Messerträger näherte sich fast vorsichtig und begann Alberts Wange mit dem noch immer feuchten Seifenstück einzureiben. Dann hob er langsam die Klinge und senkte sie auf ihn nieder. Albert sah noch das Metall im Sonnenlicht aufglänzen, kniff die Augen zu und erstarrte.

Reglos lag er da, sein Körper war schwer wie Blei, obwohl sein Herz raste. Die Klinge schabte und schnitt über seine Wange, und der Riese sprach dabei unaufhörlich auf ihn ein. Plötzlich zog er das Messer fort. Albert tat einen Atemzug und verschluckte sich am Sand. Nachdem er ein paarmal gehustet hatte, spürte er die Klinge an seiner Kehle. Sachte klopfte sie dagegen. Albert hielt still, bis er Luft holen musste. Er hörte Getuschel und Kichern, als er die Luft wie durch einen Strohhalm einsog.

Den Rest des Tages und die nächste Nacht mussten sie getrennt verbringen. Osama wurde abgeholt und in einen der Räume im Erdgeschoss geführt. Albert sah ihm nach und fing seinen raschen Blick über die Schulter auf. Als die schwere Holztür hinter Osama geschlossen wurde, glaubte er, ihn zum letzten Mal gesehen zu haben. Die Einsamkeit ließ seine Glieder schwer werden.

Er wurde in einen Raum im ersten Stock gesperrt. Es schien fast, als wollten sie sich so wenig wie möglich um ihn kümmern. In diesem Zimmer gab es sogar ein Bett und einen alten, leeren Kleiderschrank. Die Fensterscheiben hatte man mit den Resten eines Pappkartons verklebt, fünfmal las Albert in großen Lettern das Wort »Canon«, und es wirkte in dieser Umgebung lächerlich vertraut.

Er setzte sich auf das durchgelegene Bett und sann für einen langen Moment der Tatsache nach, dass er sich endlich wieder in einem wenigstens halbwegs möblierten Zimmer befand, einer Wohnstatt von Menschen, wenn sie auch lange schon verlassen war. Vorsichtig und genüsslich ächzend legte er sich hin.

Kinn und Wangen brannten von den kleinen Verletzungen des Messers. Sein Hals schmerzte. Die Hände auf dem Bauch, den Blick zur Decke gerichtet, konnte er kaum glauben, dass ihm diese Erleichterung zuteilwurde. Es überwältigte ihn, denn er hatte mit Schrecklichem gerechnet, als er die mit Palästinensertüchern umwickelten Köpfe der Männer sah, die sie holen kamen. Wahrscheinlich waren es dieselben, die ihn Minuten zuvor noch malträtiert und verspottet hatten. Vermummt, mit einem Sehschlitz zwischen den Wickelfalten, war keiner dieser Milizionäre mehr ansprechbar.

Albert verdrängte den Gedanken an Osama, erschlaffte und wäre beinahe eingeschlafen. Da knarrte die Tür, einer der Vermummten trat entschlossen an das Bett, griff nach seinen Armen und löste die Kabelbinder, nur um Alberts Hände und danach auch die Füße an das Bettgestell zu fesseln.

Derart ausgestreckt und wehrlos ließ der Mann ihn liegen, und Albert fluchte so leise, dass es wie ein Wimmern klang. Er wusste, in dieser Position würde es nicht lange dauern, bis

Arme und Beine schmerzten und das quälende Warten auf Erleichterung begann.

Er war müde, doch einschlafen konnte er in dieser Körperhaltung lange nicht. Er dämmerte vor sich hin, lauschte auf den in der Ferne sich erhebenden Gebetsruf, darauf, wie er eingehüllt zu sein schien in anschwellendes Vogelgezwitscher. Es wurde stärker und erfüllte schließlich den Raum, Albert glaubte, in einer Halle voll umherschwirrender Vögel zu liegen. Die Augen ließ er geschlossen, denn diese seltsame Halle war besser als jenes Zimmer, für das er vor zwanzig Minuten noch dankbar gewesen war. Stare, sagte er sich immer wieder, das müssen die Schwärme von Staren sein, die hier überwintern.

Sie fesselten Osama die Hände auf den Rücken und ließen ihn in der Mitte des Raumes auf dem Boden knien. Zunächst beachteten sie ihn nicht weiter, ununterbrochen unterhielten sie sich über die Ereignisse des Tages, kochten Tee, setzten sich auf die herumstehenden Holzstühle, rauchten und schlürften. Sie ließen sich Zeit.

Osama blickte sich vorsichtig in dem Zimmer um, suchte ängstlich nach Peitschen oder anderen Gerätschaften dieser Art, doch er fand nichts. Der Raum glich einer Wartehalle, es gab nicht einmal einen Ventilator. Durch die schmutzblinden Fenster drang graues Licht herein, das sich wie Staub auf die Wände, den wackelnden Holztisch und die Haut der Wächter legte.

Als sie mit dem Tee fertig waren, erhoben sich zwei von ihnen und begannen, um den Übersetzer herumzugehen. Immer wenn sie hinter ihm waren, erwartete er ihre Schläge und zog die Schultern hoch. Doch nichts geschah. Mit hängendem Kopf wartete er. Nach einer halben Stunde etwa, die Wächter hatten sich mehrmals hingesetzt, waren wieder aufgestanden und unterhielten sich über ihn hinweg, hielt er es nicht mehr aus. Er war kurz davor, etwas zu sagen, beschloss im letzten Moment jedoch, ihre möglicherweise gefährliche Aufmerksamkeit nicht vor der Zeit auf sich zu ziehen. Er zwang sich, an etwas anderes zu denken, suchte hastig in seinen Erinnerungen wie in einem Haufen Fotografien und sah sich plötzlich als halbwüchsigen Jungen. Bei ihm wollte er bleiben und kniff die Augen zusammen, um besser sehen zu können, wie er damals war.

Tagsüber lebte er inmitten der aufgeheizten Mauern seines Heimatstädtchens, er kannte jeden Winkel dort, über ganze Straßenzüge hinweg hätte er die Farbe der Hauswände aus dem Kopf bestimmen können. Er hatte sie lange genug angeschaut wie so vieles hier, die Ziegenherden, die in seinen Augen uralten Männer in den Teehäusern und überhaupt all das klein und oft genug elend wirkende Leben unter der tyrannischen Sonne, die er als Kind seltsamerweise stärker gespürt hatte.

Wirklich zu leben begann er am Abend, wenn die versengte Erde sich abwandte vom gleißenden Zentralgestirn, um für Stunden in die Abgeschiedenheit der Nacht zu sinken. Dann ging er langsam den Hügel hinter dem elterlichen Haus hinauf, folgte der Spur eines längst nicht mehr benutzten Ziegenpfades bis zu einem Felsausläufer, der in eine buschbestandene Ebene hineinragte. Über dem Felskamm war das Licht schon von fern zu sehen, zart weiß und unwirklich wie von fremder, sauberer Hand hineingesetzt in die schmutzige Natur.

Schließlich sah er die weit hingestreckten Gebäude. Hier nannte man sie die »Kaserne«. Doch die Anlage war mehr als das. Kurz verhielt er und wartete ab. Der Wind war nur ein Säuseln in seinen Ohren. Er lauschte – eine im Laufe der Zeit nutzlos gewordene Vorsichtsmaßnahme. Nie hatte ihn jemand bemerkt oder gar vertrieben. So war die Kaserne nach und nach zu einem Teil seiner Welt geworden, jedoch nur von außen. Das Innere der Bauten kannte er nicht, und er wäre nicht auf den Gedanken gekommen, es je zu sehen.

Er schlich durch die hüfthohen Büsche heran und meinte zu spüren, wie er in den Schatten versank, aus denen Schwärme winziger Insekten hervorquollen, die ihn an den Füßen und unter der Hose stachen. Bis zum grauen Betonsockel, aus dem der zwei Meter hohe Drahtzaun emporwuchs, arbeitete er sich vor. Dort setzte er sich. Das weiße Licht der Strahler schnitt einen weiten, rechteckigen Platz aus der Nacht, der das zentrale Gebäude umschloss. Wie von einer fremden Macht abgeworfen auf ein dunkles Land, so erschien ihm dieses Areal.

Er legte sein Bündel neben sich, öffnete es und packte die drei lappigen Bücher aus. Das Licht hinter dem Zaun war stark genug, um zu lesen, nur die Käfer und Zikaden störten ihn, wenn sie von unsichtbarer Hand auf das bedruckte Papier geschnippt wurden.

Er verschob seine Hausaufgaben, legte alles beiseite und zog stattdessen das zusammengefaltete Magazin aus einem der Bücher. Er hatte es dort den ganzen Tag sicher an seinem Ort gewusst und nun zögerte er kurz, es tatsächlich aufzuschlagen. Doch der zugleich herausfordernde und verschleierte Blick der Blondine auf dem Titel traf ihn sofort und ließ ihn nicht mehr los. Seine Lippen formten das Wort, das P blockierte sie kurz:

»Penthouse.«

Hastig blätterte er das Magazin durch. Wie immer waren es zu viele Bilder nackter Frauen, auf keines konnte er sich konzentrieren. So nahm er das Titelblatt. Kurz spähte er noch einmal um sich, dann öffnete er das Band seiner Hose. Den Körper der Frau sah er zwar, doch nahm er ihn kaum wahr; ihr Blick hielt ihn gefangen. Wenn er es tat, stellte er sich nicht vor, wie die Frau ihn lockte oder sonst etwas tat. Er konnte es nicht. Sie war ihm zu fremd. Nichts stellte er sich vor. Er sah nur die helle Haut und versuchte sie zu treffen.

Die Spritzer auf dem Foto waren weit verteilt. Einer hatte die Stirn der Frau getroffen; ihn wischte er zuerst von der lackglatten Oberfläche. Leichter Wind erhob sich, wie immer unheimlich vom vielen Rascheln, mit dem er sich allmählich aufzuladen schien. Unbefleckt umgab ihn das weiße Licht der Kaserne.

»Penthouse«, wiederholte er leise.

Osama drückte das Kinn auf die Brust und lächelte gequält, schämte und amüsierte sich gleichermaßen. Ich war schon damals weltläufiger als alle anderen, dachte er, aber sehr weit hat es mich nicht gebracht. Stühle wurden gerückt, der Steinboden erzitterte unter den Schritten der Wächter, die nun wie auf ein Kommando zu ihm kamen und sich um ihn aufbauten.

Albert erwachte und sah einen der Milizionäre vor sich, der ihm eine Metallschale an die Lippen drückte. Gierig trank er das lauwarme Wasser. Seine Arme und Beine schmerzten, seine Hände fühlten sich taub an. Er bat, ja, bettelte den Wächter an, ihm die Fesseln zu lösen. Doch dieser verließ wortlos den Raum. Möglicherweise hatte er nicht verstanden, doch das war unwahrscheinlich, denn ein paar Brocken Englisch sprach hier beinahe jeder. Die Zimmertür stand offen und Albert starrte erwartungsvoll auf die fleckenübersäte Wand des Korridors. Schließlich kam der Wächter zurück. Diesmal brachte er eine dampfende Schale mit Suppe. Damit er essen konnte, befreite der Mann seine Arme.

Albert winselte vor Erleichterung, rieb sich die Handgelenke und überschüttete den Wächter mit seinem Gejammer. Ihm war, als würde er sich selbst dabei beobachten, wie er sich in einen anderen, in ein Opfer verwandelte. Während er die Suppe trank, zitterten seine Hände so stark, dass die Schale von seinen Lippen rutschte. Die heiße Flüssigkeit samt den Fetzen von Hühnerhaut rann ihm über das Kinn und den Hals hinab. Albert versuchte einen Blick des Wächters zu erhaschen, wollte sichergehen, dass der sein Elend auch wahrnahm. Doch es war schon Abend, das Licht im Zimmer schwand, und der Seh-schlitz in der Keffiyeh des Mannes war nichts als ein dunkler Spalt.

So gut er konnte, zog er das Essen in die Länge. Als er schließlich wieder fixiert werden sollte, entwand er dem Mann die Arme, presste sie gegeneinander und hielt sie vor sich. Immer wieder bedeutete er ihm, so gefesselt werden zu wollen. Er bettelte wieder und weinte schließlich sogar, wenn auch mehr aus Verzweiflung denn aus Furcht. Der Wächter wurde von draußen gerufen, verlor die Geduld und schlug Albert auf den Kopf. Dann aber, ob aus Faulheit oder Mitleid, verzichtete er auf die Fixierung und fesselte dessen Hände vor dem Bauch.

Erschöpft und mit einem erstarrten Grinsen auf dem Gesicht lag Albert da. Er hatte einen Sieg errungen, und so winzig er auch war, in diesem Moment bedeutete er ihm alles. Seine Arme und Schultern entspannten sich, er atmete ruhig. Er wusste, dass er sich jetzt aufrichten und mit Geduld die Kabelbinder an seinen Fußgelenken lockern konnte. Dazu würde er zwei Finger unter den Plastikstreifen schieben und vorsichtig daran ziehen, bis er allmählich nachgab. Die Aussicht auf eine auch nur etwas bequemere Position für die nächsten Stunden beflügelte ihn.

Seine Stimmung verschlechterte sich erst wieder, als er im Dunkeln auf dem Bett lag und an Osama dachte. Er hatte den Wächter nicht nach ihm gefragt, weil er keinen Gedanken an dessen Schicksal verschwendet hatte. Zu wichtig war ihm seine eigene Lage gewesen, wie besessen hatte er alles dafür getan, sie zu bessern und konnte es nun nicht einmal bereuen. In groben Zügen, dachte er, kannte ich die Macht der Realität schon, nur die Details fehlten mir.

Er grinste wieder, lauschte auf das Gepolter im Haus. Unten wurde etwas Schweres herumgeschoben. Seine Furcht hatte sich nicht verflüchtigt, sie war nur in den Hintergrund getreten, er spürte sie buchstäblich am Hinterkopf und im Rücken. Sie war da, kalt wie eine feuchte Stelle an seinem Körper.

Unvermittelt sah er seinen Vater vor sich, in allen Einzelheiten fein gezeichnet saß er in dem gewaltigen Ohrensessel im Wohnzimmer des Elternhauses in Karlshorst. So mochte er vor nicht ganz zwanzig Jahren ausgesehen haben, etwa Mitte der achtziger Jahre: Wie so oft zuvor schon war er eben zurück von einer der großen Reisen, auf die ihn »die Dienststelle«, wie er immer sagte, geschickt hatte. Erschöpft, aber vergnügt hatte er es sich bequem gemacht, die Mitbringsel waren bereits verteilt, Masken aus Afrika, Wolldecken aus Südamerika oder filigrane Schnitzereien aus Asien, je nachdem.

Niemand konnte das, was er erzählte, überprüfen, daher ging er ganz auf in der Rolle des Geschichtenerzählers, der winzige Beobachtungen in den fremden Ländern mit dem Gang der Geschichte zu verbinden wusste. Ja, die Fremde, das war ein wahres Reich der Privilegierten im Sozialismus der Eingepferchten, sie kennen zu dürfen eine Auszeichnung, und von ihr lehrreich zu berichten, der Gipfel der Wonne.

Was blieb seinen späten Kindern, Albert und Mila, schon anderes übrig, als ihm gebannt zu lauschen, der mit beinahe großväterlicher Milde von einer Geschichte zur anderen wechselte, all seine Reisen, Erlebtes und Gelesenes geschickt vermischte und dabei nie den roten Faden verlor. Rot war dieser Faden in doppelter Hinsicht, denn immer mussten die Geschichten seine Weltsicht bestätigen. So sprang er von der Gastfreundschaft ehemaliger NLF-Kommandanten, die in Vietnam inzwischen zur Parteielite gehörten und auffallend hübsche Parteigenossinnen in ihrem Gefolge hatten, zur Aufopferungsbereitschaft von Studenten und Pionieren, die in Peking Jahre zuvor das Mausoleum für Mao erbaut hatten. Sie hoben eine enorme Grube aus, in der sie Tage, Wochen, Monate verbrachten, nur um die richtige Temperatur in der späteren Totenhalle sicherzustellen. Nach seinen Erzählungen war dies ein letzter kollektiver Gruß an den Großen Vorsitzenden, ein Gruß aus Schweiß und Dreck, gewiss, und heutzutage fragwürdig dazu, dennoch aber mehr wert als all die Dekadenz, die ihn jetzt umgab.

Alberts Mutter hatte den Raum bereits bei Erwähnung der schönen Vietnamesinnen verlassen. Das tat sie immer wieder einmal, wenn sein Vater von den Reisen berichtete. Doch den Geschichtenerzähler kümmerte es nicht, er war der weiten Welt verpflichtet, all dem, was das Kleinliche, das Enge ins Unrecht setzte. Er konnte fliegen, seine Frau hingegen nur vom Wohnzimmer in die Küche gehen.

Er sprach damals viel über den Glauben, der verloren gegangen sei, den Glauben an eine Sache. Beinahe, so sagte er, waren ihm unterwegs sogar die Tempel, die Kirchen und die Devotionalien näher als all die Zweifelsucht hier, die wie das graue Regenwetter sein Gemüt verdunkelte.

Mila kratzte sich derweil den Schorf vom linken Arm. Am Tag zuvor, ihr Vater war noch unterwegs, begegnete sie vor der Kaufhalle einer Gruppe Skinheads. Einer von ihnen hatte es sich zur Gewohnheit gemacht, sie beiläufig zu schlagen. Diesmal aber biss er sie nur spaßeshalber in den Arm, um wie in einem Apfel den Abdruck seiner Zähne bewundern zu können. Da sie so oft Wunden hatte, fiel es ihrem Vater nicht auf.

Albert hätte ihn gern gefragt, ob diese glatzköpfigen Gestalten nicht auch so etwas wie Revolutionäre waren, Vorboten einer neuen Zeit. Er fragte nicht, denn er ahnte die Antwort voraus: Das waren nur die Gespenster der Vergangenheit.

Der Übersetzer war in schlechtem Zustand, als Albert ihn am nächsten Morgen wiedersah. Immerhin lebte er. In jenem großen leeren Raum im verwahrlosten Erdgeschoss des Hauses kauerte er in einer Ecke, der Wächter stieß Albert in seine

Richtung und befahl ihm, sich niederzusetzen. Albert hatte eine relativ gute Nacht hinter sich, ein paarmal nur war er durch das Scheuern der Fesseln an seinen Fußgelenken erwacht. Beim Anblick Osamas überkam ihn sofort das schlechte Gewissen.

»Haben sie dich geschlagen?«, flüsterte er ihm zu.

»Nur ein wenig. Sie haben mehr gedroht. Aber ich konnte kaum schlafen.«

»Was wollten sie?«

»Sie wollen alles über uns wissen. Woher wir kommen, was wir hier tun. Und ich konnte ihnen so wenig erzählen.«

»Was hast du erzählt?«

»Dass du Deutscher bist und kein Engländer, wie sie glauben. Und dass du eine kranke Schwester hast, um die du dich kümmern musst.«

Albert streifte seine Latschen ab und begann die unzähligen Mückenstiche an seinen Füßen und Unterschenkeln zu kratzen. Ein Schauer durchlief ihn dabei.

»Hör auf damit«, brummte Osama, »es wird sich entzünden.«

Albert erinnerte sich, wie er seinem Übersetzer bei einem ihrer kleinen Besäufnisse im Büro von Mila erzählt hatte. Was genau er im Rausch preisgegeben hatte, wusste er jedoch nicht mehr. Er kratzte sich, bis die erste Einstichstelle zu bluten begann. Fiebriger Schwindel überkam ihn. Das Licht vom Hof fiel in den schattigen Raum, ließ leuchtende Fliesen auf dem Boden entstehen. Sand schwebte durch die Luft und mischte sich in der Nähe des Eingangs mit dem Zigarettenrauch der unsichtbaren Wächter.

»Du musst mir mehr über dich erzählen«, flüsterte Osama. »Vielleicht verhören sie mich weiter. Ich muss irgendetwas sagen.«

»Hast du sie gefragt, ob sie uns bald gehen lassen?«

»Ein Dutzend Mal.«

75

»Und, was sagen sie?«

»Inschallah.«

Albert befühlte den Schorf auf seiner Wange und dachte nach. Das Schwindelgefühl war verflogen, der kühle Morgenwind wehte angenehm durch die Fensteröffnungen dieser Ruine herein. Albert kam zu sich, seine Gedanken waren klar.

»Was genau wollen sie von dir?«

Er blickte dem Übersetzer ins Gesicht.

Osama hob die Schultern und schien nervös zu werden. Er wischte sich über die eingefallenen Wangen und betastete seinen inzwischen dichten Bart. Doch er antwortete nicht. Albert wollte ihm entgegenkommen.

»Es könnte doch sein, dass sie mich befragen, wenn sie mit dir fertig sind. Was soll ich sagen? Ich weiß auch nicht, wer du bist.«

Aufgebracht und scheu zugleich blickte ihn der Übersetzer an.

»Du weißt es doch.«

»Was wollen sie von dir?«, fragte Albert erneut, diesmal ließ er Osama nicht aus den Augen.

»Was du tust, ist nicht gut. Wir sollten zusammenhalten, gerade jetzt. Warum verdächtigst du mich?«

»Ich verdächtige dich nicht. Ich weiß nur nicht, wer du bist.«

Albert kratzte sich weiter, jetzt vorsichtig, denn die Wunden schmerzten. Der bewaffnete Junge vom Vortag brachte Tee. Er stellte das Tablett vor ihnen auf den Boden, nestelte an seinem Gewehr herum und lachte Albert an. Der zwang sich zu einem Lächeln, das ihm jedoch verging, als der Junge sein Kinn vorstreckte und so tat, als würde er sich rasieren. Albert hob rasch die Hände und wehrte das Angebot ab. Der Junge lachte auf, stand noch einen Moment vor ihm und ging dann mit hoch erhobenem Kopf davon.

»Selbst die Kinder hier sind schon verdorben«, zischte Albert.

»Das darfst du nicht denken«, sagte Osama. »Er ist ein dummer Junge, er weiß es nicht besser. Das Beste, was er je hatte, ist dieses Gewehr. Er ist stolz darauf.«

Albert schlürfte seinen Tee bedächtig, genoss jeden kleinen Schluck.

»Ich habe es satt, dauernd Verständnis aufzubringen. So etwas fällt aus der Ferne viel leichter.«

Osama ignorierte das.

»In diesem Land«, sagte er beschwörend, »ist es verdächtig, wenn Leute, die viel gemeinsam tun, weil sie miteinander arbeiten oder befreundet sind, nichts voneinander wissen. Es wirkt auf sie, wie soll ich sagen – offiziell, verstehst du? So, als würden wir zu einer geheimen Organisation gehören, einer ausländischen Organisation. Und das ist zurzeit sehr ungünstig.«

Albert begann zu verstehen, was der Übersetzer ihm sagen wollte.

»Soll ich dir also meine Lebensgeschichte erzählen?«

»Nein. Aber ein paar Dinge: Hast du eine Frau, hast du Kinder und, wenn ja, warum bist du dann hier? Was tust du?«

»Du weißt es.«

»Sie verstehen es nicht. Ein Mann aus dem Westen kommt hierher, es herrscht Krieg, er fährt durch die Gegend und kümmert sich um alte Steine. Was soll das?«

»Hast du ihnen gesagt, dass wir das Kulturerbe des Landes bewahren?«

»Alles, alles habe ich ihnen gesagt, die halbe Nacht lang. Aber sie verstehen es nicht. Sie wollen einen Beweis oder wenigstens eine überzeugende Begründung dafür, dass du hier bist. Sonst bleibst du verdächtig. Du könntest ein Contractor sein oder ein Agent.«

Albert erhob sich schwerfällig und ging zum Fenster hinüber.

»Alte Steine haben mich nie interessiert«, sagte er. »Aus reiner Hilfsbereitschaft bin ich im Museum eingesprungen. Was die Anreise betrifft: Ich bin über Jordanien hierhergekommen. Dort habe ich mich eingewöhnt, du verstehst, bin herumgefahren, bis alles einigermaßen vertraut war. Von Amman hatte ich dann eine ziemlich weite Fahrt, aber es war einfacher, als ich erwartet hätte. Ich hatte natürlich auch genug Geld.«

»Woher?«

»Ein Kommilitone beim Publizistikstudium hatte mich auf ein Stipendium für investigative Recherchen aufmerksam gemacht. Ich wollte über die Museumsplünderungen hier schreiben, ein knappes Jahr nach der Invasion. Es war ein gutes, interessantes Projekt, auch wenn mich jeder für verrückt hielt.«

»Dafür bekommt man Geld bei euch?«

»Nicht ohne Weiteres. Aber wenn man es überzeugend begründet und entschlossen genug auftritt, dann ist es möglich.«

»Dein Vater hat dir bestimmt dabei geholfen.«

Albert schmunzelte.

»Glaub mir, er wollte nichts davon hören. Aber du hast schon recht, er hat meinen Wunsch, diese Reise zu unternehmen, am Ende doch verstanden. Der Apfel fällt nicht weit vom Stamm, sagt man bei uns. Er konnte es ohnehin nicht verhindern, also gab er mir noch Geld dazu und wünschte mir Glück.«

Osama stöhnte auf.

»Wie soll man das jemandem hier erklären?«

Albert trat dicht an das Fenster heran und achtete nicht auf die geflüsterten Warnungen Osamas, bemühte sich jedoch, außer Sichtweite der Wächter zu bleiben. Das Tor zum Hof stand offen, die Asphaltstraße davor war von leicht rötlichem Sand bedeckt, nur stellenweise lag sie frei. An diesen Stellen war sie nicht glatt, sondern kantig und aufgebrochen wie Fels.

Weit hinaus führte sie, vorbei an Mauerresten, fortgeworfenen Kanistern, niedrigen, von Schildern übersäten Hausfassaden bis hin zu einer grünen Fahne, die in der Dunstglocke zu stecken schien. Sie war das Banner der schiitischen Mahdi-Armee. Ab und an gingen Menschen am Tor vorbei, blickten kurz herein. In keinem der Gesichter war Beunruhigung oder gar Angst zu erkennen. Dieser Hof war nicht weiter bemerkenswert.

Die Wüste

Es hätte der Höhepunkt seiner Reise werden sollen: die Fahrt in die Wüste, die Albert sich für den Schluss aufgespart hatte. Als er sie jetzt sah, war die Wüste nichts als eine Bedrohung. Er hockte mit Osama auf der Ladefläche eines Pick-ups, klammerte sich mit beiden Händen am Rand fest, bemüht, auch dann aufrecht sitzen zu bleiben, wenn Schlaglöcher und Bodenwellen sie umherwarfen. Man hatte sie weder gefesselt noch ihre Augen mit Säcken verdunkelt, diesmal schien es einerlei, ob sie sahen, wohin sie gefahren wurden. Lediglich zwei Decken hatte man ihnen umgeworfen zum Schutz vor dem Sand.

Wie Überreste einer Landschaft schälten sich blasse Hügelketten aus dem Dunst, vereinzelt von Büschen bewachsen, die der heiße Wind zu Ballen geformt hatte. Schon bald konnte Albert die Augen kaum mehr offen halten, der Sand stach ihm ins Gesicht und ließ seine Lippen trocken und hart werden wie Gummi. Osama hatte den Kopf zwischen die Knie genommen und seine Decke über sich gezogen. Er summte vor sich hin und schüttelte nur den Kopf, wenn Albert ihn anstieß. Besser so, dachte Albert. Was hätten sie auch bereden sollen? Dennoch fühlte er sich verlassen. Motorenlärm und Abgasgeruch verursachten ihm Übelkeit, die stärker wurde, wenn er die Augen schloss. Also blinzelte er in die rötlich-gelbe Weite hinaus und atmete flach.

Eine Reihe von Tanklastwagen bewegte sich ein paar hundert Meter entfernt in entgegengesetzter Richtung. Im Dunst waren sie nur undeutlich zu erkennen. Aus irgendeinem Grund fiel Albert die grüne Fahne der Mahdi-Armee ein, die er vom Hofeingang aus gesehen hatte. Ein vager Gedanke setzte sich in seinem Kopf fest, wurde allmählich deutlicher und ließ ihm keine Ruhe mehr: Wenn diese Laster dort einfach in die andere Richtung fuhren, wenn also das Leben seinen gewohnten Gang nahm, dann waren die Möglichkeiten ihrer Entführer begrenzt. Zusammen mit Osama würde die Flucht leichter fallen. Sie konnten einen jener Lastwagenfahrer überreden, sie mitzunehmen, konnten sich bei anderen Leuten verstecken, wenn ihnen der Übersetzer ihre Lage erklärte.

Albert dachte an die Gastfreundschaft, die ihm hier oft begegnet war, und seine Stimmung hob sich. Er zog sich die Decke über den Kopf, zugleich aber stieß er Osama gegen die Schulter, rüttelte ihn auf.

»Wir könnten versuchen zu fliehen«, schrie er ihm zu.

Osama blickte mit verzerrtem Gesicht auf, kniff dann die Augen zusammen und schüttelte den Kopf.

»Nicht jetzt«, rief Albert. »Bei der nächsten Gelegenheit. Wir müssen das planen! Willst du ewig mit ihnen umherfahren? Am Ende töten sie uns doch.«

Nichts fürchtete er in diesem Moment mehr als Osamas Schicksalsergebenheit. Es schien ihm, als wäre sie das Hindernis, das es zu überwinden galt.

Der Übersetzer schüttelte den Kopf, bis er sich von der Decke befreit hatte. Er hustete und wischte sich den Sand aus den Augen.

»Was willst du? Hier gibt es nichts – schau hinaus! Und es kommt auch nichts mehr.«

»Keine Stadt?«

Osama wedelte mit der Hand.

»Umso besser. Wir werden irgendwo im Freien sein, verstehst du. Wenn wir es richtig anfangen, können wir nachts verschwinden.«

Der Gedanke an Flucht beflügelte Albert. Die Übelkeit war verschwunden. Gern hätte er dem anderen erzählt, wie nahe er schon einmal daran gewesen war, als er in jenem Dorf das Loch im Dach seines Verschlages entdeckt hatte. Doch der Lärm war zu groß, und zu allem Übel erhob sich nun auch noch ein Sandsturm, der ihnen vollends die Sicht nahm.

Der Fahrer des Pick-ups bremste plötzlich ab, Albert und Osama fielen der Länge nach auf die Ladefläche. Sie fanden keinen Halt, rutschten zur Seite, rollten umher und konnten sich nicht erheben. Der Transporter holperte über unebenes Gelände, und die beiden Entführten klammerten sich verzweifelt aneinander. Es dauerte eine Ewigkeit, bis der Wagen endlich hielt, Fahrer und Beifahrer lachend ausstiegen und nach ihnen sahen.

Als Erster saß Osama wieder aufrecht und blickte sich um. Doch es war kaum etwas zu erkennen, Himmel und Erde nicht zu unterscheiden, alles war in einem matt orangefarbenen Dunst versunken. Wie Osama atmete auch Albert schwer, als er sich endlich erhoben hatte. Die beiden Entführer öffneten die Ladeklappe und winkten sie heraus. Nur einer war mit einer Kalaschnikow bewaffnet, doch der hatte Spaß daran, seine Opfer mit dem Lauf zu stoßen, während sie durch die Sandschwaden voranstolperten.

Beide streckten sie ohne jede Orientierung eine Hand von sich, um mit der anderen die Decke über dem Kopf festzuhalten. Unsicher setzten sie ihre Schritte auf einen Boden, der in große Scherben zerbrochen schien. Immer wieder sanken sie zwischen den Bruchkanten bis zu den Knöcheln ein.

Endlich erreichten sie einen Hügel. Obwohl er wusste, dass er ihm keinerlei Schutz gegen den Sand gewährte, warf sich Osama mit dem Rücken dagegen. Albert blieb davor stehen und begriff, dass dieses Gebilde ein Gebäude war. Es erhob sich freistehend mitten im Nichts, nirgends war ein Eingang zu erkennen. Doch hatte es ein Dach aus Lehm und trockenen Palmblättern. Einer ihrer Bewacher spuckte in den Sand, bevor er um das Haus herumging und dagegentrat.

»Yallah, yallah«, bellte er durch den Sturm und gleich darauf spürten Osama und Albert wieder abwechselnd den Lauf der Kalaschnikow in ihren Rücken.

In der Dunkelheit des Raumes warfen sie sich zu Boden und blieben keuchend liegen. Es war stickig und heiß, und doch waren sie erleichtert, Schutz gefunden zu haben vor dem Sand. Die hölzerne Eingangsklappe wurde geschlossen, kurze Zeit später hatten die Bewacher eine Kerze entzündet. Albert drehte sich um, hob den Kopf und sah die beiden an der gegenüberliegenden Wand kauern, die Gesichter sorgsam mit den rot-weiß karierten Keffiyehs verhüllt.

Während sie den Sandsturm abwarteten, wechselten Osama und Albert kein Wort. Doch der Übersetzer grübelte über die Fluchtpläne des anderen, die dieser so euphorisch geäußert hatte. Ich weiß nichts über ihn, dachte Osama, alles behält er für sich, fast so, als hätte er etwas zu verbergen. Er warf einen vorsichtigen Seitenblick auf den Deutschen. Ich darf seinen Plänen nicht folgen, dachte er, er wird mich ins Unglück stürzen. Schwer atmend bei diesem Gedanken rief er sich zur Besinnung und sagte sich, dass es besser wäre, nicht auf den anderen einzugehen, bevor er nicht wusste, wer er war. Natürlich zweifelte er, ob er ihm vertrauen sollte. Zumindest aber musste es möglich sein, mehr über ihn zu erfahren.

Als sich der Sturm nach etwa einer Stunde legte, stießen die Bewacher die Klappe auf und drängten ins Freie. Osama und Albert beeilten sich, ebenfalls hinauszukriechen; ehe die beiden Männer etwas sagen konnten, standen sie bereits bei ihnen. Der Bewaffnete wandte sich erschrocken um, tat zwei Schritte zurück und richtete das Gewehr auf Albert, der sofort die Hände hob, um ihn zu beschwichtigen. Insgeheim triumphierte er. Diese Bewacher waren nachlässig.

Gleich darauf mussten sie zusammengerollte Matten und vier Einliterflaschen Wasser aus dem Auto holen. Das Wasser brachten sie in die Hütte, wo in ihrem Käfig mit Ziergitter noch immer die Kerze brannte und Schattenmuster an die Wände warf. Zwei der Strohmatten brachten sie ins Freie hinaus und breiteten sie nicht weit vom Eingang entfernt auf dem nackten Wüstenboden aus. Das sollte ihr Lager für die Nacht sein. Albert und Osama setzten sich auf die Matten und warteten. Unter den Augen ihrer Bewacher begannen sie zu flüstern.

»Du hast es gesehen«, sagte Albert. »Ich hätte ihn von hinten niederschlagen können. Das sind Amateure.«

»Natürlich sind sie das«, erwiderte Osama. »Das sind Bauernjungs aus der Umgebung. Aber wo willst du hin? Wenn wir herumirren, suchen und finden sie uns. Wir müssten sie schon umbringen, um etwas Zeit zu gewinnen. Willst du das?«

»Verdient hätten sie es.«

Osama schüttelte den Kopf. Er blickte hinaus in die dunkle Trümmerlandschaft, strich mit der Hand über die Erde und fühlte sich inmitten der trockenen, warmen Erdschollen wie ein Käfer.

»Hier ist es nicht gut«, sagte er leise.

»Aber sie sind nur zu zweit. Überleg doch, wir werden nicht lange hier sein, dann werden sie uns anderen übergeben, die zu mehreren sind. Das hier ist unsere Chance.«

»Nein«, sagte Osama bestimmt, »nicht hier. Die Wahl der Waffen, hast du je davon gehört?«

»Was meinst du?«

»Die Wahl der Waffen. Das bedeutet, wenn wir so etwas tun, verändern wir die Spielregeln. Was glaubst du, was sie mit uns machen, wenn sie uns kriegen? Wir müssen sicher sein und hier sind wir es nicht. Es gibt hier kein Dorf, keine Menschen.«

»Es gibt die Straßen«, sagte Albert und sah in diesem Moment, winzig am Horizont, eine lange Reihe von Kamelen.

Er rieb sich die Augen, blickte noch einmal hin: Es war tatsächlich eine Karawane.

»Vielleicht hast du recht«, sagte er mutlos. »Hier ist wirklich nichts.«

Es begann zu dämmern, als ihre Bewacher mit einem Abschleppseil herüberkamen. Sie schlangen es um Osamas linkes und Alberts rechtes Fußgelenk und verlegten es sodann bis zum Eingang der Hütte. Danach brachten sie ihnen je ein trockenes Fladenbrot und eine Flasche Wasser. Einer der beiden verschwand in der Hütte, während sich der andere vor den Eingang kauerte, Seilende und Gewehr im Schoß.

»Sollen wir so schlafen?«, maulte Albert kauend. »Sag ihm, ich muss nochmal.«

Osama rief es zu dem Bewacher hinüber, der sich schwerfällig erhob und das Seil vor sich warf. Albert zog seinen Fuß aus der Schlaufe, stand auf und streckte sich genüsslich. Er ließ die Decke zurück, ging ein paar Schritte, bis der Mann einen Pfiff ertönen ließ. Albert hatte noch nicht angefangen, als er laute Rufe hinter sich hörte. Verwirrt blickte er über die Schulter. Der Bewacher winkte ihm zu und Osama rief:

»Nicht im Stehen! Geh runter. Hier gilt es als unanständig, dabei zu stehen.«

Albert atmete schnaufend aus.

»Ohoo«, sagte er laut, »da will ich natürlich auch nicht die edlen Gefühle der Einheimischen verletzen. Im Stehen pissen ist unanständig, aber Leute entführen, das ist okay.«

»Zur Zeit, ja«, erwiderte der Übersetzer.

Osama erwachte vor dem Morgengrauen, und die Sterne leuchteten in dieser Nacht so hell, dass er lange mit offenen Augen dalag und in die Himmelskuppel blickte. Sie war übersät von

Gestirnen, die sich hier und da zu Haufen zusammengeballt hatten und sich an anderen Stellen in funkelnden Rinnsalen verzweigten.

Er hob den Kopf, sein Körper war vor Kälte steif. Es herrschte Ruhe um ihn, nicht einmal ein Windhauch war wahrnehmbar – unwillkürlich blickte er zur Seite und sah den Deutschen schlafen. Die Nähe des anderen gab ihm keine Sicherheit, im Gegenteil, sie erinnerte ihn nur an die Ausweglosigkeit seiner Situation. Inzwischen verfluchte er seinen Entschluss, für Fremde zu arbeiten. Nur Schlechtes hatten sie ihm gebracht, von Anfang an.

Er erinnerte sich wieder an die Kaserne, deren Scheinwerfer ihm für seine Hausaufgaben Licht gespendet hatten. Eines Abends, es war ein Tag wie jeder andere, herrschte auf dem Gelände ungewöhnlich reges Treiben. Eine Kolonne alter Lastwagen aus DDR-Produktion, mit schmutzigen, an vielen Stellen löchrigen Planen bewegte sich langsam bis vor das Tor zum Gelände und hielt dort. Osama schob seine Schulhefte beiseite, ging aus dem Licht und postierte sich günstig. Er konnte beobachten, wie die Lastwagen auf das Gelände fuhren.

Der Eingang einer Baracke wurde weit geöffnet und zusammen mit den Fahrern bildeten Soldaten eine Menschenkette. Einer reichte dem anderen Brocken und Tafeln aus Stein, mit denen die beiden Laster beladen wurden. Osama hörte das Ächzen und Fluchen der Männer, vor allem, als die Steine immer größer wurden. Die halbe Baracke musste voll davon gewesen sein, denn es dauerte fast eine Stunde, bis sie fertig waren. Osama hatte nicht das Gefühl, Zeuge von Verbotenem zu werden, bis einer der Fahrer demjenigen der Soldaten, der bis dahin nur am Rand gestanden und alles überwacht hatte, Geld gab. Der Packen Scheine war so dick, dass Osama deutlich sehen konnte, wie der Fahrer ihn halbierte, um den Soldaten auszuzahlen.

Im gleißenden Licht der Scheinwerfer wirkte all das, als wäre es auf einer Bühne vonstatten gegangen, als hätten es Darsteller vor seinen Augen gespielt. Und genau so war es ihm auch in Erinnerung geblieben: Ein unwirkliches Schauspiel an einem jener endlosen Abende der Kindheit, die ihm noch heute in den Knochen steckten. Die ganze Bedeutungslosigkeit dieses Landes zeigt sich darin, dachte er, nie geschieht etwas, nie ändert sich etwas, und wenn doch, dann hat es mit Ausländern zu tun.

Osama lächelte. Grüne Geldscheine waren es gewesen, Dollarnoten – und genau deshalb war die Sache verdächtig. Wie aufgeregt war er in dieser Nacht gewesen, er konnte kaum schlafen, so heftig plagten ihn detektivische Neugier und Furcht zugleich. Wie rechtschaffen hatte er am nächsten Tag seinem Vater davon berichtet, nur um streng zurechtgewiesen zu werden und das Verbot erteilt zu bekommen, darüber zu sprechen.

Jahre später erst fragte er sich, wer bereit sein könnte, eine hohe Summe in Dollar für Steintrümmer zu bezahlen. Er begriff, dass er damals Zeuge eines organisierten Raubes geworden sein musste und dass ihm die verlockend grünen Dollarscheine vielleicht schon die Richtung wiesen, in die er sich bewegen würde, zu den Fremden. Dorthin, wo beides reichlicher vorhanden war: Geld und Raubgut.

Die Sterne verblassten allmählich, wie feiner Nebel legte sich der heraufdämmernde Tag über sie. Das erste Licht ließ die Grate im Wüstenboden schwarz wie Tintenstriche sichtbar werden. Osama bewegte die Füße und tat es vorsichtig, um den Wächter am anderen Ende des Seils nicht zu wecken. Jetzt, da er sich einmal gerührt hatte, wurde ihm die Kälte unerträglich. Er rieb sich die Hände und keuchte leise. Mit einem Seitenblick versuchte er auszumachen, ob der Deutsche bereits wach war.

Gleich darauf vernahm er hinter sich Geräusche, das Seil wurde bewegt, er hörte Schritte. Die beiden Wächter zumindest waren auf den Beinen, und Osama fragte sich, ob sie tatsächlich aus Rücksichtnahme miteinander flüsterten oder weil die morgendliche Stille auch für sie jedes laute Wort hätte fremd erscheinen lassen. Beide hatten sogar ihre gerollten Gebetsteppiche unter dem Arm, als sie sich einige Meter von der Hütte entfernten. Sie dachten nicht einmal daran, auf ihn zu warten, und das machte Osama wütend. In den Augen dieser Leute, das wusste er, stand er tiefer als der Ausländer, denn aus für sie rätselhaften Gründen hatte er ihre Gemeinschaft verlassen und es gewagt, sich gegen den Glauben zu stellen.

Stolz erhob er sich, klopfte geduldig den Sand von Hemd und Hose, breitete seine Decke auf dem Boden aus und verrichtete seinerseits das Gebet. Nichts hätte ihn daran hindern können, diesen Menschen zu zeigen, dass er wenigstens in dieser Beziehung noch zu ihnen gehörte, dass nicht sie zu entscheiden hatten, wer ein Muslim ist. Er ließ sich Zeit, genoss die eigene Inbrunst, auch wenn er kaum seine Wünsche vorbrachte, sondern nur den Gebetsformeln nachlauschte. Das allein schon gab ihm Halt. Als er die Augen öffnete, war die Landschaft von der Dunkelheit befreit, ganz als wäre ein riesiger Vorhang gelüftet worden, und sogar der Anblick dieser gelblichgrauen Weite tröstete ihn.

»Vergiss unseren Plan nicht«, flüsterte Albert.

Osama blickte überrascht zu ihm.

»Wir haben keinen Plan.«

Albert setzte sich auf und wischte sich mit beiden Händen über das Gesicht. Er gähnte, schüttelte den Kopf und sagte dann:

»Oh doch. Du willst nur einfach nicht. Ich sage dir, heute sollten wir den richtigen Moment abpassen. Er wird sich ergeben.«

»Gut, du willst sie also umbringen und dann Richtung Süden gehen – oder doch nach Norden?«

»Fang nicht wieder davon an. Schau hin: Hier ist sonst niemand. Ich habe darüber nachgedacht: Das gerade ist unser Vorteil. Wir sind im Outback, keine Milizen.«

Osama schaute wieder in die Ferne, noch war die Luft kühl, der Horizont klar erkennbar.

»Wir brauchen Wasser, viel davon«, murmelte er.

»Herrgott, wenn wir sie ausschalten, haben wir das Auto. Wir finden irgendwo Wasser.«

»Hast du in der Nacht darüber nachgedacht?«

»Nein, wieso?«

Osama wollte ihm sagen, wie aberwitzig es ihm erschien, dass Albert hier in einem für ihn fremden Land umherzuirren bereit war, noch dazu, nachdem er eine Gewalttat begangen hatte. Das konnten nur Nachtgedanken sein. Motorengeräusch schreckte sie auf. Ein weißes SUV raste über die Ebene heran. Es wirbelte kaum Sand auf, der Fahrer misshandelte hörbar das Getriebe.

»Da ist die Ablösung«, sagte Albert niedergeschlagen.

»Nein«, sagte Osama, »die Reise geht weiter. – Was wäre, wenn wir jetzt die beiden Toten in der Hütte gehabt hätten?«

»Die dort hätten wir auch noch geschafft«, brummte Albert trotzig.

Osama schüttelte den Kopf, wandte sich um und rief nach den Wächtern, die, Hand an der Stirn, dem Lieferwagen entgegenschauten. Er bat sie um Erlaubnis, bekam sie, tippte Albert an die Schulter und ging mit ihm ein Stück weiter weg von ihren Schlafplätzen. In ein paar Metern Abstand voneinander gruben sie mit bloßen Händen jeder ein Loch für die Notdurft in den Sand.

»Der Augenblick wird kommen, du wirst schon sehen«, sagte Albert, nachdem er sein Loch zugeschüttet und die Stelle festgestampft hatte, als ließe er dort etwas Wertvolles zurück.

»Dir geht es einfach noch nicht schlecht genug.«

Oberhalb der wie Bruchkanten aufragenden Hügelkämme sahen sie geisterhafte Sandschwaden sich erheben und niederstürzen oder einfach verschwinden. Die getönten Scheiben des SUV gaben dem Mittagshimmel einen bedrohlichen Farbstich. Er wirkte dadurch näher, schwer lag die blaugraue Fläche über dem Land.

Die Ablösung war offenkundig besser situiert als die beiden Burschen, die sie in der Wüste zurückgelassen hatten. Der Wagen schien relativ neu, wenn auch die Klimaanlage ausgefallen war und das Innere sich stetig aufheizte. Albert und Osama saßen schweißnass nebeneinander und keuchten in der Hitze. Doch zumindest hatten sie ihnen nicht jene Säcke über die Köpfe gezogen, die unbenutzt auf ihren Knien lagen. Beide Bewacher waren still, aber zugänglich, der Fahrer schmunzelte sogar ein wenig, als Albert verzweifelt und auf Deutsch mehr zu sich als zu ihm sprach und mit Gesten zu verstehen gab, dass er den Sack lieber auf den Knien behielte. Wahrscheinlich wunderte er sich über die seltsamen Worte, die der Ausländer formte, doch verstand er dessen Furcht vor der Hitze unter dem Leinensack.

Sie waren schon etwa eine Stunde gefahren, als die Landschaft sich zu verändern begann. Aus der wüstenhaften Steppe wurde ein spärlich bewachsener Landstrich. Aus dem nun dunkleren Boden sprossen Buschgebilde mit Blättern wie Degenklingen. An einigen Stellen reckten sich dornbewehrte Zweige empor.

An den ersten wie in die Erde eingelassenen, schmutziggrünen Flächen aus hartem Gras erkannten sie, dass es Wasser in der Nähe geben musste.

Osama stieß Albert an und wies mit dem Kopf in Richtung einer Hügelkuppe, die auf seiner Seite vorüberzog. Gerade noch konnte er einen Hirtenjungen erkennen. Auf einen Stock gestützt, der größer war als er selbst, blickte er dem SUV wie

einer Erscheinung nach, mit der freien Hand hielt er sein zer-
fetztes Hemd zusammen.

Kurz fragte sich Albert, ob der Junge sich vor den fremden
Blicken schämte. Gern hätte er Osama danach gefragt, doch er
wagte nicht zu sprechen. Der andere blickte ihn an und wiegte
andeutungsweise den Kopf, als hätten sie gerade eine weitere
Attraktion seines Landes passiert. Der Hirtenjunge war Vor-
bote jener Ortschaft, die sie nach zwei Stunden Fahrt schließlich erreichten.

Diesmal bemühten sich die Entführer nicht um Geheimhal-
tung. Sie hielten auf der staubigen Hauptstraße des Städtchens,
stiegen aus und öffneten die hinteren Türen. Alles lief wie nach
Plan und wirkte doch improvisiert. Albert und Osama, jeder
die Hand eines der Entführer auf der Schulter, bewegten sich
auf die fleckige Glastür eines Shops zu und warteten davor, bis
ihr Fahrer per Handzeichen etwas mit dem Besitzer geregelt
hatte. Danach erst öffnete Osama die Tür. Gemeinsam gingen
sie hinein.

Albert blickte sich um und konnte kaum glauben, was er
sah. Der vom grellen Tageslicht durchflutete Laden war neben
anderem tatsächlich so etwas wie ein Internetcafé. Außer Was-
serpfeifen und Teehausbänken gab es eine holzgezimmerte
Büronische mit Tisch und Monitor. Der Anblick befremdete
auch Osama. Als sie sich auf eine der Bänke setzen mussten
und ihnen sogar die Fesseln abgenommen wurden, blickte er
kurz verwirrt zu Albert.

Der aber ignorierte ihn, rieb sich die Handgelenke und bewegte seine Finger, versuchte dabei dennoch, sich auf die neue
Umgebung zu konzentrieren. Jede Kleinigkeit wollte er wahrnehmen, auch wenn er sicher war, hier nicht lange bleiben zu
müssen.

Der spärlich möblierte Raum überforderte ihn beinahe mit

seiner Detailfülle. Es gab die verschmierten Handabdrücke auf den Fensterscheiben, so zahlreich, als hätte dort jemand das Glas abgetastet. Die Sitzpolster auf den Bänken, so abgenutzt, dass die gelbe Füllung an den ringsherum gerissenen Säumen hervorquoll. Auf einem der Tische standen schmutzige Gläser, an sie geschmiegt schlief eine rotbraune magere Katze, als hätte sie zu viel getrunken. Nur eines ihrer spitzen Ohren zuckte ab und an, wenn die Fliegen sich daraufsetzten, von denen es in diesem Raum viele gab.

Der Gedanke an den Computer ließ Albert und Osama nicht los. Als sich ihre Entführer nach einigem Geplänkel mit dem Ladeninhaber auch noch zu der Nische hinüberbewegten und Anstalten machten, das Gerät in Betrieb zu nehmen, wurde ihre Anspannung unerträglich.

»Wir versuchen, an das Ding heranzukommen«, zischte Albert. »Wenigstens eine Nachricht müssen wir senden.«

Osama nickte heftig, auch wenn er sich sofort fragte, wie ihnen das gelingen sollte. Gleich darauf beschäftigte ihn der Gedanke, wem er überhaupt eine Mitteilung schicken würde. Randa würde richtig reagieren. Sie wusste, dass man, vielleicht beharrlich, immer aber nur leise nachfragen durfte, wenn jemand spurlos verschwunden zu sein schien. Öffentlichkeit, Lärm und Geschrei, das war etwas für Ausländer. Mehr Sorgen bereiteten ihm seine Eltern, ihnen würde es schwerfallen, Ruhe zu bewahren. Aber Ruhe war jetzt notwendig, auch wenn er es nicht einmal Albert erklären konnte, der neben ihm mit nichts anderem beschäftigt war, als verstohlene Blicke auf die drei Männer am Computer zu werfen.

Die Einrichtung des Gerätes schien ihnen Schwierigkeiten zu bereiten. Der Ladeninhaber kroch sogar mehrmals unter den Tisch, um die Kabel zu überprüfen. Schließlich aber stieß er einen Freudenschrei aus und die beiden anderen klopften ihm auf die Schulter. Der Fahrer wandte sich um und winkte

Albert zu sich. Der erhob sich nicht sogleich, sondern blickte zu Osama und machte ein verwundertes Gesicht.

»Yallah«, rief der Mann und schüttelte seine ausgestreckte Hand.

Albert ging zögernd zu den Männern hinüber. Als er in Reichweite war, zogen sie ihn heran und zwangen ihn, sich vor den Bildschirm zu setzen.

»Foto«, sagte der zweite Bewacher und zeigte abwechselnd auf Alberts Brust und auf den Bildschirm.

Er war sich nicht sicher, nahm aber an, er sollte nach sich selbst suchen, damit sie seine Identität überprüfen konnten. Er gab den Namen ein und nach einigen Sekunden baute sich langsam, als müssten die Einzelteile zusammengesucht werden, die Webseite jener Journalistenvereinigung auf, der er seine Reise hierher zu verdanken hatte. Ein paar Klicks weiter fand er sein winziges Foto und zeigte auf seinen Namen und die Kurzbiographie daneben, auch wenn niemand etwas damit anfangen konnte. Bemüht, Albert zu erkennen, näherten die drei Männer ihre Gesichter dem Bildschirm so weit, dass ihre Nasen ihn fast berührten. Der Fahrer schüttelte leicht den Kopf und kratzte sich dabei am Kinn. Der andere Bewacher aber meinte Albert zu erkennen und versuchte, einen Hinweis auf die Tätigkeit seines Gefangenen zu finden. Albert rief die Frontseite auf, wo es einen kurzen englischen Text gab, der die Ziele der Organisation beschrieb.

Die Männer schauten ratlos drein. Albert wusste, sie waren enttäuscht. Vermutlich hatten sie auf einen besseren Fang gehofft, auf jemanden, der wenigstens Kontakt zu staatlichen Stellen hatte. Immerhin ahnten sie jetzt, wer er wirklich war. Die feuchten Fingerkuppen auf der Tastatur saß Albert da und wartete. Noch immer hoffte er auf einen unbeobachteten Moment, starrte dabei auf das blaue E des Internetexplorers und wagte kaum zu atmen.

Tatsächlich besprachen sich die Männer und entfernten sich dabei von ihm. Aus dem Augenwinkel bemühte er sich zu erkennen, wann sich alle drei abgewandt hatten. Mit seiner schweißnassen Hand umklammerte er die Maus, bewegte den Cursor in die Suchmaske und hielt inne. Aus Versehen öffnete er das Menü der Favoriten und seufzte. Wer immer mit diesem Gerät ins Internet ging, hatte eine Vorliebe für »Big Tits« und »Monster Butts«. Albert kniff seine brennenden Augen zusammen, Hitze und Erregung ließen ihn schwer atmen – er spürte in diesem Moment seine Erschöpfung, sah die Ereignisse der letzten Tage vor sich und wusste plötzlich nicht mehr, was er schreiben würde, bekäme er die Gelegenheit dazu.

Ungeduldig blickte der Fahrer auf die Uhr, wandte sich zu Albert und zog ihn vom Stuhl.

Minuten später fanden sich Osama und er im brütend heißen Lagerraum des Ladens wieder. Sie wurden nicht gefesselt, aber eingeschlossen. Es gab kein Fenster, keine Sitzgelegenheit, nur zwei Reihen schmutziger Metallregale, beladen mit Kisten und Kübeln.

Albert verfiel in dumpfes Grübeln. Die Verbindung zur Außenwelt war so nah und doch unerreichbar. Die leuchtenden Shortcuts des veralteten Betriebssystems gingen ihm nicht aus dem Kopf. Erinnerungen an ein anderes Leben waren das, jedes Einzelne dieser kleinen Zeichen war verbunden mit seinem Leben in Freiheit, mit belanglosem Alltag in einer anderen Welt. Selbst diese Alltäglichkeit erschien ihm hier als Luxus, und wie oft zuvor schon fragte er sich, warum es so schwer war, das Nahe zu schätzen. Wo er sich jetzt befand, gab es das alles nicht, hier begleitete ihn bei jedem Schritt die Angst, es könnte einer seiner letzten sein.

»Er hat auf die Uhr geschaut«, sagte er leise. »Meinst du, sie warten auf jemanden?«

»Die Ablösung«, erwiderte Osama.

Albert dachte kurz nach.

»Wohin könnten sie uns von hier aus noch bringen?«

»Ich weiß es nicht. Ans Meer?«

Kurz erwog Osama die Möglichkeit, von den Entführern auf ein Boot verfrachtet und ins Nachbarland transportiert zu werden. Doch er sagte Albert nichts davon.

»Dort unten ist es relativ sicher, würde ich sagen.«

»Sicher für uns?«

»Für sie natürlich.«

Albert wurde ungeduldig.

»Was willst du sagen?«

Osama wandte den Kopf ab und zuckte die Schultern.

»Die Öltransporte gehen weiter. Rund um den Golf soll es etwas geben wie eine sichere Zone. Keine Angriffe, keine Einsätze. Warum sollten sie das nicht nutzen, wenn wir schon hier sind?«

»Meine Güte, wie lange soll das noch gehen?«, entfuhr es Albert. »Ich kann kaum noch atmen.«

Zum ersten Mal zeigte der Deutsche Schwäche, obwohl es ihnen gerade hier, sah man vom Durst und der Angst einmal ab, gar nicht so schlecht ging.

»Der Computer hat dich verrückt gemacht«, sagte Osama.

»Wie meinst du das?«

»Er hat dich an etwas erinnert. Das ist nicht gut.«

»Ja, so ist es. – Immerhin wissen sie jetzt, wer ich bin.«

Osama kicherte.

»Das wissen sie nicht. Sie haben ein Foto von dir gesehen auf irgendeiner Webseite. Die glauben ganz sicher noch immer, dass du ein Agent bist.«

»Was werden sie tun?«

»Nichts. Sie werden es einfach weiter glauben.«

Sie verbrachten die Nacht im Abstellraum, und für Albert

war es die schlimmste aller bisherigen Nächte. Der salzige Reis, den ihnen die Bewacher gebracht hatten, lag ihm im Magen. Immer wieder nahm er winzige Schlucke aus der Wasserflasche, die sie dazugestellt hatten, fiel in minutenlangen Schlaf, um wieder aufzuschrecken, als hätte jemand den stockdunklen Raum betreten.

Der Morgen begann mit reger Geschäftigkeit. Albert und Osama lauschten den Schritten und Stimmen hinter der Tür. Ihnen war klar, dass soeben die Ablösung eingetroffen war. Alles, was sie hörten, vermittelte ihnen Unruhe, ja, Hektik, doch dauerte es noch eine gute halbe Stunde, bis die Tür zum Lagerraum endlich geöffnet wurde.

Ein Dutzend bewaffnete Männer, einige von ihnen noch halbe Kinder, stand Spalier, als Albert den Raum verließ. Osama sollte bleiben. Er protestierte, fragte, was geschehen würde, doch erhielt keine Antwort. Wie Albert verspürte er die Furcht so intensiv, dass sie ihm den Atem zu nehmen drohte, aus der Tiefe seiner Magengrube breitete sie sich in kalten Wellen aus.

Albert schritt mit gesenktem Kopf voran. Mildes Morgenlicht fiel durch die schmutzigen Fensterscheiben in den Laden. Die Katze erhob sich auf einem der Tische, wölbte ihren Rücken und blickte aufmerksam zu ihm herüber. Wie betäubt bewegte er sich an der Sitzbank vorbei auf den Ausgang zu. Ein Junge, der sich wie alle anderen nicht vermummt hatte, hielt ihm die Tür auf.

Unbeschreiblich mild erschien ihm dieser Morgen, als er hinaustrat, und zugleich kostbar wie etwas, das man nicht halten kann. Albert versuchte nicht an das zu denken, was ihm bevorstehen mochte, und doch war die Bedrohung immer präsent. Namen wie beleuchtete Schriftzüge, abstrakt und grell: Daniel Pearl, Nicholas Berg.

Der kleine Ort in der Wüste, die elenden Hütten und die

etwas stabileren Läden und Werkstätten mit ihren Vordächern aus Blech, all das erschien ihm wie hinter Glas, doch zugleich spürte er jeden seiner Schritte intensiv als Erschütterung, die seinen Körper aufwärts durchlief. Nur kurz schaute er zu den Hügeln des Umlands hinüber, über deren weiche Buckel Trampelpfade verliefen wie feine Rinnen. Das Blau des Himmels darüber war nur noch leicht verhangen. Der Tag wird heiß werden, dachte er kurz und es schmerzte ihn.

Sie kamen an ein unscheinbares, längliches Haus, eine Art Lagerhalle mit eisernem Eingangstor. Der Junge schob den Riegel zurück und öffnete einen Torflügel. Die Halle war leer bis auf einen mit weißen Tüchern abgetrennten Bereich im hinteren Teil. Als Albert auf die Tücher zuging, erwachte etwas in ihm. Seltsamerweise wollte er sich nicht widersetzen, sondern nur einfach wissen, was mit ihm geschah. Das war die Hoffnung, die ihn quälte, Hoffnung darauf, dass sich seine Befürchtung als grundlos erweisen würde.

Im Zentrum des abgetrennten Raumes stand, befestigt auf einem Stativ, eine Kamera. Zwei lukenartige Fenster waren mit dunklen Stoffbahnen verhängt, die Wand an der Stirnseite von einem schwarzen Transparent überspannt, auf dem weiße arabische Schriftzeichen prangten. Im Bruchteil einer Sekunde hatte Albert den Raum gemustert. Nirgendwo gab es ein großes Messer oder etwa jenen orangefarbenen Overall, den Nicholas Berg tragen musste, um an die Gefangenen in Abu Ghraib und Guantanamo zu erinnern.

Als alle Bewaffneten im Raum waren und ihre Gesichter bis unter die Augen sorgfältig verhüllt hatten, bekam Albert die Anweisung, vor der Kamera niederzuknien.

»Was wollt ihr? Was soll das?«

Er stellte ihnen unablässig Fragen, ohne eine Antwort zu erwarten.

Sorgfältig bereitete einer der Männer die Kamera vor. Die

anderen nahmen hinter Albert Aufstellung und präsentierten ihre Waffen. Die meisten trugen Kalaschnikows, zwei aber, die sich nah bei dem Gefangenen postierten, hielten Panzerfäuste in die Höhe. Noch immer ließ Albert den Blick schweifen, ohne Hinweise auf seine bevorstehende Hinrichtung zu entdecken.

Der Mann an der Kamera schwenkte das Gerät herum und filmte das Transparent. Dann richtete er das Objektiv auf Albert, fokussierte und gab den anderen ein Zeichen. Albert fuhr zusammen, als ihm eine Zeitung vor die Brust geklatscht wurde, hielt sie fest und hob sie auf Befehl des Kameramanns bis unter das Kinn. Winzig sah er sich selbst im spiegelnden Objektiv des Camcorders, ein erbsengroßer Kopf, vom Hals getrennt durch den Schriftzug *New York Times*.

»Video!«, sagte der Mann hinter der Kamera und zeigte auf das Gerät.

Albert nickte, erleichtert über diese erste wirkliche Ansprache.

»Wer?«, fragte der Mann auf Deutsch. »Du, wer?«

Er hob den Zeigefinger, drückte den Auslöser und wies auf ihn.

Albert besann sich kurz, sagte seinen Namen. Jemand reichte ihm von hinten ein Stück Papier, auf dem beinahe unleserlich ein paar englische Sätze notiert waren. Albert las sie vor und erfuhr dabei, dass sie ihn für einen ausländischen Agenten hielten, der in diesem Land Schaden habe anrichten wollen, nun aber in die Hände von Befreiungskämpfern gefallen sei. Man entriss ihm den Zettel, Albert hob wieder die Zeitung, und nun sprach einer der Männer hinter ihm auf Arabisch.

Noch immer sah sich Albert im Kameraobjektiv, über seinem Kopf Gewehrläufe und gekreuzte Patronengurte. Eine Art Lähmung nahm ihm fast den Atem, und alle Bedrohung in seinem Rücken schien auf seinen steifen Nacken zu wirken, jede Bewegung, jeder Atemzug. Albert wagte nicht einmal zu schlucken.

Plötzlich war alles vorbei, die Kamera wurde abgeschaltet, die Männer entspannten sich, zogen die Tücher von den Gesichtern, plauderten und vergaßen ihn dabei. Albert kniete zwischen ihnen, die Zeitung klebte an seinen Handflächen. Ganz allmählich, als könnte er herabfallen, ließ er den Kopf sinken.

»Sie werden ein Ultimatum gestellt haben«, sagte Osama.

Dabei betrachtete er Albert aufmerksam. Seit sie ihn in den Lagerraum zurückgebracht hatten, war er verändert. Es bereitete Osama einige Mühe herauszubekommen, was mit ihm geschehen war. Albert erschien abwesend, als er davon erzählte, als hätten Worte für ihn keine Bedeutung mehr. Zugleich, das meinte der Übersetzer wahrnehmen zu können, arbeitete es in dem Deutschen, als grübelte er über einem Rätsel, das er nicht lösen konnte.

»Ein Ultimatum«, murmelte Albert. »Wie lange?«

»Normalerweise achtundvierzig Stunden.«

»Achtundvierzig Stunden. Achtundvierzig Stunden. Das ist nicht lange.«

»Jemand wird antworten oder auch nicht.«

Osama versuchte gelassen zu wirken.

»Und was dann?«

»Hör zu, sie stellen absurde Forderungen, die ohnehin niemand erfüllen wird, Abzug aller Truppen, Freilassung aller Gefangenen… Das ist ein Ritual. Es geht um die Verkündung der Entführung. Jemand soll es wissen und reagieren.«

»Sie werden mich umbringen«, sagte Albert, und jetzt kam Bewegung in ihn. »Vor laufender Kamera.«

Osama wollte abwiegeln, doch er verstand und sagte nichts.

»Ich werde nicht darauf warten«, sagte Albert und blickte

Osama direkt an. »Bei der ersten Gelegenheit hau ich ab, verstehst du, ich werde fliehen, mit dir oder ohne dich.«

Der Übersetzer schwieg. Er wusste, dass der Deutsche nicht mehr davon abzubringen war, und ahnte, dass er eine Gelegenheit finden würde. Sofort überlegte er, ob er mitgehen sollte. Was würde geschehen, wenn er zurückblieb? Ganz sicher würden ihre Entführer das nicht honorieren. Sie würden ihre Wut an ihm, dem Verräter des eigenen Landes, auslassen, ihn für die eigene Unfähigkeit bestrafen.

Für die nächsten zwei Stunden schwiegen sie. Als das Essen gebracht wurde, bemerkte Osama, wie aufmerksam der Deutsche jede Handbewegung des Bewachers im Auge behielt. Selbst als er die Tür hinter sich schloss, kroch Albert ihm nach und lauschte. Er bemerkte Osamas fragenden Blick.

»Kein Schlüssel, kein Schloss«, sagte er und kaute genüsslich seinen Reis. »Sie halten uns für Kaninchen, die nichts anderes können als sich zu verstecken.«

Spät am Abend, als sich draußen nichts mehr rührte, wurde Albert lebendig. Osama konnte nur zusehen, wie der Deutsche eine Weile vor der Tür hockte, sie dann zu öffnen wagte und tatsächlich hinaus in den dunklen Laden schlüpfte. Welch ein verzweifelter Mut beherrschte diesen Mann, seit er die Prozedur mit dem Video über sich hatte ergehen lassen müssen. Osama aber fürchtete diese neue Kühnheit, denn sie konnte ihm gefährlich werden.

Nach etwa zehn Minuten, während derer Osama auf jedes Knistern und Knacken gelauscht hatte, kam Albert zurück. Auf allen vieren kroch er in den Raum, schloss vorsichtig die Tür, lehnte sich dagegen und lächelte zufrieden.

»Hast du es geschafft?«

Albert bejahte.

»Drei von ihnen schnarchen da drüben vor sich hin. Aber der Computer war eingeschaltet.«

Osama konnte es kaum fassen.

»Was hast du geschrieben, an wen?«

Albert hob kurz die Hände und tat entspannt.

»Ich habe meiner Schwester geschrieben.«

»Nur ihr?«

»Was glaubst du, man hört jeden Anschlag. Wären die aufgewacht, hätten sie mich gleich umgebracht.«

Der Deutsche wirkte irritierend fröhlich.

»Was hast du ihr geschrieben?«

Albert ließ ein paar Sekunden verstreichen, atmete dann tief ein und grinste wie ein Idiot.

»I will begin the story of my adventures with a certain morning early in the month of June, the year of grace 1751, when I took the key for the last time out of the door of my father's house. The sun began to shine upon the summit of the hills as I went down the road; and by the time I had come as far as the manse, the blackbirds were whistling in the garden lilacs, and the mist that hung around the valley in the time of the dawn was beginning to arise and die away.«

Osama brauchte einige Zeit, bis er nachfragen konnte:

»Das hast du ihr geschrieben?«

»Genau das.«

»Aber was soll das? Bist du verrückt geworden?«

»Würde mich nicht wundern«, sagte Albert, streckte das Kinn vor und schürzte die Lippen. »Sie weiß schon, was es bedeutet. Wir beide haben das Buch mindestens dreimal gelesen.«

Kurz davor aufzuspringen, bezähmte sich Osama und biss sich stattdessen auf die Unterlippe. Sie hatten das an sich, diese Leute aus dem Westen. Immer waren sie, was das Leben betraf, etwas anämisch. Sie führten sich noch auf wie Jugendliche, wenn man hierzulande schon Enkel hatte. Dabei waren sie voller Energie und unbelastet von den Zwängen, den Ausweglosigkeiten des Lebens hier. Das hatte ihn immer angezogen,

so als könnte er etwas von dieser Unbeschwertheit erlernen –
manchmal genügte es auch schon, sie nah bei sich zu wissen.
Und doch verstand er sie nicht, diese idealistischen, gut aus-
gebildeten, mutigen, wohlgenährten Kinder. Wie stolz musste
dieser Deutsche auf die Exklusivität seiner Nachricht sein,
noch dazu, da er sie an eine ferne Schwester schicken konnte,
die so etwas war wie seine verbotene Geliebte. Das sind flie-
gende Menschen, dachte Osama. Sie sind wahrhaft frei, so frei,
dass sie sich verirren.

Albert grinste noch immer.

Gut möglich, dass ich nur noch für ein paar abzählbare Stunden am Leben sein werde. Um diesen Gedanken kreisten alle
seine Grübeleien, und Albert wurde ihrer einfach nicht müde.
Daher schlief er nicht in dieser Nacht.

Mit unsicheren Bewegungen und fiebrigem Blick bewegte
er sich inmitten der Bewacher, die sie am Mittag holen kamen.
Doch sein Widerstand war erwacht. Auf jede Berührung reagierte er sofort. Wenn ihn einer der Männer wie so oft von
hinten stieß, schüttelte Albert die Hand ab. Die Bewacher jedoch blieben ruhig, nur Osama warf ihm einen warnenden
Blick zu. Albert nahm seinen eigenen starken Schweißgeruch
wahr, erleichtert trat er aus dem Laden in die Morgenkühle.
Der bereitstehende Pick-up erschien ihm so vertraut, als wäre
es sein eigener.

Ein junger Mann saß mit ihnen auf der Ladefläche, als die
Fahrt hinaus aus dem Wüstenort begann. Erschöpft, aber immerhin nicht gefesselt kam sich Albert vor wie ein Rucksack-
tourist auf dem Weg zur nächsten Lodge.

Er musterte den Jungen, der sein Gewehr sorgsam unter der
Sitzbank verborgen hatte, sein schmales Gesicht, das der Wind
allmählich vom Turbantuch befreite – und fuhr zusammen, als
er den noch schütteren, aber sehr dunklen Kinnbart sah. Bisher

hatte er zumeist Schnauzbärte in Variationen gesehen, buschig oder mit langen, spitzen Enden, schwarz oder grau, die Oberlippe verdeckend oder schmal betonend.

Er stieß Osama an, griff sich selbst ans Kinn. Es dauerte ein paar Momente, bis der Übersetzer verstanden hatte.

»Haben sie uns weitergegeben?«, fragte Albert leise.

Osama wiegte unschlüssig den Kopf.

»Vielleicht ist es nur einer.«

»Ein Islamist kommt selten allein«, stieß Albert hervor.

»Was willst du«, erwiderte Osama gereizt, »soll ich ihn fragen?«

»Warum nicht? Was soll er schon tun?«

Es schien, als strömte die ockerfarbene Landschaft an mehreren Stellen aus dem Himmel, so sandverschleiert war der Horizont, so verweht das Mittagsblau. Osama war sichtlich unglücklich mit der Aufgabe, die er gerade übernommen hatte. Vorsichtig schob er sich in die Nähe des jungen Mannes, bis dieser aufblickte und eine Hand hob.

»Gehörst du zu den anderen?«, fragte der Übersetzer.

Der Junge nickte, zog sich aber zugleich das Tuch über den Mund, so als hätte er nicht vor, etwas zu sagen.

Osama ließ nicht locker:

»Du siehst anders aus. Bist du ein Schiit?«

Der Junge nickte wieder.

»Ihr seid in guten Händen«, sagte er und an den Augen erkannte Osama, dass er lächelte.

»Wie meinst du das?«

Der Bewacher überlegte kurz. Dann fügte er an:

»Die anderen waren nicht gut. Sie wollten nur Geld. Keine Geduld.«

Die Gesprächigkeit des Jungen ermutigte Osama.

»Und ihr habt Geduld?«

»Es gibt kein Problem. Ihr seid in Sicherheit.«

Fast hätte der Übersetzer aufgelacht. Er fragte sich, ob der Junge glaubte, was er da sagte. Gleich darauf aber wurde ihm bange.

»Sicher, weil wir in der Obhut des Allmächtigen sind?«

»Inschallah«, sagte der Junge und zog das Tuch vom Mund, um Osama sein Lächeln zu zeigen. »Du hast es verstanden.«

Der Übersetzer bedankte sich und kroch zu Albert zurück.

»Und?«, sagte der Deutsche. »Was ist?«

Dabei starrte er den Jungen so dreist und offen an, dass Osama schon allein deswegen rasch antwortete.

»Es ist nicht so, wie du vermutet hast. Aber eine andere Gruppe ist es schon. Er meint übrigens, wir seien jetzt in Sicherheit.«

Albert ließ den Kopf in die Hände sinken. Kurz überwältigte ihn Verzweiflung darüber, dass sich ihre Lage so vorhersehbar verschlechterte, als hätte er selbst den Plan ersonnen.

Langsam hob er das Gesicht aus den Händen. Er hielt die Augen geschlossen, schmeckte den Sand im Mund und lauschte dem Brausen des warmen Windes in seinen Ohren. Wie konnte das geschehen?, fragte er sich wie zuvor schon öfter, doch diesmal suchte er wirklich nach einer Antwort. Je weiter wir hinausfahren, dachte er, umso mehr will ich wissen, warum. Albert öffnete die Augen, sah die Wüste ihn mit Sand und Licht umschließen und blickte zu Osama.

»Was sollen wir tun?«

Osama antwortete nicht, wandte nur den Kopf ab, um nicht weiterhin sehen zu müssen, wie die unkontrolliert zitternden Hände des anderen ins Leere griffen.

Flucht

Auf der unbefestigten Sandpiste wurden sie unaufhörlich durchgeschüttelt, selbst kauernd konnten sie sich nicht auf ihren Plätzen halten, sondern rutschten allmählich auf die Ladefläche hinaus. Albert wusste schließlich nicht mehr, wie er sitzen sollte, ließ sich auf die Seite fallen und blieb liegen. Ihr junger Bewacher behielt auch das im Auge, wechselte einen Blick mit Osama und wiegte den Kopf.

Der Übersetzer war über Alberts Zustand besorgt. Er fragte sich, wie lange der Deutsche noch durchhalten würde. Von seiner rätselhaften Krankheit hatte er ihm erzählt, doch glaubte Osama in diesem Zittern den augenblicklichen Zustand des anderen erkennen zu können. Vielleicht, sagte er sich, hat er seinen Bruchpunkt erreicht, jenen Moment, in dem aller Mut schwindet und die Gleichgültigkeit überhandnimmt, die letztlich für sie beide verhängnisvoll sein konnte.

Umso überraschter war er, als sich Albert plötzlich erhob und, aufrecht sitzend, als wäre er erquickt von einem Nickerchen, um sich schaute. Seine Hände zitterten nicht mehr und sein Blick war trotz all des umherwirbelnden Sandes konzentriert.

Sie fuhren durch eine hellbraune Dünenlandschaft. Wie ein winziger Käfer bewegte sich der Wagen in den Mulden und Polstern eines gestaltlosen Körpers. Weich war diese Landschaft und doch abweisend. Büsche und scharfblättrige Pflanzen bohrten sich in die Buckel aus windgeglättetem Gestein. Von diesem glitt in feinen Wellen der Sand, um die harten Pflanzen zu verschütten.

Ein Krachen ließ sie alle drei unwillkürlich nach Halt suchen. Kurz geriet der Wagen ins Schleudern, der Fahrer trat auf die Bremse und mit einem kläglichen Ächzen kamen sie zum Stehen. Bedrohliche Stille senkte sich über sie. Albert blickte zu Osama, der die Entschlossenheit in den Augen des Deutschen bemerkte. Eben noch schwach, schien er nun völlig gefasst. Er beugte sich über den Rand der Ladefläche, verfolgte jeden Schritt des Fahrers, der ausgestiegen war, um das Auto ging und die Reifen überprüfte. Fluchend öffnete er schließlich die Motorhaube.

Nach einiger Zeit sprang auch ihr junger Bewacher von der Ladefläche. Schließlich palaverten die drei Entführer vorn, während die Entführten angespannt warteten. Es dämmerte bereits über den Hügeln und entfernt, herangetragen vom Wind, war das Rauschen des Meeres zu vernehmen.

»Was sagen sie?«, flüsterte Albert.

»Motorschaden«, erwiderte Osama kopfschüttelnd.

»Hey, das ist großartig«, munterte Albert ihn auf.

»Du findest es großartig, dass wir jetzt laufen müssen?«

Albert antwortete nicht. Doch er war sicher, dass diese Panne etwas Gutes bedeutete. Der Plan wird gestört, dachte er, endlich – aber das wird er nicht verstehen.

Schnell kam es zwischen den Entführern zum Streit um das weitere Vorgehen. Die Dunkelheit legte sich über die Hügel, unaufhaltsam schwand das Licht, zornerfüllt und laut schallten die Stimmen der Entführer über das Land.

Es war eine unwirkliche Szene, die sich da vor ihren Augen abspielte: Während ihre Opfer völlig unbeobachtet abwarten mussten und alles andere taten, als auf eine Lösung zu hoffen, begannen die drei Männer einander an den Ärmeln zu zerren und herumzustoßen. Wie Jungen auf dem Basar, dachte Osama und sah alle Entschlossenheit, ja, Würde schwinden, nicht einmal mehr bedrohlich wirkten diese umherspringenden Gestalten.

Mühsam gewann der Fahrer, der jedes seiner Worte mit einem Knurren aussprach, die Oberhand. Wenn er der Anführer war, dann hatte er sich undisziplinierte Bundesgenossen ausgesucht. Zumindest behielt er das letzte Wort und befahl den Entführten, von der Ladefläche zu steigen. Osama und Albert nahmen vor den Männern Aufstellung und erwarteten deren Anweisungen. Doch alles, was sie zu tun hatten, war, sich in den Sand zu setzen.

Nachdem sie den Entführten Rücken an Rücken die Hände aneinandergefesselt hatten, kletterten ihr junger Bewacher und der Beifahrer in den Wagen. Mit einem Fluch auf den Lippen verschwand der Anführer in der Abenddämmerung zwischen den Hügeln.

»Sie wollen ihre Mobiltelefone nicht benutzen oder sie funktionieren hier draußen nicht«, fasste Osama das Problem zusammen. »Die beiden sollen sich beim Schlafen abwechseln. Es wird wohl eine Weile dauern.«

Albert hörte kaum zu. Er blickte in das schwindende Abendlicht hinaus und bewegte unablässig die Hände.

»Was tust du?«, flüsterte Osama.

»Ich denke nach«, sagte Albert unwillig.

Er beobachtete die beiden Männer im Wagen, sah sie miteinander sprechen und registrierte, wie die Pausen zwischen ihren Einlassungen länger wurden. Er wies Osama darauf hin, gleich darauf schob er sich an ihn heran.

»In meiner Hosentasche«, zischte er. »Versuche es herauszuziehen.«

Hatte der Deutsche seinen Ausflug im Internetcafé also doch halbwegs sinnvoll genutzt, dachte Osama. Er gab sich alle Mühe, doch es war eine umständliche Prozedur, die er immer wieder unterbrach, wenn sich im Auto etwas regte. Mit zitternden Fingerspitzen tastete er herum und zog schließlich ein schmales Stück Metall hervor.

»Ein Messer?«

Albert schüttelte den Kopf. Leider war es nur ein stumpfer Brieföffner, noch dazu in Form eines Krummdolches.

Sie wechselten sich ab. Blind versuchten sie den winzigen Verschluss des Kabelbinders zu lösen. Dabei stachen sie einander wieder und wieder in die Handgelenke, das Blut ließ die Plastikfesseln beweglich werden.

Schließlich legten sie eine Pause ein.

»Eine Schere wäre besser gewesen«, sagte Osama.

»Sicher, es wäre auch besser gewesen, damals nicht auf den Markt zu gehen. Vieles wäre besser gewesen, wenn es denn gewesen wäre.«

Osama seufzte.

»Wir sind in Gottes Hand.«

Albert hatte Mühe sich zu beherrschen.

»Ich will deine religiösen Gefühle nicht verletzen, aber wir sind in der Hand von bewaffneten Kindern, deren Erziehungsberechtigte Bomben basteln. Das ist ein handfestes Problem.«

Kühl senkte sich die Nacht über das Land. Sie fröstelten, und trotz der bestirnten Weite des Himmels über ihnen und des lauen, launigen Windes um sie presste sie etwas zusammen, ließ sie klein und verzichtbar werden.

Albert stellte sich das kleine Plastikgehäuse vor, in dem das andere Ende des Kabelbinders Halt fand. Er sah die winzigen Plastikzähne deutlich vor sich.

»Es wird dauern«, sagte er, »aber wenn wir immer weitermachen, muss sich der Verschluss lösen. Hoffentlich vertraut man auch in diesem Land auf chinesische Produkte.«

Es waren drei Schlingen, zwei davon fesselten ihre Handgelenke, also schlug Albert vor, seine Schlinge zu lösen.

»Du drückst den Verschluss einfach immer wieder hoch. Kümmere dich nicht um mich.«

Osama fand den günstigsten Hebelpunkt, als die Klinge auf

Alberts Handflächen lag. Er verletzte den Deutschen stärker, doch dieser ließ sich nichts anmerken.

»Mach einfach weiter«, sagte er nur und schnaufte dabei.

Endlich, Zahn für Zahn, gab der Verschluss nach. Albert blickte rasch zum Wagen, konnte aber nichts erkennen. Sicher, dass ihre Bewacher längst schliefen, befühlte er abwechselnd seine wunden Handflächen. Dann machte er sich daran, Osama zu befreien.

Nach kurzer Ruhepause erhoben sie sich, standen unsicher in der Dunkelheit und starrten auf den Pick-up. Nichts rührte sich und doch fiel ihnen die Entscheidung schwer. Erst ein Rascheln hinter den nächsten, in der Dunkelheit kaum auszumachenden Hügeln sorgte dafür, dass sie sich gleichzeitig in Bewegung setzten. Immer rascheren Schrittes entfernten sie sich vom Wagen, schließlich rannten sie die Dünen hinauf, bis ihnen der Atem ausging.

Albert stürzte und rutschte im lockeren Sand abwärts. Doch die Furcht vor dem möglicherweise zurückkehrenden dritten Mann war stark genug, ihn sich erheben und weitergehen zu lassen. Seine Hände schmerzten, waren überzogen von Krusten aus Blut und Sand. Albert bewegte seine Finger, während er voraneilte, und ahnte, dass ihn diese Wunden nicht nur quälen würden, sondern die Flucht gefährdeten.

Osama blickte gehetzt um sich, sah nichts als helle, fast graue Sandflächen, die in jede Richtung nach ein paar Metern im Dunkel verschwanden. Er wusste, wie sinnlos dieser Ausbruch ins Nichts war, doch er schwieg. Von nun an lag sein Schicksal endgültig in größeren Händen. Sie werden es uns nicht verzeihen, sagte er sich, sie werden das bestrafen müssen – dazu haben wir sie gezwungen.

Der Boden unter ihren Füßen wurde stabiler, als wäre er festgestampft. Das Gehen fiel jetzt leichter, der Wind frischte merklich auf, je näher sie dem Meer kamen. Wie ein Abgrund, schwarz und unbewegt, lag es vor ihnen. Sie hielten darauf zu ohne nachzudenken, als wäre es ihre Rettung. Endlich am Strand sahen sie die Wellen aus der Schwärze rollen und vor ihren Füßen im Sand verschwinden.

»Ich komme in Urlaubsstimmung«, sagte Albert. »Schon allein deswegen hat es sich gelohnt.« Er stützte die Hände auf die Knie und atmete durch. »Ist doch mal was anderes, oder?«

Osama antwortete nicht. Er kaute auf seiner Unterlippe und blickte den Strand entlang, der nicht weit von ihnen in Felsen überzugehen schien.

»Wenn ich sie wäre, würde ich uns hier suchen«, sagte er.

»Warum?«

»Hier ist es leichter zu gehen. Jeder geht zum Meer. Wir sind auch hier.«

»Was meinst du, wie lange der Dritte brauchen wird?«

Osama überlegte.

»Selbst wenn er könnte, er würde nicht vor dem Morgen zurückkommen. Aber die beiden im Wagen ...«

»Sie liegen nicht in ihren Betten. Möglicherweise muss gerade jetzt einer von ihnen pinkeln. Lass uns weitergehen.«

»Sie sind in diese Richtung gefahren«, sagte Osama und wies auf die Felsen. »Dort sind Menschen, ganz sicher.«

Albert inspizierte seine Hände und winkte ab.

»Egal, wir verstecken uns in den Felsen.«

Als sie die graue Formation erreichten, kletterten sie sofort hinein. Erst zehn Meter über dem Meer hielten sie inne und blickten hinunter. Es gab keinerlei Vegetation und nirgends Anzeichen für die Anwesenheit von Menschen. Auf allen vieren kroch Albert an den Rand des Felsvorsprungs, legte sich sogar auf den Bauch.

»Was suchst du?«, flüsterte Osama.

»Es muss hier Höhlen geben. Wir brauchen einen Unterschlupf.«

Albert richtete sich wieder auf und kletterte weiter. Osama folgte ihm, sah die Blutspuren an den Steinen, die Albert passiert hatte, und versuchte sie mit dem Hemdsärmel fortzuwischen.

»So werden sie uns finden«, rief er Albert zu.

Weiter oben fanden sie, was Albert suchte. Viel mehr als eine Lücke zwischen zwei Felsbrocken war es nicht, wohinein sie sich kauerten. Und doch bot sie einen gewissen Schutz. Nach wenigen Minuten überkam sie zum ersten Mal das Gefühl, in Freiheit zu sein. Es war nach schier endlosen Tagen und Nächten eine ungeahnte Leichtigkeit, die sie in der Höhle ergriff. Sie kicherten vor sich hin und wären noch zuversichtlicher gewesen, hätten sich nicht alsbald Hunger und Durst eingestellt.

Das Lachen verging ihnen endgültig, als über ihnen Schritte vernehmbar wurden. Sie waren nicht laut, aber sehr deutlich zu hören, kleine Steine fielen herab. Osama blickte Albert ins Gesicht und konnte das Entsetzen darin sehen. Er schüttelte den Kopf und Osama wusste, dass der Deutsche alles tun würde, um jetzt nicht doch noch zurückgebracht zu werden.

»Hör zu«, flüsterte Albert, »wir müssen uns trennen. Jeder geht seinen Weg, dann haben sie es schwerer. Ich gehe zuerst.«

Albert schlüpfte aus der Höhle und verschwand in der Dunkelheit. Osama schwieg und wartete. Die Schritte des anderen verklangen allmählich. Als er keuchend vor Aufregung den Kopf hinausstreckte, spürte er den Nachtwind im Gesicht und lauschte. Außer dem Rauschen des Meeres war nichts zu vernehmen, doch der Friede dieser Nacht wollte Osama nicht in sich aufnehmen. Mit ungelenken, hastigen Bewegungen begann er zu klettern, hielt alle paar Meter inne und presste seinen Körper an das Gestein, suchte Schutz und fand ihn nicht.

Vorsichtig tastete sich Albert voran. Er versuchte so leise wie möglich zu sein, doch jede Bewegung schien ihm verräterisch laut. Zumindest blutete er nicht mehr, wenn seine Hände auch schmerzten. Gleichmäßig atmend arbeitete er sich durch kümmerliches Gestrüpp und an scharfen Felskanten vorbei, ohne sich auch nur einmal umzusehen. Es war einerlei, wohin er ging, wenn er nur weit genug fortkam.

Die Felsen vor ihm liefen in ein Plateau aus, das sich zu einem weiteren Strandabschnitt hin senkte. Albert hielt inne, duckte sich nieder und beobachtete. Und obwohl sich dort nichts rührte außer den anbrandenden Wellen, zog er sich zurück. Die Felsen boten den besten Schutz für diese Nacht. Ratlos blickte er um sich, schaudernd vor Erschöpfung und Furcht stieg er zum Meer hinab. Dort endlich, ein paar Meter über dem Wasser, fand er eine Einbuchtung im Gestein, eher eine Nische als eine Höhle.

Heller Staub legte sich auf ihn, sobald er sich hineingekauert und Halt gefunden hatte. Zunächst schien ihm das Meer unerträglich laut, unten prallten die Wogen auf den Stein, und in der Nische erzitterte der Fels. Aber der Gedanke, entronnen zu sein, egal für wie lange auf freiem Fuß herumzustreifen, tröstete ihn. Sollten sich die beiden im Pick-up rechtfertigen, sollten sie bestraft werden und ihn suchen müssen – es erfüllte ihn mit Genugtuung. Ich werde jetzt schlafen, dachte er und blickte auf das tiefschwarze, von grauen Schaumgirlanden überzogene Meer hinab, und wenn ich nicht mehr aufwache, dann haben sie mich wenigstens verloren.

Albert schloss die Augen, doch fand er kaum Schlaf. Er fror, seine Muskeln zuckten unaufhörlich, er riss den Mund auf, wollte gähnen, konnte nicht einmal das. Mit offenen Augen versuchte er den Hunger zu vergessen, brütete darüber, wie er am nächsten Tag etwas Essen beschaffen konnte. Immer wieder sah er sich einem oder beiden der Entführer in die Arme laufen, im hellen Mittagslicht, umgeben von Steinen und Sand, hinter sich das Meer.

Als er erwachte, kroch er sofort aus der Nische. Bevor er hinaufklettern konnte, musste er sich strecken und warten, bis sein Körper wieder durchblutet wurde. Es war noch recht früh, die Sonne stand tief, die Wärme aber legte sich bereits auf das Land. Vom Meer her drängte der Wind gegen die Küste, die weißen Schaumkronen der Wellen zerstoben erst am Strand.

Auf dem Fels oberhalb seiner Nische richtete sich Albert vorsichtig auf. Dass er keine Menschenseele, nicht einmal Spuren fremder Anwesenheit ausmachen konnte, beruhigte ihn nicht. Wie eine Kralle umfasste der Hunger seinen Magen, und ab und an packte er zu. Noch drängender aber war der Durst. Albert war klar, er brauchte unbedingt Wasser, doch fürchtete er das Risiko.

Es wäre besser, ein Fisch zu sein, ging es ihm durch den Kopf, dann müsste ich nicht zu den Menschen zurück. Noch einmal kauerte er sich auf die Steine, sammelte sich für das bevorstehende Abenteuer und fühlte seine beängstigende Schwäche.

Langsam stieg er die Felsen zum Strand hinab. Dort angekommen, blieb er für ein paar Minuten stehen. Möglicherweise war Osama in der Nähe und suchte gerade jetzt nach ihm. Ganz sicher würde er den Strand im Auge behalten.

Albert trottete landeinwärts, stieg die Dünen hinauf und erreichte eine einsame, vom Wind zerfetzte Palme. Die Luft flimmerte über einer Landschaft aus Hügeln, sanft geschwungen wie ein Frauenkörper.

Sicher, vollkommen allein zu sein, schleppte er sich weiter. Die Hoffnung, wenigstens einen Pfad zu erreichen, trieb ihn voran. Stattdessen passierte er nur verdorrtes Buschwerk auf immer neuen Hügeln. Die Anstrengung drückte ihn zu Boden, ließ ihn keuchen und lautlos jammern, bis er den Palmenhain in der Ferne erblickte. Sofort erfüllte ihn neue Energie. Der Gedanke an einen Schluck Wasser machte alle Gefahr vergessen. Jeder konnte ihn von weit her sehen, wie er voranstapfte, den Kopf nach vorn gebeugt, den verbrannten Nacken mit dem Rest seines Hemdkragens schützend.

Mit jedem Schritt wurde ihm klarer, dass er sich seinen Entführern näherte. Sie würden nicht dort bei den Palmen auf ihn warten, aber ein Ausländer konnte in dieser Einöde kaum verborgen bleiben. Es würde sich herumsprechen, und er konnte den Leuten nicht einmal eine Lügengeschichte erzählen. Osama hatte es besser. Wenn er sich geschickt anstellte, Gastfreundschaft in Anspruch nahm und bald weiterzog, hatte er eine Chance. Albert sah ihn vor sich, etwas verwildert, aber satt, wie er per Anhalter gen Norden fuhr. Er beneidete ihn, und doch spendete ihm das Bild auch Trost.

Verzweifelt blieb er stehen. Es gibt keine Lösung, dachte er, ich muss unter Menschen, sonst verdurste ich. Er wunderte sich über die eigene Kurzsichtigkeit. Keinen Moment hatte er daran gedacht, wie kläglich seine Flucht enden würde. Er blickte in den Himmel und kniff die Augen zusammen, dann senkte er den Kopf und stapfte weiter.

Er erreichte die Palmen, sie standen vereinzelt und in ihrem Schatten gab es keine Hütten, jedoch einen Brunnen. Sorgfältig aus Lehm gemauert ragte er auf, der Sand hatte ihn zur Hälfte zugedeckt. Albert blickte in den Schacht hinab. Der Brunnen musste schon seit Langem ausgetrocknet sein, es gab nur Sand und Fliegen darin. Er zog den Kopf zurück, drehte sich auf den Rücken und schloss die Augen.

Wie konnte mich nur alles, was ich bisher getan habe, fragte er sich, notwendig hierherführen? Er schüttelte den Kopf. Das ist Unsinn, alles hätte auch ganz anders kommen können, hier hätte ein Dorf mit freundlichen Menschen sein können – nichts spricht dagegen.

Er erhob sich ächzend, stützte sich auf die Brunnenwand. In dem Brunnen hätte Wasser sein können, dachte er, ich hätte trinken können, nichts spricht dagegen. Was beweist es schon, dass es nicht so war? Er grinste und leckte sich die trockenen Lippen. Nichts beweist es.

Albert ging weiter, schaffte es aber nur bis zum nächsten Baum. Dort ließ er sich in den Sand fallen. Er wollte ausruhen, nur für ein paar Minuten. Immer wieder jedoch weckte ihn die Furcht, als würde sie neben ihm stehen, ein Plagegeist, dem er schließlich nachgeben musste. Er öffnete die Augen und sah den Jungen vor sich stehen.

Vorsichtig stieg Osama den Hügel hinab. Er hatte auf den Steinen geschlafen, im Freien, wo ihn niemand suchte, sondern nur zufällig hätte finden können. Die Dunkelheit hatte ihn geschützt. Jetzt lag das Land vor ihm, nichts als helle Erde, das gleißende Sonnenlicht darübergebreitet wie ein hauchzartes Tuch. Merkwürdig schienen ihm die Felsen, so niedrig, als wären sie Gipfel eines vollständig vom Sand bedeckten Gebirges. Mit ein wenig Phantasie konnte er sich den Sand fortdenken und schwebte inmitten poröser Steinkolosse, wie er sie nur von Unterwasseraufnahmen kannte.

Mit einiger Mühe erreichte er den Grund des flachen Tals, schritt zielstrebig weiter landeinwärts. Er wusste, dass ihm die aufsteigende Sonne nicht viel Zeit ließ. Auch er konnte keine Spur menschlicher Anwesenheit ausmachen. Er erklomm einen Felsen und schaute zurück auf das Meer. Strandaufwärts zeichneten sich Umrisse ab, aus der Ferne waren es nicht mehr als Klumpen. Osama legte die Hand an die Stirn und kniff die Augen zusammen. Eines der Schiffe hatte Schlagseite. Wahrscheinlich waren das Wracks, die man vor der Küste entsorgt hatte. Das ist meine Richtung, sagte er sich, in der Nähe dieser Wracks wird es Menschen geben.

Von vager Zuversicht erfüllt, bewegte er sich parallel zur Küstenlinie. Keinen Moment zweifelte er daran, das Richtige zu tun, indem er die Menschen suchte. Im Gehen bereitete er sich auf die Begegnung vor, spielte die Varianten durch. Ein durchreisender Händler, das überzeugte die Leute hier auf dem Land, es verhinderte allzu aufdringliche Nachfragen, denn immer klang es auch etwas gefährlich. Er sah an sich hinab und seufzte bei dem traurigen Anblick. Niemand würde ihm das glauben, stellte er fest. Überzeugender wäre ich als Wanderprediger, dachte er, griff sich ans Kinn und befühlte seinen sprießenden Bart. Aber davon gibt es hier genug; ich muss etwas Besseres finden.

Er zog seinen Hemdkragen hoch, der sich anfühlte wie Ölpapier. Gleich darauf fand er die Lösung: Ein abgerissener Mann aus dem Nirgendwo konnte nur ein versprengter Krieger sein. Ich muss bedrohlich wirken, dachte er, am besten so finster und schweigsam, dass niemand wagt, Fragen zu stellen. Unvermittelt kam ihm Albert in den Sinn. Mit jedem Schritt hatte Osama das Gefühl, ihn weiter zurück, ihn im Stich zu lassen.

Er ist gegangen, beschwor er sich, und er hat nicht gefragt, was aus mir wird. Ich bin nicht für ihn verantwortlich, ich kenne ihn ja kaum. Doch als er die Hütten sah und erleichtert aufatmete, ahnte er bereits, dass er den Deutschen hinter sich her zog wie einen Mühlstein.

Die erste Hütte, die Osama erreichte, bestand aus roh behauenen Steinen, Wellblech und einem langen Vordach aus Palmenzweigen, gestützt von hölzernen Trägern. Niemand sah ihn kommen, und so setzte er sich auf die sandbedeckte Strohmatte und wartete. Die Frau des Hauses erschrak merklich, als sie Osama erblickte. Sie trug einen Eimer unter das Vordach, stellte ihn ächzend ab und stemmte die Hände in die Hüften. Osama sah die zuckenden Schemen recht großer Fische im blauen Plastik des Eimers.

»Den Fischen geht es besser als mir«, sagte er lächelnd zu der Frau.

Sie blickte ihn stumm an. Erst nachdem er nochmals auf den Eimer wies, wandte sie sich um und verschwand im Haus. Osama hörte ihre aufgeregte Stimme, schimpfend berichtete sie jemandem, dass draußen ein Fremder sitze, der ihr Angst mache.

Als sie mit einem Glas Wasser in der Hand wieder herauskam, begleitete sie ein alter Mann, der ihn nicht aus den Augen ließ.

Gierig trank Osama das Glas leer und leckte sich danach die Lippen.

»Nichts ist besser als Wasser«, sagte er seufzend und warf dem Alten ein Lächeln zu.

»Wenn man es hat, bei Gott«, gab dieser zurück.

Sein Gesicht blieb ungerührt. Er kniff nicht einmal die Augen zusammen, starrte nur wie gebannt in Osamas Gesicht. Die Frau nahm das Glas zurück, wartete ein paar Sekunden und bot ihm dann ein zweites an.

Hinter dem Haus türmten sich Stapel von Hühnerkäfigen. Die meisten waren leer. Um den Alten nicht zu verärgern, vermied es Osama, den Blick allzu lange schweifen zu lassen. Immerhin beruhigte ihn die Abgeschiedenheit der Hütte. Die mit dem gefüllten Glas zurückgekehrte Frau und der Alte schienen sich nicht mehr vor ihm zu fürchten.

Nichts hätte Osama lieber getan, als sich zurückzulegen und auf der Strohmatte auszuruhen. Kurz überlegte er, die Leute um Erlaubnis zu bitten. Mein Körper ist ein Sack voller Schmerzen, dachte er, sie würden das gewiss verstehen.

Sein Übermut ließ ihn vertrauensselig werden, bis er den Schatten in der Tür wahrnahm. Hinter dem sacht wehenden, gegen Sand und Hitze aufgehängten Laken bewegte sich jemand. Dem Umriss nach hätte es ein Halbwüchsiger sein können. Was Osama aber mehr als alles andere beunruhigte, war ein längliches Gebilde, welches aus dem Kopf der Silhouette ragte.

Er atmete den warmen Wind ein und schaute zu der Frau auf. Sie wandte sofort den Blick ab, und in diesem Moment war er sicher, seine Flucht sei beendet. Es kam der Trauer um ein verlorenes Leben gleich, was er fühlte, als das Tuch beiseitegeschoben wurde und ein junger Mann das Gewehr auf ihn richtete.

»Wo kommst du denn her?«, sagte Albert, setzte sich auf und versuchte seine ausgedörrten Lippen zu einem Lächeln zu verziehen.

Der Junge grinste und musterte ihn wie ein interessantes Fundstück. Er tippte sich ans Ohr und schüttelte den Kopf.

Albert bedeutete ihm, dass er Durst habe, hob mehrmals ein imaginäres Glas an die Lippen, streckte sogar die trockene Zunge heraus. Am Ende ließ er sich in den Sand fallen und wartete einfach.

Der Junge hatte verstanden und verschwand so rasch, wie er gekommen war. Er wird mir Wasser bringen, dachte Albert, und schon der Gedanke erfüllte ihn mit Dankbarkeit. Doch es dauerte lange genug, um ihn zweifeln zu lassen. Die Schatten der Palmen wurden länger, und als er den kleinen Idioten bereits verfluchen wollte, stand der wieder vor ihm, in einer Hand eine uralte trübe Plastikflasche, in der anderen einen Stoffbeutel.

Sofort griff Albert nach der Flasche und trank sie leer. Er rülpste, ließ sich zurückfallen und schnaufte erleichtert. Sein Herz raste und sein Magen schmerzte.

Der Junge warf den Beutel zu Boden und kauerte sich in den Sand. Albert setzte sich auf und griff nach dem Tragriemen. Das Lächeln fiel ihm jetzt leichter, er nickte dem Jungen aufmunternd zu, während er hastig den Beutel öffnete. Er fand Datteln und einen trockenen Brotfladen und begann sofort zu essen.

Als er fertig war, schob er den Beutel beiseite, wies mit dem Zeigefinger auf sich und sagte:

»Albert.«

»Al-bed«, wiederholte der Junge und Albert nickte zustimmend.

»Ali«, sagte der Junge.

Gleich darauf bedeutete er Albert, ihm zu folgen. Der lehnte brüsk ab und überlegte, wie er es Ali erklären konnte. Er glättete den Sand vor sich und zeichnete ein Strichmännchen, welches auf ein kleines anderes mit einem langen Gewehrstrich zielte. Er zeigte auf das kleine Männchen, dann auf sich selbst.

Ali nickte und Albert fügte weitere Strichmännchen hinzu, um sie sogleich durchzustreichen. Er wedelte mit der Hand, doch Ali schien ihn nicht zu verstehen.

»Keine Menschen«, sagte Albert auf Englisch, »nein, nein, keine Menschen.«

Der Junge begriff und nickte wieder. Albert war fürs Erste zufrieden. Jetzt, nachdem er getrunken und gegessen hatte und wieder klar denken konnte, dämmerte ihm, wie abhängig er war. Der Anblick des runden Kindergesichtes machte ihn unruhig, denn er wusste, dass er alles daransetzen musste, den Jungen an sich zu binden.

Er kramte in seiner Hosentasche nach dem Spielzeugdolch und überreichte ihn dem Jungen. Es war ein dürftiges Geschenk, doch die Geste zählte.

Ali hielt den Brieföffner in die Höhe, ließ ihn im Sonnenlicht aufglänzen und lächelte. Albert nutzte die Gelegenheit, wies auf Ali, dann auf sich und presste den Finger auf die Lippen. Er legte bekräftigend die Hand auf das Knie des Jungen und wiederholte die Geste. Danach nahm er den Beutel und die Plastikflasche, führte beides an die Brust, bevor er es dem Jungen übergab.

Hatte er Glück, würde dieser Ali wiederkommen, ihm Lebensmittel bringen und damit Zeit verschaffen. Albert wusste, dass er sich nur hier in den Felsen verstecken konnte, je länger, desto besser. Seit dem Morgen beschäftigte ihn der Gedanke an das Meer. Er hatte es bei Tag sehen müssen, um darauf zu kommen: Ganz sicher gab es hier Boote und Leute, die hinausfuhren.

Unvermittelt sprang der Junge auf und wies hinter sich. Albert schaute in die Richtung und glaubte zu verstehen, dass er ihn jetzt seinen Leuten vorstellen wollte. Frustriert schüttelte er den Kopf und begann wieder Strichmännchen in den Sand zu zeichnen, um sie anschließend fortzuwischen.

Ali hockte sich neben ihn. Er zupfte an Alberts Hemd und legte sich die Hand auf die Brust. Die Geste und der sie bekräftigende Gesichtsausdruck wirkten unnatürlich ernst. Albert schaute Ali in die Augen und zuckte innerlich zusammen. Plötzlich war der Junge nicht mehr harmlos, sondern fremd und bedrohlich wie alles um ihn. Und sogleich unterwarf er sich sogar diesem Kind mit den Flecken auf den Wangen und den kleinen, aber kräftigen Händen, dunkel wie Waffen.

Er übertrieb das Ächzen ein wenig, als er sich erhob. Ali ging sofort voraus, blickte immer wieder über die Schulter zu Albert und ermunterte ihn. Der musterte wachsam die Umgebung, bereit, sich zu Boden zu werfen, wenn er jemanden sah.

Doch sie blieben allein und unbemerkt. Der Wind wirbelte Sandschleier vor ihnen auf, und die Sonne brannte derartig, dass Albert das Hemd über den Kopf zog. So, gebeugt und schweißgebadet, stand er schließlich vor der langen, fast schon verwehten Fußspur, die landeinwärts führte. Albert dachte zuerst an Osama und danach an die Möglichkeit, einer ihrer Verfolger könnte hier entlanggegangen sein.

Erstaunlicherweise beunruhigten ihn beide Varianten. Längst hatte er begonnen, nur für sich allein zu planen. Welche Szenarien auch immer er für seine Flucht entwarf, der Junge, der ihn versorgen sollte, die Boote, die er finden wollte – es gab darin keinen Platz für Osama. Natürlich hätte ihm der Übersetzer helfen können, doch zu zweit, dessen war sich Albert sicher, konnten sie sich nicht lange verstecken. Er war überzeugt, seine Bedeutungslosigkeit würde ihn unsichtbar machen. Er spürte das ganz deutlich, als er zu Ali sah und eine verneinende Geste machte: Hier bot ihm nur die Einsamkeit Schutz.

Mehr noch als der auf ihn gerichtete Gewehrlauf beunruhigte Osama der umherirrende Blick des Mannes dahinter.

»Im Namen Gottes, wer bist du?«, wurde er gefragt und überlegte rasch, ob er die Wahrheit sagen sollte.

So schnell er konnte, erzählte er schließlich seine Geschichte, bis der Mann ihm mit einer Handbewegung Einhalt gebot. Osama hatte den Eindruck, den anderen verunsichert zu haben. Der ließ das Gewehr sinken und schaute den Übersetzer aufmerksam an. Die Geschichte ist einfach zu unglaubwürdig, dachte Osama. Bevor der Bewaffnete etwas tun konnte, hob der Übersetzer die Hände und sagte:

»Bring mich zum Dorfältesten oder zum Mullah.«

Der Mann rief die Frau herbei und besprach sich leise mit ihr. Die Furcht beschlich Osama, sie könnten all das missverstehen, ihn für einen Agenten halten. In meinem eigenen Land, dachte er, muss ich mich fürchten, in ein Dorf zu gehen und kann noch nicht einmal erklären, was mir zugestoßen ist.

Der Mann gab ihm Zeichen, sich an eine bestimmte Stelle des Hofes zu setzen. Im Schneidersitz postierte er sich zwei Meter entfernt, das Gewehr auf seinen Oberschenkeln. Sein Mund verzog sich, aber Osamas Hoffnung auf ein Lächeln erfüllte sich nicht.

»Wir kennen dich nicht«, sagte der Mann.

Er begann vor sich hinzunicken, als lauschte er einer Musik oder Rede. Osama schwieg. Der Mann neigte sich vor und zeigte auf seine Handgelenke. Etwas zu rasch hob Osama die Hände, um seine Wunden vorzuzeigen. Der Mann packte das Gewehr fester. Skeptisch betrachtete er die verschorften Einstiche und Kratzer. Sein Blick wanderte über Osamas Oberkörper und Hals hinauf bis zu seinen Augen. Der Mann legte den Kopf schräg, und Osama wandte den Blick ab. Der andere schien zufrieden zu sein.

»Wir kennen dich nicht«, wiederholte er.

Einige Zeit später kam die Frau zurück und brachte den alten Mann und einen jüngeren in auffallend weißer Dishdasha mit, bei dessen Anblick Osama kurz der Atem stockte.

»Bei Gott, Abdul?«

Der Ankommende hob den Kopf und sah ungläubig auf Osama, etwas in ihm schien sich gegen die Einsicht zu sträuben.

»Was tust du hier? Bist du allein?«

Osama gab abermals eine Kurzfassung seiner Geschichte.

»Wo ist der Deutsche?«, fragte Abdul.

»Er wird sich verstecken.«

Der alte Mann strich sich besorgt über die beiden tiefen Falten, die von den Nasenflügeln hinab seinen Mund verformten.

»Wo?«

Osama zuckte die Achseln, dachte kurz nach.

»Wahrscheinlich am Strand. Er wird ein Boot suchen.«

»Wohin will er?«

»Das weiß Gott allein. Er sucht Sicherheit.«

»Hier gibt es für ihn keine Sicherheit. Und auf dem Meer auch nicht.«

Der Alte machte eine wegwerfende Handbewegung. Abdul blickte Osama durchdringend an.

»Mein Freund, mein Bruder, dich hat mir Gott gesandt«,

sagte der und bot dem anderen ein Lächeln, begierig auf ein Zeichen der Nähe.

»Das war schon einmal anders. Du weißt es«, sagte Abdul und verzog keine Miene dabei.

Osama blickte betreten drein. Dieser Erinnerung an das Ende ihrer gemeinsamen Zeit hätte es nicht bedurft.

»Jetzt hast du dich zu meiner Familie verirrt«, fiel ihm Abdul ins Wort. »Ist das ein Zufall?«

Abdul warf Osama einen misstrauischen Blick zu, gleich darauf aber klärten sich seine Züge. Mit ein paar Worten schickte er den jungen Mann fort, der sich sofort erhob und ohne Abschiedsgruß das Haus verließ.

»Du brauchst einen Bewacher für deine Familie?«, fragte Osama.

»Zurzeit ist das überall nötig. Jetzt isst du und trinkst Tee«, sagte Abdul, die Frau und der alte Mann, die ihn bis jetzt nicht aus den Augen gelassen hatten, nickten einvernehmlich.

Als sich Osama erhoben hatte und auf die Hügel zurückschaute, über die er hergekommen war, musste er wieder an Albert denken.

Erst nach dem Essen, noch am Boden sitzend, überkam Osama bleischwere Müdigkeit. Er hatte versucht, so viele Informationen wie möglich zu sammeln, indem er Abdul, dessen Frau und Vater ausfragte.

Jetzt aber verließen ihn die Kräfte. Immerzu hatte er das Bild Alberts in einer engen Höhle vor sich, und verspürte das Bedürfnis, sich bei dem Deutschen zu entschuldigen für seine Sattheit und Müdigkeit und dafür, dass er sich jetzt gleich auf dem Deckenlager, das ihm der Alte zuwies, in den Schlaf gleiten lassen würde.

Tief in der Nacht erwachte er. Das Baby hatte geschrien und musste lange von der Mutter getröstet werden. Ein Hund kläffte unaufhörlich in der Nähe der Hütte. Osama legte den

Arm unter den Kopf, starrte zur Decke und rekapitulierte, was er von den anderen erfahren hatte: Das Dorf war nicht mehr als eine Ansammlung verstreuter Hütten, zehn Familien lebten hier. Die nächste größere Ortschaft lag vierzig Kilometer nordöstlich, und es existierte eine befestigte Straße dorthin. Die Leute der »Bruderschaft«, wie man sie hier nannte, kontrollierten das Gebiet zwar nicht, tauchten aber öfter auf, um ihre Geiseln und andere Schätze in den Höhlen zu verstecken. Jetzt, so hatte Abduls Vater gesagt, würden sie wohl jede Hütte besuchen kommen. Doch Abdul war bereit, ihn zu verstecken.

Es blieb nur das Problem mit dem Deutschen. Suchten sie ihn gemeinsam, wüssten es binnen Kurzem alle und irgendjemand verriete es. »Die Bruderschaft zahlt gut, wenn es ihr wichtig ist«, hatte Abdul augenzwinkernd gesagt. »Wir können ihm nicht helfen.«

Der letzte Satz ließ Osama keine Ruhe. Der Gedanke, Albert zurückzulassen, war ihm unerträglich. Wieder und wieder sagte er sich, dass dieser ebenso gehandelt, ihn möglicherweise mit europäischer Selbstverständlichkeit ohne Weiteres geopfert hätte. Aber es half ihm nicht. Randa würde er es vielleicht noch erklären können, denn sie kannte den Deutschen nicht. Was jedoch sollte er Frau Bakir sagen? Jeder im Museum würde ihn für einen Feigling halten.

Er erwachte spät am Morgen. Verschwitzt von der aufsteigenden Hitze setzte er sich auf und blickte aus verquollenen Augen durch die offene Fensterluke hinaus. Wieselflink huschte ein Junge zu den Hügeln hinaus. Osama sah den Beutel auf seiner Schulter. Er schien schwer zu sein, der Umriss einer bauchigen Wasserflasche zeichnete sich darin ab. Kaum hatte er ihn erblickt, war der Junge auch schon wieder verschwunden, wurde aber in der Ferne noch einmal sichtbar. Osama bemerkte seinen geduckten Gang.

In dieser Nacht erschien ihm Mila deutlicher als je zuvor. Sie suchte ihn heim. Deutlich sah Albert ihre zuckenden Augenlider, als sie auf der abgenutzten Krankenhausliege durch die Gänge geschoben wurde. Es waren gelbliche, desinfiziert riechende Laufgräben, die sich in dem riesigen Bau strahlenförmig entfernten von einem Zentrum aus träger Bereitschaft, unterdrückter Angst und dem dumpf tickenden, all das wie eine Blase umschließenden Warten.

Ein solcher Ort war nichts für den Geschichtenerzähler, seinem Vater bereitete dieses Krankenhaus physisches Unbehagen. Er eilte neben der Liege her, blickte ab und an befremdet auf seine bewusstlose Tochter und versuchte mehr schlecht als recht seine Frau zu trösten. Der offensichtlich übermüdete Arzt brummte Beruhigendes, doch Alberts Mutter hörte es nicht. Sie wollte es nicht hören. Alles an ihr, das seltsame dunkelblaue Witwentuch, das sie sonst nie trug, ihr zitternder Unterkiefer und die Haarsträhnen, die ihr im verheulten Gesicht klebten, brachte einen einzigen gewaltigen Vorwurf zum Ausdruck.

»Da siehst du es! Kannst du es sehen? Nie bist du da, und dann geschieht so etwas.«

Sie schüttelte den Arm ihres Mannes ab und blickte hilfesuchend zu ihm, Albert, den die Traumregie in diesem Moment vor ein großes Fenster stellte. Brandmauern, Dächer und spärliches orangefarbenes Licht, so weit das Auge reichte, Hinterhöfe, in denen wie Spuren von Explosionen Ofenasche Böden und Wände bedeckte.

Albert strich sich über die Ärmel seines neuen Parkas, als müsse er Schmutz entfernen. Gespiegelt im Fenster sah er das Gesicht seines Vaters, den Blick an ihm vorbeigerichtet auf die rötlichgelbe Notbeleuchtung über der Stadt. Das muss ein zaghafter, ein nebensächlicher Blick von mir auf ihn gewesen sein, ging es Albert durch den Kopf, ganz sicher war das nicht im

Krankenhaus. Er war wach geworden, die Wogen brandeten unter ihm an den Stein und holten ihn zurück in eine ganz und gar nicht verschwiegene, in eine bedrohlich offene Nacht.

Und doch wusste er noch genau, was er im Gesicht seines Vaters lesen konnte: Dieser Mann hatte längst Abschied genommen von allem, was sie damals umgab. Mila, seine Frau, Albert bedeuteten ihm so wenig wie jenes Krankenhaus, in dem er herumstehen musste, weil es sich so gehörte. Ein Haus, das sich mit seinen grauen Wänden nicht erheben konnte aus den engen, nach Kohleruß riechenden Straßen. Nichts konnte sich hier von der Vergangenheit lösen, die immer wieder aufs Neue gesichtet, gedeutet, verzaubert werden musste.

Lügen, dachte Albert, bevor er endgültig wach wurde, nichts als Lügen. Während Mila in immer engeren Räumen, in mit Geräten vollgestellten Kammern verschwand, dachte der Geschichtenerzähler schon an seine nächste, noch weitere Reise, öffnete sich selbst in einer Ostberliner Winternacht der Horizont vor ihm.

Jedes Erinnern war eine Wiederholung, ein zweiter, dritter Durchgang. Es eröffnete ihm nichts Neues, sondern zeigte nur trostlos Vertrautes. So kam Albert darauf, dass er in diesen Erinnerungen schon seit Langem lebte, diese Räume wieder und wieder abschritt wie ein Museumswärter, der sich nicht mehr so recht auf sein Feierabendbier freuen kann. Das war es, was er Osama nicht erklären konnte. Es kommt mit den Jahren, nicht durch eine Entführung, hätte er ihm sagen wollen. Aber was sollte der Übersetzer mit einem solchen Satz anfangen.

Mila hätte gesagt: Das ist die Zeit. Und mit der Zeit kannte sie sich bereits früh aus. Was ihr Vater zuvor schon und nach der Episode im Krankenhaus so heftig an ihr zu bekämpfen müssen glaubte, nannte er »dekadente Verweigerung«. In seinen Augen handelte es sich bei Milas beharrlicher Weigerung, auch nur annähernd genug zu essen nicht allein um eine Revolte gegen ihn persönlich, sondern auch um den Versuch, die Gemeinschaft zu verlassen. Aber das alles war es schon nicht mehr, als sie im Kindergarten unter den Augen der Erzieherinnen ihre Kartoffeln aß, zurück auf den Teller spuckte und erneut aß, so lange, bis selbst die älteren Damen dieses Schauspiel nicht mehr ertragen konnten. In Wahrheit verweigerte sie nicht den Gehorsam und noch nicht einmal die Nahrung.

Mila sagte ihm später, sie habe ihre Portion zu einem Ereignis gemacht, zehnmal habe sie ihren Teller Pampe gründlich leer gegessen, während die anderen Kinder längst schon zum Mittagsschlaf in ihren Betten lagen. Das war natürlich eine ihrer zynischen Beschönigungen. Aber sie hatte einen wahren Kern: Mila hungerte nicht, sie sabotierte die Zeit. Albert schmunzelte, der Gedanke gefiel ihm gerade jetzt besonders gut.

Über die Armbeuge hinweg blickte er durch den Höhleneingang hinaus, sah den blauen Himmel und in der Ferne wie erstarrt die vielen Wellenkämme auf dem Meer. Erleichtert stellte er fest, dass er den fremdartigen Geruch in der Höhle kaum noch wahrnehmen konnte. Die kleinen Haufen aus trockenem Vogelmist und Pflanzenresten störten ihn nicht mehr.

Mit zitternden Armen kroch er auf den Felsvorsprung hinaus, hielt inne und legte sich zunächst auf den Bauch. Es war die Höhe über der nahen Meeresoberfläche, an die er sich nicht gewöhnen konnte. Momente später hatte er sich zur Ordnung gerufen und spähte aufmerksam nach links und rechts. Die Furcht vor Entdeckung ließ ihn endgültig wach werden. Und so warf er sich herum und krümmte sich zusammen, als ihn der Kieselstein am Kopf traf. Sein Puls raste, anfangs sah er die Gestalt auf den Felsen über sich nur verschwommen.

Ali ließ die Beine baumeln, beinahe rutschten ihm die Schlappen von den Füßen. Er lachte Albert aus, hob die Hand vor den Mund, wollte sich beherrschen, doch es gelang ihm nicht.

Albert richtete sich auf, klopfte sich den Sand von der Kleidung und blickte zu dem Jungen hinauf. Der hielt seinen Stoffbeutel auffallend lange in die Höhe, bevor er ihn zu Albert hinunterwarf.

»Kleiner Bastard«, flüsterte der, während er als Erstes die Wasserflasche herausfischte. »Du bist nur ein Kind, nichts weiter.«

Aufmerksam beobachtete Ali, wie der Fremde trank und aß, ständig dabei redete, und zu ihm heraufschaute, als erwarte er eine Antwort. Als er fertig war, fingerte er in dem leeren Beutel herum, suchte nach Brotkrümeln.

Albert wischte sich über die Lippen und breitete die Arme aus. Ali verstand das als Frage, erhob sich, tat, als würde er aufbrechen, und kam zurück, weil Albert sitzen blieb. Behände kletterte der Junge zu ihm hinunter, blickte um sich und trat unschlüssig auf der Stelle, wies in die Richtung, aus der er gekommen war. Albert dachte nach, bemühte sich, das Risiko abzuschätzen. Er fürchtete den Leichtsinn des Jungen, und er misstraute ihm.

Derweil ließ sich Ali auf die Knie fallen und begann, mit dem Finger in den Sand zu zeichnen. Sorgfältig führte er die wenigen Linien aus, bis Albert ein Schiff erkennen konnte. Der Anblick ließ seinen Atem stocken. Sollte es möglich sein, dass dieser Junge sein Retter war?

Ali ging voraus. Er schien einer Route zu folgen, so zielstrebig, dass Albert Mühe hatte, das Tempo zu halten. Sie stießen mit den Unterschenkeln gegen trockene Büsche, traten Grashöcker platt und sahen das dunkle Türkisblau des Wassers unter sich, als sie die Felsen zur Hälfte hinabgestiegen waren. Brauner Fels wucherte wie ein riesiges Geschwür aus dem glatten Gestein, eine schrundige Unform. Weiter unterhalb wand sich ein meterlanger Tangwulst vor den Wellenzungen. Der Strand war ein unbetretbar erscheinender Sandstreifen, übersät von Unmengen an angeschwemmten Pflanzenresten, Quallen und Fischkadavern.

Doch Ali huschte zwischen dem weichen Unrat umher, als bewegte er sich im Inneren eines Hauses. Albert hatte mit dem Gedanken gespielt, ein wenig zu schwimmen. Doch die Lust dazu verging ihm beim Anblick der stinkenden Brühe vor seinen Füßen. Ali führte ihn weiter, stand ab und an etwas höher am Hang auf den untersten Steinbeulen und wartete, bis er zu ihm aufschloss. Seemöwen flogen tief, und ihr Geschrei erinnerte Albert an Mila. Er glaubte, noch immer den Traum abschütteln zu müssen, und die Zielstrebigkeit des Jungen begann ihm auf die Nerven zu gehen. Immer, dachte er, setzen einen diese Einheimischen unter Druck, sobald man sich ihnen nähert, zerren und drängen sie.

Albert stieg ebenfalls auf die Steinbuckel, um nicht durch die schleimigen, im Morgenlicht vielfarbigen Meeresfrüchte gehen zu müssen, welche sich unterhalb der Felskante in immer größeren Haufen und immer dickeren, blasenschlagenden Würsten sammelten. Was anfangs noch ein Strand war, wandelte sich hier zu einer Folge in den Stein gefressener Becken, über deren Ränder sie hinwegstiegen.

Gegen Mittag tauchten sie auf. Osama hatte eben noch Tee getrunken, hockte auf der Terrasse neben einem Blecheimer und wusch sich das Gesicht. Der Gedanke an Albert hatte ihn den ganzen Vormittag über nicht losgelassen. Er haderte mit sich und ärgerte sich zugleich darüber. Als er jetzt den Kopf hob, stieß Abdul ihn von hinten an.

»Wir haben Besuch. Schnell, folge mir«, flüsterte er und war gleich darauf im Haus verschwunden.

Osama erhob sich und warf noch einen letzten Blick auf die Landschaft fern der Hütte: Es war windstill, und so lag sie schimmernd unter der Mittagssonne, umgeben von Sanddünen und Felsen, bewegungslos erhabenen Palmen. Er wusste, dass er sich verstecken musste, und allein der Gedanke an ein Zimmer, eine Kammer, ließ ihn schaudern.

Es kam schlimmer, als er erwartet hatte. Es gab einen Keller unter dem Schlafzimmer der Hütte, eine mit Brettern befestigte Ausschachtung – keine Vorratskammer, eher ein Versteck. Gleich nachdem Osama hinabgesprungen war, begann er nach Luft zu schnappen.

»Sei ganz still«, mahnte Abdul.

Er schloss die Luke, zog aber die schwere Matte, welche sie verborgen hatte, nicht wieder darüber. So blieben Osama zumindest die Lücken im Holz, durch die schwach das Licht fiel. Er setzte sich auf den Boden, stützte die Stirn in die Hände und wartete.

Schritte und Stimmen ließen ihn aufmerksam werden. Die Besucher betraten tatsächlich das Schlafzimmer der Familie. Abduls Vater redete auf sie ein, offenkundig bemüht, einen alten Trottel zu spielen.

»Es ist ein schönes Zimmer«, sagte er mit hoher Stimme, »ein schönes, großes Zimmer ist es. Kühl ist es auch, schön kühl und groß.«

Die Besucher gingen im Raum auf und ab, ihre Schatten verdunkelten die Schlitze und gaben sie wieder frei. Sie schienen nichts zu suchen, sondern zu warten.

»Wie wäre es mit Tee?«

Abdul sprach in einnehmendem Ton.

»Wenn es keine Mühe macht«, antwortete einer der Männer.

Seine tiefe Stimme ließ ihn in Osamas Vorstellung riesig erscheinen. Er bewegte vorsichtig den Kopf, um vielleicht etwas sehen zu können. Doch sie verließen einer nach dem anderen den Raum. Osama hörte das Klirren der Teetassen und das Stimmengewirr. Abduls Kind begann zu schreien und der Bass jenes einen Besuchers übertönte es. Gelächter erklang und kurz sogar ein Händeklatschen. Dass die Stimmung oben so gut war, überraschte Osama.

Er versuchte es sich bequemer zu machen, streckte die Beine aus, lehnte den Kopf gegen die Bretterwand und griff nach dem erstbesten der kleinen Päckchen, die, sorgsam in Papier gewickelt, um ihn herumlagen. Es war schwerer, als er erwartet hatte. Neugierig geworden, begann er es mit aller nötigen Vorsicht zu öffnen. Spielerisch zupfte er daran herum, schob das Papier beiseite, steckte den Finger hinein und befühlte den Inhalt. Er brauchte kein Licht, um zu wissen, was er in der Hand hielt. Er überstrich die Oberfläche der runden Steintafel, die eingeritzten Schriftzeichen. Abdul handelte also noch immer damit.

Oben wurde es unruhig, wieder schrie das Baby. Schritte wurden hörbar. Wahrscheinlich gehen sie jetzt, dachte er erleichtert. Doch zugleich schüttelte er den Kopf bei dem Gedanken, dass er, wenn auch nur in untergeordneter Position, im Museum für Leute arbeitete, die all den Abduls dort draußen das Handwerk legen wollten. Und nun war er hier, abhängig von seinem alten Freund und konnte nicht anders, als sich daran zu erinnern, wie seine eigene Leidenschaft für Antiken begonnen hatte.

Zwei, vielleicht drei Jahre, nachdem er den geheimen Transport an der Kaserne beobachtet hatte, lernte er Abdul in der Schule kennen. Er war der Sohn eines Viehhirten und in seiner Familie der Erste, der eine Schule besuchte. Dennoch war er aufgeweckt und wissensdurstig. Schon als Junge hatte er schlechte Augen. Daher musste er jedes Ding aus der Nähe betrachten, hielt es mit seinen kleinen abgenutzten Händen nah vor sein Gesicht, weswegen ihn einer der Lehrer den »Sammler« nannte. Ein treffender Spitzname, wie sich später zeigen sollte.

Es begann harmlos. Eines Tages saßen sie zusammen in der Bar eines großen Hotels, in dem vornehmlich Ausländer abstiegen. Sie taten das gern, auch wenn sie es sich kaum leisten konnten. Dort konnten sie Anzug tragende Geschäftsleute beobachten und die nackten Beine ihrer Begleiterinnen begutachten. All die elektronischen Spielzeuge, die sie ständig benutzten, die teuren Zigarren, die sie rauchten, die edle Farbe des Whiskys in ihren Gläsern und die Klimpermusik, die durch die Säle schwebte und von der man nie wusste, woher sie kam. Die Szenen brachten sie zum Träumen: Sie hatten das Gefühl, ihrer Zukunft nah zu sein.

Drei alte Männer waren in der Hotelbar aufgetaucht. Abdul hatte die Schale mit den Nüssen beinahe widerwillig geleert, mit seiner Flasche Pepsi-Cola aber war er so zufrieden, dass er sie in der Hand behielt und als Zeigeinstrument benutzte.

»Siehst du die da?«, fragte er.

Osama schaute hinüber. Es waren nicht viel mehr als ihre Schultern und Köpfe im Rahmen des vom Raumlicht blinden Fensters zu erkennen. Die drei hatten sich dicht beieinander auf ein Ecksofa gesetzt und Tee bestellt. Einer von ihnen trug sein ausgeblichenes Tuch so um den Kopf, dass sein Gesicht aus einer festen und doch elastischen Masse zu wachsen schien. Die Faltenbündel des Stoffes über der Stirn und unter dem Kinn waren von diesem Gesicht nicht mehr zu trennen. Die anderen beiden trugen weiße Tücher. Ihre grauen Augenbrauen waren buschig wie Gewächse, ihre Nasen groß und dunkel, die Wangen hohl. Bei einem zeichnete sich ein enorm großes Ohr unter dem Stoff ab.

Osama blickte die Männer an, bis Abdul die Flasche auf den Tisch knallte und lächelte.

»Das sind Räuber«, sagte er.

»Was meinst du damit?«

Abdul antwortete nicht, aber Osama konnte sehen, wie er seine Aufmerksamkeit genoss.

»Rede schon«, fuhr er ihn an. »Was stehlen sie?«

»Alte Sachen.«

Alte Sachen, dachte Osama, mit diesen lapidaren Worten fing das alles an.

Die Luke wurde geöffnet, Abdul lachte zu ihm hinunter. Osama hielt die Schrifttafel in die Höhe.

»Hey, Sammler, was tust du mit einer Schultafel aus dem alten Babylon?«

Osama stand auf und drehte sie im Licht. Auf der einen Seite, so hieß es, hatte der Schüler, auf der anderen Seite der Lehrer geschrieben.

»Sie hat Jahrtausende überdauert und jetzt finde ich sie in deinem Keller.«

»Man muss leben«, entgegnete Abdul. »Ich bin ein Händler, nicht mehr.«

Er reichte Osama die Hand und half ihm herauf. Abduls Vater nickte ihm zu und selbst Abduls Frau lächelte, als sie ihn sah.

»Handelst du mit ihnen?«

»Mit wem?«

»Mit den Brüdern.«

Abdul zögerte, nahm die babylonische Schultafel an sich und sagte:

»Jeder handelt mit ihnen.«

Im Dunst schien das blassblaue Meer betretbar. Wann immer er konnte, hielt Albert Ausschau nach Booten, doch die Küste schien menschenleer zu sein. Ali arbeitete sich unbeirrbar voran. Er hielt seine Latschen in der Hand, die nackten Füße verschwanden in den Höhlungen des Steins. Albert richtete all seine Konzentration darauf, nicht abzurutschen in dieses Wasser, das aussah wie schmutzige Seifenlauge. Wach jedoch fühlte er sich noch immer nicht, eher als wäre er in eine andere Schläfrigkeit hinübergeglitten, an der die Geräusche des Wassers und des Windes wie an einem Gefäß abprallten.

Ali stieg bergan. Dort oben ließ das Licht den Stein leuchten, während Albert noch zwischen den vom Meer heraufgeworfenen und wie zum Trocknen ausgelegten Tangfäden herumirrte. Er fluchte leise, doch Ali trieb ihn mit seinem ermutigenden Lächeln und einer Geste voran, die klarmachen sollte, dass sie gleich da sein würden. Albert verwünschte sich selbst und kletterte weiter.

Sie erreichten einen Felsvorsprung und blickten auf einen neuen, weiten Strandabschnitt. Dort lag das Wasser ruhig, platschte auf den Sandstreifen, der weiter oben in eine zertrampelt aussehende Düne überging. Dann sah Albert, was ihn vor Enttäuschung schnauben ließ: zwei große Schiffswracks, überraschend nahe am Festland. Eines war auf Grund gesetzt worden und auf die Seite gekippt, sodass die Ladefläche zu sehen war. Das andere lag weiter draußen und wirkte bis auf zwei gewaltige Beulen im Rumpf unversehrt.

Von jenem Buckel aus begann ein sanfter Abstieg unter einer Wölbung im Fels. Albert starrte linkerhand in eine Grotte, die so weit in den Stein führte, dass nach einigen Metern vollkommenes Dunkel darin herrschte. Der Gestank aus dieser Höhle ekelte ihn. Das war nicht der beinahe intime, sich in der Weite fein verteilende Geruch des Meeres. Es war der Pesthauch lange im Halbdunkel stehender, verdickter, lebendig gewordener Wasser.

Er versuchte nicht hinzuschauen, hastete vorbei und fragte sich, was alles vom Meer dort hineingeworfen worden war und sich jetzt als Sud über dem Höhlengrund zu etwas Neuem zu verbinden begann. Ali schien ähnlich zu empfinden, denn Albert sah, wie er seine nackten Füße vorsichtiger aufsetzte und eilig vorwärtsdrängte.

Endlich betraten sie den Sandstrand. Trotz der Wracks war es hier malerisch, der Sand hell und weich, das Wasser zart blau. Ali blieb stehen und grinste zufrieden. Albert nickte ihm zu und zog die Mundwinkel nach oben. Ihm fielen die kleinen Narben im Gesicht des Jungen auf. Sie sahen aus wie kurze Schnitte und waren dunkelbraun. Möglicherweise stammten sie von einer Krankheit, jedenfalls wirkten sie befremdlich in einem so jungen Gesicht.

Der Junge streckte die Arme vom Körper und deutete eine Drehung um sich selbst an, um noch einmal Beifall für den von ihm entdeckten Ort zu bekommen. Immer, dachte Albert, machen sie einen zum Herrn, den sie zufriedenstellen wollen. Er ging an ihm vorbei und setzte sich einige Meter weiter in den Sand.

Ali kam zu ihm und rückte so nah an ihn heran, dass sich ihre Körperseiten berührten. Sein Blick drückte eine unverständliche Begeisterung aus, die Albert freudlos erschien. Wann immer er diese Art Fröhlichkeit ignorierte, strafte ihn dieses Kind mit einem scharfen, feindseligen Blick.

Die Wracks schienen auf der endlosen Flut von Wogenkämmen hinauszutreiben. Sturmvögel hatten sich auf ihnen niedergelassen. Albert bestaunte die Farben des auf der Seite liegenden Frachters. Weiß, Grau, Rostrot und dicht oberhalb der Wasserlinie, an dem schmalen Streifen, der vom hinteren Rumpf gerade noch zu sehen war, glänzte ein giftiges Grün, das Deck hingegen war bräunlich.

Ali erhob sich unvermittelt, ging ein paar Schritte in Richtung Meer, drehte sich um und vollführte Schwimmbewegungen. Albert schüttelte den Kopf, es schien ihm undenkbar, dort hinauszuschwimmen, diese bedrückend schöne Einöde, in der er gerade seine ganze Verlorenheit spürte, meerwärts zu verlassen. Doch der Junge ließ von seinem Vorhaben nicht ab, stapfte entschlossen heran und zog Albert auf die Beine. Dann hockte er sich nieder und zeichnete abermals ein Schiff in den Sand.

»Ich habe es begriffen, du kleiner Idiot«, sagte Albert und lächelte gutmütig dabei.

Aus purer Schwäche gab er nach. In Hemden und Hosen liefen sie ins Meer. Das Wasser war noch so kalt, dass Albert nach der ersten Berührung am liebsten kehrtgemacht hätte. Doch das hätte Ali nicht akzeptiert, der vorausstürmte, ohne sich umzusehen. Nach etwa fünfzig Metern begannen sie prustend zu schwimmen. Alberts Schultern fühlten sich unbeweglich und hart an. Das Wasser unter ihm wurde zusehends dunkler, er orientierte sich an Alis Atem und Bewegungen, um sich davon abzulenken.

Sie brauchten lange, um aus dem bogenförmigen Ansatz der Bucht herauszukommen. Der Blick auf die Felsvorsprünge wollte sich einfach nicht verändern. Ali schien auf das erste der Wracks zuzuhalten, das noch weit vor ihnen lag. Albert blickte zu ihm hinüber, um sich zu vergewissern, dass er auch wirklich auf das Wrack starrte und nicht doch noch den Kurs wechselte, denn plötzlich fühlte er seine Schwäche.

Nach dem Aufschrei hörte Osama nur noch lautes Schnaufen im Satellitentelefon. Er entfernte es von seinem Ohr und wartete, bis Randa sich beruhigt hatte.

»Wo bist du?«, presste sie schließlich heraus.

»Im Süden, Habibi, das Meer ist ganz in der Nähe.«

»Was ist geschehen?«

Osama berichtete kurz von der Entführung, skizzierte die verschiedenen Stationen seiner Gefangenschaft und beruhigte seine Frau. Kurz kam es ihm vor, als glaubte sie ihm nicht. Nochmals beschwor er die Schrecken der Entführung auf dem Marktplatz herauf, doch Randa fiel ihm ins Wort:

»Ich weiß es schon. Ich war im Museum. Alle wissen es. Aber niemand hat sich gemeldet.«

Osama seufzte erleichtert.

»Haben sie dich freigelassen?«

Ein Schauer lief ihm über den Rücken, als er ihre ein wenig

raue Stimme in seinem Ohr spürte. Er achtete nicht auf die Bedeutung ihrer Worte, sondern nur auf dieses sanfte Kratzen.

»Sag doch, Lieber, bist du jetzt frei?«

»Es sieht so aus. Wir sind geflohen. Du erinnerst dich sicher noch an Abdul. Er ist hier und versteckt mich. Bei Gott, ich hatte Glück…«

Sie begann zu weinen, versuchte es zu unterdrücken, doch ihr Schluchzen wurde mit jedem Atemzug stärker.

»Weine nicht, mein Lämmchen, bitte. Bald bin ich zurück.«

»Wann – sag mir, wann«, brach es aus ihr heraus.

Ihr leiser Zorn ließ ihn ahnen, wie sehr auch sie gelitten hatte. Behutsam erläuterte er ihr, welche Schwierigkeiten Abdul und er zu überwinden hatten. Die Brüder suchten vor allem nach dem Ausländer, er als Übersetzer war ihnen gleichgültig, so viel hatte Abdul herausfinden können. Nun mussten sie klären, ob die Männer an den Straßensperren informiert waren oder vielleicht einer ganz anderen Gruppe angehörten. Sie konnten nicht nach Norden fahren, ohne Gewissheit zu haben. Auch von seinen Gewissensbissen gegenüber Albert erzählte er ihr.

»Lass ihn zurück«, zischte sie. »Er hat dir nur Unglück gebracht. Nur seinetwegen bist du in dieser Lage…«

»Er ist mein Freund«, versuchte Osama sie zu beruhigen, »er hat mir nie etwas getan.«

»Aber er hat nie etwas für dich getan.«

Randa hob die Stimme. Sie wurde wütend.

»Denk an den Hungerlohn, den sie dir bezahlt haben. Und immer hat er dich stehen lassen, wenn Leute aus dem Westen in der Nähe waren, das hast du mir erzählt…«

»Es war nicht so gemeint«, unterbrach Osama.

Doch Randa ließ sich nicht beirren:

»Selbst den Amerikanern hat er sich angebiedert, immer hat er nach ihnen Ausschau gehalten und wollte in ihrer Nähe sein.«

»Er hat sich für sie interessiert…«

»Die Leute aus dem Westen interessieren sich alle nur füreinander, so sehr, dass sie uns gar nicht mehr sehen. Du schuldest diesem Mann nichts. Lass ihn dort, wo er ist.«

»Er wird verhungern. Oder sie werden ihn finden, dann weiß niemand, was sie mit ihm tun werden.«

Randa begann wieder zu schluchzen. Sie schien verzweifelt.

»Ich kenne dich. Ich weiß, was du denkst. Aber dieses eine Mal musst du mir versprechen, auf mich zu hören.«

Osama brummte nur.

Randa atmete tief ein und aus, im Telefon klang es wie ein Donnern. Dann sagte sie leise, aber bestimmt:

»Ich bin schwanger.«

Osama begriff nicht sofort, suchte noch nach einer geeigneten Antwort, da fuhr sie fort:

»Wenn du einem Fremden helfen willst, jemandem, der nie etwas für dich getan hat, dann sage ich dir: Komm nicht zu mir, sondern komm zu uns zurück, hör gut zu: zu uns.«

Die Nachricht machte ihn sprachlos. Noch bevor er antworten konnte, war die Verbindung unterbrochen. Stumm ließ er die Hand auf seinen Schoß sinken und starrte auf das Telefon.

»Was ist?«, herrschte ihn Abdul an.

Ungeduldig nahm er Osama das Telefon aus der Hand, hielt es sich dicht vor die Augen und drückte auf der Tastatur herum.

»Nichts«, sagte Osama, »alles in Ordnung.«

Abdul blickte vorwurfsvoll zu ihm.

»Du hast sie nicht gefragt.« Er hielt ihm das Telefon hin. »Du musst sie noch einmal anrufen. Wir brauchen die Nummer vom Museum. Oder kannst du dich doch an sie erinnern?«

Osama schüttelte den Kopf und begann die einzige Telefonnummer zu tippen, die er im Kopf hatte.

»Du musst mir die Nummer von Direktor Zulagi geben«, sagte er zu der noch immer weinenden Randa. »Rufe zur Sicherheit auch du im Museum an, immer wieder, bis du jemanden erreichst.«

Als das Gespräch beendet war, starrte er auf die notierte Telefonnummer und wusste nicht weiter.

»Was soll ich denn im Museum sagen?«, fragte er Abdul.

»Na, dass es dir gut geht. Und dass du jetzt auf dem Weg nach Hause bist.«

»Was ist mit dem Deutschen?«

»Fang nicht wieder damit an. Um den kümmern wir uns später. Als Erstes musst du hier weg. Du kannst in der Stadt viel mehr für ihn tun.«

»Was kann ich tun?«

Abdul schnaufte zwar vor Entrüstung, musste dann aber doch nachdenken.

»Geh zu den Amerikanern und sage ihnen, sie sollen ihn suchen. Sie können eine ihrer Drohnen schicken oder die Marines oder einfach nur Sylvester Stallone – oder was sie sonst so tun, wenn jemand von ihnen verloren geht.«

»Er ist keiner von ihnen, er ist Deutscher. Nichts werden sie tun.«

»Was geht dich das an.«

»Warum will mir jeder von euch einreden, es ginge mich nichts an. Wir sind zusammen entführt worden, und ich komme alleine zurück? Soll ich sagen, ich habe ihn unterwegs verloren und dann nicht weiter nach ihm gesucht?«

Abduls Vater hustete laut und sagte dann, vom Nebenzimmer aus:

»Du solltest froh sein, wenn du deinen eigenen Hals retten kannst. Außerdem bringst du uns alle in Gefahr.«

Osama erhob sich von seinem Lager, auf dem er den Nachmittag verbracht hatte. Sein Rücken war schweißnass. Er fühlte

sich wie ein gefährlicher Schmarotzer, als er durch die Fensterluke die leuchtende Landschaft sah.

Abdul stand noch immer im Eingang der Kammer.

»Bist du so weit? Dann kann ich dir dein Versteck zeigen. Es
wird eng sein, aber es ist sicher.«

Osama nickte.

»Nur einen Augenblick noch.«

Als hätte er ein Ziel vor Augen, schritt er durch das Haus,
ignorierte den wütenden Blick von Abduls Vater und trat
durch das Tuch vor der Eingangstür hinaus auf den Hof. Abduls Frau kam gerade zurück. Sie trug wieder den blauen Plas-
tikeimer mit Fischen darin.

»Wo holst du sie her?«, fragte Osama.

»Aus dem Becken«, antwortete sie, ohne den Blick zu heben.

»Wie kommen sie in das Becken?«

»Sie bringen sie aus dem Ort.«

Sie war schon am Eingang, als Osama sagte:

»Wo Fischer sind, müssen auch Boote sein.«

Kurz hielt sie inne.

»Und wo Boote sind, sind auch die Brüder.«

Damit verschwand sie im Haus.

Osama ging zu dem Becken hinüber, zog die es bedecken-
den Palmenzweige beiseite und betrachtete die dunklen, trägen
Fische. Das auf sie fallende Sonnenlicht schien sie zu beleben,
sie schlugen mit den Schwänzen und drängten an die Oberfläche. Ihre breiten Münder öffneten sich, als wollten sie das
Licht trinken.

Osama bedeckte das Becken, schaute um sich und sah wieder, ganz kurz nur, zwischen den Bäumen jenen Jungen. Diesmal war der Beutel, den er trug, flach und sandbedeckt. Er geht
am Morgen, dachte Osama, und kommt am Spätnachmittag
zurück, ich werde Abdul nach ihm fragen.

Während Albert schwamm, überlegte er, wie er Ali in kurzer Form mitteilen konnte, dass er erschöpft war.

»Hey!«, rief er.

Aber der Junge hörte ihn nicht. Wie eine Maschine arbeitete er sich im Wasser voran, Zug um Zug tat er, ohne auf seinen Begleiter zu achten. Albert beschloss, einfach umzukehren, wenn er genug hatte. Ich bin diesem Jungen schließlich nicht verpflichtet, versicherte er sich selbst, jetzt ist es egal, ob er es mir übel nimmt oder nicht.

Allerdings begann ihn das Schwimmen gerade angenehm anzustrengen. Seine Muskeln waren warm geworden, und die Bewegung tat ihm wohl. Auf seine Atmung achtend, wollte er die Zeit bis zur Umkehr so gut wie möglich nutzen. Er konzentrierte sich auf die Koordination seiner Bewegungen und versuchte, nicht allzu weit hinter Ali zurückzufallen. Noch hatte er das Vertrauen in seine Arme nicht ganz verloren, sonst hätte er nie gewagt, so weit hinauszuschwimmen. Die gleichmäßigen Bewegungen schlossen jede Irritation aus, die blaugraue Wasseroberfläche zog mit kleinen Buckeln an ihm vorbei, verwirbelte an den Fingerspitzen, die ruhig und zielgerichtet vorwärtsstießen und allmählich eine blasse Tönung annahmen.

Ali hielt plötzlich an, sein Kopf hob sich weit genug aus dem Wasser, dass sein Kinn frei wurde und er sprechen konnte. Er drehte sich ganz zu Albert und keuchte etwas, wies dabei mit dem Arm zur Seite, dorthin, wo der Felsvorsprung endete wie die Nase eines riesigen Schwimmers.

Doch Albert starrte nur auf Ali. Erst sein Anblick, sein kleiner, in der Weite der Fläche verlorener Kopf mit den platschenden Händen daneben machte ihm klar, wie nahe der gigantische Bug des Wracks bereits war, in dessen Nähe er nicht kommen wollte. Er konnte die vernieteten Metallplatten erkennen und die unterschiedlichen Sorten der grindigen Beläge ober- und unterhalb der Wasseroberfläche. Ein dickes schwarzes Versorgungskabel führte über die verrostete Reling ins Wasser.

Albert dachte an die stinkende Grotte zurück und fühlte das riesenhafte Gebilde vor sich, wie es mit ihm durch das Wasser verbunden war, und die Vorstellung der Tiefe unter ihm, dessen, was das Wrack, den Jungen und ihn tragen, umschließen und auch verschlucken konnte, begann ihn zu terrorisieren. Seine Bewegungen wurden unregelmäßig, er fand seinen Rhythmus nicht wieder.

Albert schluckte und spuckte Wasser. Sein Blick haftete an dem Wrack, und nachdem er sich etwas gefangen hatte, rülpsend die verschluckte Luft entlassen konnte, spürte er die Wohltat seiner Lähmung im Angesicht des Riesenhaften. Die Hände waren wieder fest mit ihm verwachsen. Er stellte sich eiserne Beschläge um all die kleinen Gelenke seiner Finger vor und wusste, dass sie ihn hier im Wasser schwer machen würden.

Auf den letzten Metern erhöhte er das Tempo, schwamm mit Ali um die Wette. Der Junge nahm die Herausforderung an, wild rudernd und strampelnd kämpfte er sich voran. Albert blieb auf gleicher Höhe, einmal überholte er ihn sogar. Schließlich schlug Ali als Erster an.

Als Albert bei ihm war, stellte er fest, dass er sich nirgends festhalten konnte. Er legte die Hände flach auf das Metall, suchte unter der Wasseroberfläche nach einer Ausbuchtung oder Beule. Doch alles schien aus einer einzigen Platte gefertigt worden zu sein, die zudem noch glitschig war. Albert blickte nach oben und sah das Deck wie eine Rampe in den stahlblauen Himmel weisen.

Er drehte sich um und drängte seinen Rücken gegen das Metall. Vor Erschöpfung gähnend betrachtete er den schmalen Sandstrand. Der Junge bedeutete Albert, ihm zu folgen. Langsam schob er sich an dem Schiffsdeck entlang, so zielgerichtet aber, als kenne er den Weg. Behutsam folgte Albert, dem allmählich die Puste ausging. Er hielt sich so nah wie möglich am Wrack und pausierte ab und an, um sich auszuruhen. Ali bewegte sich auf das über ihnen gespannte, schräg ins Meer hinabführende Kabel zu.

Als sich Albert gerade wieder in Bewegung setzen wollte, hörte er über sich Geräusche. Er schaute nach oben, war sicher, dass sich dort jemand bewegt hatte, doch konnte er niemanden sehen.

Und plötzlich spürte er seine Hände. Als wollten sie das Schiffswrack voranschieben, schlugen sie auf das Metall. Er blickte an sich hinunter, sah zum ersten Mal die von der Unform des Schiffes verdunkelte Tiefe unter sich und nichts hielt ihn mehr, zitternd und zugleich erstarrt sank er mit offenen Augen abwärts.

Ali unterbrach diesen leicht schräg gerichteten Sinkflug in das dunkler werdende Grau. Mit aller Kraft, die ihm zu Gebote stand, packte er den Fremden an den Schultern und zog ihn aufwärts.

Als Alberts Kopf die Wasseroberfläche durchstieß, fiel es ihm schwer, diese von außen herbeigeführte Entscheidung zu akzeptieren. Nicht, dass er unbedingt hätte sterben wollen. Aber die Macht, das zu entscheiden, schien ihm im Großen zu liegen, in der gewaltigen Stimmigkeit, die auf seinem zittrigen Hinabsinken lastete. Das Überleben aber hing an diesem im Vergleich zu ihr winzigen Jungen, den er aus der Richtung des Lichtes auf sich zustrampeln gesehen hatte.

Ali musste ihn nicht bis zum Ufer schleppen. Unterwegs begann Albert wieder zu schwimmen, mit dem Wrack im Rücken fühlte er sich besser.

Am Strand blickte der Junge auf Alberts Hände, welche die Sandmulden, in denen sie lagen, ohne sein Zutun vergrößerten. Er stieß ihn sacht mit dem Fuß an, wiegte den Kopf und lächelte künstlich, aber nicht ohne Charme, während er sei-

nen ausgeleierten Hemdkragen über die Schulter zog, um die
nackte Haut zu zeigen. Sie war von dunkelroten Pusteln und
noch dunkleren Abszessen übersät. Ali ließ die Schulter sogar
ein wenig kreisen.

Vielleicht hat er das bei Frauen in Filmen gesehen, dachte
Albert. Ihm schoss etwas Warmes, Saures die Speiseröhre
herauf und füllte seinen Mund, bis er ihn nicht mehr geschlossen halten konnte. Albert senkte den Kopf auf den Sand und
registrierte noch, wie Ali hastig seine Schulter bedeckte und
Abstand von ihm suchte. Mit beschwichtigend erhobener
Hand erbrach Albert nichts als Wasser.

Als er den Kopf hob, war der Junge bereits dabei, erneut ein
Schiff in den Sand zu zeichnen. Albert schloss kurz die Augen.
Dieser Bengel ist mein Verderben, dachte er und sah ihn gleich
darauf den Strand entlanglaufen. Er muss verrückt sein, dachte
er, vermutlich streunt er nur deshalb tagsüber herum.

Müde blickte Albert ihm nach. Dieser Junge ist mein Glück,
dachte er, aber auch mein Plagegeist: Was will er nur? Ist er
womöglich gestört? Albert grinste. Etwas wie Hyperaktivität
oder überhaupt eines dieser westlichen Syndrome konnte er
sich hier einfach nicht vorstellen.

Ali hielt erst inne, als er Albert heftig winken sah. Er schaute
noch einmal zu dem Schiffswrack hinaus. Von dort, wo er
stand, konnte er deutlich das Heck eines der Fischerboote erkennen, die von Seeseite an dem Wrack festgemacht hatten.
Das war es, was er dem Mann hatte zeigen wollen.

Osama stand mit Abdul und dessen Vater vor dem Gelände-
wagen. Die hinteren Türen und die Heckklappe waren geöffnet. Abdul hatte die Rückbank hochgeschoben und wies auf
den erstaunlich großen und doch erschreckend eng wirkenden
Raum darunter. Eilig zog er Osama hinter den Wagen und wies
in den Kofferraum.

»Man sieht nichts, wie ich es dir gesagt habe. Du bist so dünn geworden, unter dem Rücksitz hast du genug Platz. Selbst wenn jemand nachschauen sollte, kann er dich nicht finden.«

Osama war skeptisch. Er ging zurück und schaute noch einmal unter die hochgeklappte Rückbank.

»Wie lange soll ich es da drin aushalten? Ich werde ersticken.«

Abdul hob die Hände.

»Würde ich dir das antun?«, fragte er und schien wirklich verärgert. »Es ist doch nicht für die ganze Strecke. Du sitzt vorn. Ich halte an, du kriechst nach hinten und ziehst den Sitz hoch. Dann legst du dich hinein und hier«, er führte Osamas Hand an eine Stelle unterhalb der Sitzfläche, »kannst du sie herunterziehen. Wenn wir am Checkpoint vorbei sind, kommst du wieder heraus.«

Abdul zwang sich zu einem Grinsen.

»Gib zu, dass du selbst Angst hast«, sagte Osama.

»Mein Sohn hat dich seit vielen Jahren nicht gesehen«, ging Abduls Vater dazwischen, »und doch riskiert er für dich sein Leben. Du solltest dankbar sein.«

»So gefährlich wird es nicht«, sagte Abdul schnell. »Ich fahre oft nach Norden.«

»Ich bin dankbar«, sagte Osama an den Vater gewandt, »ich bin Abdul dankbar für alles, was er bisher für mich getan hat und auch für das, was er noch tun wird.« Zu Abdul fuhr er fort: »Benutzt du dieses Auto zum Schmuggeln?«

»Was spielt das für eine Rolle? Es ist deine Chance. Wie willst du sonst von hier fortkommen?«

»Was geschieht, wenn sie mich entdecken?«

»Das werden sie nicht.«

»Abdul – was geschieht mit dir, angenommen, sie entdecken mich? Sag es mir.«

Abdul rieb sich die Augen, wischte sich über das Gesicht und atmete hörbar aus. Er blickte zu seinem Vater, der kaum erkennbar den Kopf schüttelte, dann zu Osama.

»Ich kenne einige von denen«, sagte er, »ich werde mit ihnen reden.«

»Was, wenn es Fremde sind?«

»Wozu fragst du das? Ich weiß nicht mehr als du. Was ist nur los mit dir?«

Wütend schlug er die Wagentür zu.

Um die Situation zu entspannen, stieß Osama ihn an:

»Hast du inzwischen eigentlich eine Brille? Wenigstens zum Autofahren?«

»Nein«, erwiderte Abdul trotzig, »die Straßen hier unten sind leer.«

Im Haus tätigte Osama einen weiteren Anruf. Randa hatte ihn nicht zurückgerufen, aus Verzweiflung, wie sie ihm versicherte. Er informierte sie über seine Pläne, und sie schien beruhigt, da sie nun wusste, wie er sich entschieden hatte.

Osama beendete das Gespräch, sann ihren Worten nach und war wieder erstaunt über ihre Härte. Er beobachtete das hellrote Tuch vor dem Fenster. Das Sonnenlicht fiel herein, der Wind bewegte den Stoff. Es war ein so friedliches Bild, dass ihm bei diesem Anblick der Aufbruch unmöglich schien.

Er tippte die Nummer des Museums ein und ließ es lange klingeln.

»Es muss geschlossen sein«, sagte er zu Abdul und dessen Frau.

»Oder sie kommen später. Mach dich bereit.«

Abduls Frau warf ihm einen verstörten Blick zu. Osama wusste, sie hätte alles getan, um sie an dieser Reise zu hindern. Doch Abdul hatte die Hände an die Stirn gelegt wie zum Zeichen, keinerlei Diskussion zu dulden. Seine Frau schwieg, begann aber, den Kopf zu schütteln und hörte nicht damit auf, bis ihr Mann und sein gefährlicher Jugendfreund davongefahren waren. Abdul nahm sich nicht viel Zeit für den Abschied. Beinahe nebenbei küsste er Stirn und Hände seiner Frau, umarmte kurz seinen Vater und nahm das Baby ein letztes Mal in den Arm.

Osama hielt sich im Hintergrund. Er hatte seinen Schlafplatz gründlich aufgeräumt, bemüht, alle Spuren seiner Anwesenheit zu tilgen. Ohne ein Wort ging er zum Auto voraus und wartete dort. Es war früher Vormittag, wenn alles gut ging, konnten sie spät am Abend in der Hauptstadt sein. Osama bezweifelte, dass sie das schaffen würden. Und doch fühlte er eine Art Vorfreude auf die Erleichterung, der Gefahr entronnen zu sein.

Er legte die Hände auf das Glas der Wagenfenster und schaute in die Landschaft, die über dem heißen Wagendach im Dunst zerrann. Noch einmal wunderte er sich über die Palmen. Sie standen so vereinzelt, waren so bewegungslos, als hätte man sie aufgebaut.

Er wandte sich um. Die Einöde in Richtung des Meeres beruhigte ihn. Die vollkommene Verlassenheit dieser Sandhügel und beinahe gänzlich verwehten Felsbuckel, die windstille Bläue dort gaben ihm, der im Begriff war, sich zu retten, den inneren Frieden, den er brauchte. Er genoss den Gedanken, dass alles, selbst die schroffsten Felsflanken, mit der Zeit im lockeren Sand spurlos verschwinden würde.

»Wie kannst du nur hier leben?«, sagte er zu Abdul, als sie endlich unterwegs waren.

»Es ist kein gutes Leben. Aber wenn man Beziehungen hat, gibt es Möglichkeiten.«

Da und dort fuhren sie an Hütten vorbei, die so ärmlich aussahen, dass man sie unwillkürlich für verlassen hielt. Hühnerkäfige, Hunde und die Lumpen auf den Wäscheleinen deuteten auf Bewohner hin.

»Die Leute hier unten«, sagte Abdul, »sind wie die letzten Überlebenden einer Katastrophe. Sie leben vom Meer und von ihrem Glauben – ansonsten sind sie alle Räuber wie ich.«

Er blickte zu Osama, als hätte er einen Witz gemacht, doch er blieb ernst dabei. Auch Osama lachte nicht.

»Ich danke dir«, sagte er. »Ich weiß, du hättest all das nicht tun müssen, nach dem, was gewesen ist…«

»Ich kann mich an nichts erinnern. Wenn da etwas war, hat es mit uns hier nichts mehr zu tun.«

Abdul beugte sich zum Lenkrad vor.

»Das wird dir auch nicht helfen, um die Straße genauer zu sehen«, sagte Osama.

»Die Straße nicht, aber unseren Freund dort.«

Abdul bremste, setzte zurück und fuhr von der Piste in die Dünen.

»Sie sind hier«, sagte er. »Verschwinde jetzt.«

In seine Höhle verkrochen, lauschte Albert darauf, wie das Rauschen des Meeres einen röhrenden Klang bekam. Wie immer hatte er sich zusammengerollt und mit dem Gesicht in Richtung des Ausgangs gelegt. In der Nacht war dort nichts zu sehen, außer einem gelegentlichen Flimmern, einem vorüberhuschenden Lichtschein, von dem er nicht wusste, ob er ihn sich nur einbildete.

Für ein paar Stunden schlief er ein, bis ihn sein Magenknurren erwachen ließ. In einem seiner alten Jugendbücher hatte er gelesen, dass die Apachen gegen Hunger und Durst glatte Steinchen lutschten. Damit verbrachte er die manchmal lange Zeit, bis er wieder wegdämmerte.

Es war noch dunkel, als ihn, wie er glaubte, das schier unerträgliche Gefühl der Einsamkeit weckte. Mit schreckgeweiteten Augen lag er in der Höhle und wagte nicht, sich zu rühren. Ungeheuer plastisch, zusammengesetzt aus vielen braunen, ein paar roten und weißen Kristallen sah er den Sand vor sich, in den Alis dunkler Finger seine Schiffe gezeichnet hatte. Wieder und wieder setzte der Junge an, immer erneut durchpflügte sein Fingernagel die Sandkristalle, doch das Bild wollte nicht entstehen. Stattdessen roch Albert den Sand. Der Sand war überall, klebte an seinen Händen, seinem Hals und den Wangen, sogar von seinen Lippen konnte er ihn lecken.

In der Dämmerung, vor Kälte zitternd, kroch er zum Pinkeln aus der Höhle. Als er draußen über dem Meer stand und den Wind auf seiner Haut spürte, meinte er leichtes Fieber zu haben. Er fühlte sich im Grunde nicht schwach. Der ständige Hunger war einigermaßen zu ertragen und gegen den Durst hatte er die Wasserflaschenration von Ali, die er sich streng einteilte. Selbst an die Furcht hatte er sich inzwischen gewöhnt, manchmal vergaß er sie für kurze Zeit.

Trotz seiner heißen Stirn war er munter genug, um zum Strand hinunterzusteigen. Die schwindende Nacht war lau, der salzige Wind angenehm, und die ersten Lichtstrahlen erhellten bereits den Horizont. Unten angekommen setzte er sich auf den schmalen Streifen Sand vor den Felsen. Lange starrte er über das Wasser, betrachtete die rasch aufglühende und verblassende Morgenröte. Sein Magen knurrte noch immer. Ihn tröstete, dass jede weitere Minute ihn dem Wiedersehen mit Ali näherbrachte. Den Gedanken an das Fladenbrot und das Wasser musste er unterdrücken.

Er kämpfte dagegen an, irgendwann schlief er ein, so wie er dort saß. Seine Arme umschlangen die Beine, der Kopf sank ihm auf die Knie. Das Meeresrauschen ließ ihn leer werden, diesmal träumte er weder noch erinnerte er sich. Ihn weckte ein Geräusch in den Felsen. Nur kurz störte es seine Ruhe, aber eben darum umso nachdrücklicher. Albert wandte sich um und suchte die Felsen ab, sicher, Ali sei früher gekommen.

»Zeig dich, du seltsamer Vogel«, sagte er vor sich hin.

Als alles ruhig blieb, beschloss er sich zu waschen. Er zog Hemd und Hose aus und machte ein paar vorsichtige Schritte ins Wasser. Seine Gedanken waren klar. Die Kühle des Wassers ließ ihn schneller atmen, und als er sich Arme und Brust rieb, erschrak er darüber, wie mager er inzwischen war. Er fragte sich, wie lange er mit Alis Ration noch durchhalten würde.

Für diesen neuen Tag nahm er sich vor, noch einmal auf die Suche zu gehen. Vermutlich war es vernünftiger, den Unterschlupf zu wechseln und sich am Strand etwas anderes zu suchen. Den Jungen würde er mitnehmen, damit dieser wusste, wohin er an den nächsten Tagen kommen sollte. Auf diese Weise konnte er nach und nach die Gegend strandaufwärts nach Booten absuchen.

Der Plan erfüllte ihn mit Zuversicht, immerhin konnte er so in Bewegung bleiben. Er tauchte bis zum Hals ins Wasser, streckte die Hände vor und betrachtete seine Finger. Sie zitterten. Es ist also nicht nur das ganz Kleine, wodurch es ausgelöst wird, ein abgebrochenes Stück Finelinermine, das über winzige, in vorgedruckte Rechtecke gequetschte Zahlenkolonnen vor meinen dicken Fingerkuppen davonhuscht, sagte er sich. Auch das Riesenhafte schüttelt mich, vielleicht lässt mich alles zittern, was ich nicht greifen kann.

Um zur Ruhe zu kommen, ließ er sich ins Wasser sinken und schwamm ein wenig in Rückenlage. Gerade fragte er sich, ob er eigentlich noch immer tief in sich das Gefühl hatte, unverwundbar zu sein in diesem Land, mit dessen Problemen er nichts zu tun hatte, und wie groß seine Angst vor den Entführern eigentlich war.

Da vernahm er wieder das Geräusch von den Felsen her, und diesmal wusste er, dass jemand auf dem Weg zu ihm war. Von zwei Seiten näherten sich die Schritte. Als Erstes erschien kurz nur ein Turban über den Felsen, gleich darauf, ein paar Meter weiter, ein Gewehrlauf.

Albert stand im Wasser und begann sich ausgiebig das Gesicht zu waschen. Leise sprach er vor sich hin.

»Sicher, ihr habt ja sonst nichts zu tun. Ihr könnt Tage damit zubringen, den Strand abzusuchen. Das Beste am Terroristsein ist wahrscheinlich, nicht mehr arbeiten zu müssen.«

Langsam hob er den Kopf und sah die beiden jungen Männer am Strand stehen, bis auf die Augen und Hände verhüllt, als würden sie frieren. Das Tuch des einen zeigte gestickte Flamingos. Sie hielten ihre Gewehre vor sich und schwiegen. Ein paar Momente später erst begriff er, dass sie unter ihren Vermummungen lachten. Blitzartig ging Albert durch den Sinn, was jetzt auf ihn zukam. Möglich, dass sie ihn bestraften, schlimmer, weil absehbarer war die Gewissheit, wieder in engen stickigen Räumen ausharren zu müssen. Die Höhle dort oben war wenigstens offen gewesen. Noch einmal schaute er den Strand hinauf, sah das Sonnenlicht funkeln auf den endlos einander folgenden, sinnlos im Sand versickernden Wellen.

Die beiden Männer am Strand hatten ihre Kalaschnikows auf Einzelfeuer gestellt und begannen in das Wasser vor Albert zu schießen. Der hob die Hände über den Kopf und war selbst erstaunt über seinen ruhigen Atem. Hier werdet ihr eure Geisel nicht töten, dachte er. Nur eine kalte, wache Angst erfüllte ihn, weit entfernt von Panik. Er wartete, bis die beiden den Spaß an ihrem Spiel verloren. Da stehen sie, dachte er, die Feinde der freien Welt.

Nach ein paar Schüssen stellten die Männer das Feuer ein. Einer winkte Albert zu, plötzlich hatte er es eilig.

»Yallah«, sagte er, nachdem er sich das Tuch vom Mund gezogen hatte.

Der Anblick seiner weißen Zähne und des spärlich sprießenden Bartes ließ Albert den Kopf schütteln, bevor er sich in Bewegung setzte.

Im Versteck hinter dem Sitz war es eng und heiß. Schon nach einer Minute glaubte Osama zu ersticken. Er kniff die Augen zusammen und konzentrierte sich darauf, flach zu atmen. Der Geruch von Plastik, Gummi, Staub und Benzin schien ihm unerträglich, jede Bodenwelle stieß ihn gegen die Wände dieses Sarges.

Überall um ihn war Sand, wahrscheinlich Überbleibsel früherer Lieferungen von frisch ausgegrabenem Raubgut. Osama fühlte ihn an den Händen und leckte ihn sich von den Lippen. Er zwang sich, an Randa zu denken, doch ihm wollte nur das Telefonat einfallen, und schon war er in seinen Gedanken wieder mit Albert beschäftigt.

Bereits am ersten ihrer Johnny-Walker-Abende im Museumsbüro war er ihm älter vorgekommen, als er tatsächlich sein konnte. Ein grüblerischer Mann, erfüllt von Bildern der Vergangenheit. Nach ein, zwei Gläsern hatte er es gewagt, Albert direkt darauf anzusprechen. Osama hielt ihm sogar vor, sich nicht genug auf sein aktuelles Leben und seine Zukunft zu konzentrieren, so wie er selbst es tun musste. Schließlich seien sie etwa im gleichen Alter.

»Mag sein«, belehrte ihn Albert damals, »aber du kannst nicht nachvollziehen wie das ist, wenn dein Staat gerade untergegangen ist.«

»Doch, das kann ich«, hatte ihm Osama sogleich erwidert. »Du musst nur aus dem Fenster schauen.«

Trotz aller Fremdheit zwischen ihnen war es ein schöner Abend gewesen, der mit pathetischen Versprechen endete.

»Wir werden ein gutes Werk tun«, verkündete Albert, »und das uralte Erbe dieses Landes bewahren.«

Und jetzt ließ er ihn zurück, fuhr ausgerechnet mit einem Grabräuber und Schmuggler in Richtung Hauptstadt. Es war großes Glück, Abdul wiederzutreffen, redete er sich immer dann ein, wenn ihn das nächste Schlagloch durchschüttelte. Abdul, der sich als Naturtalent erwies, was Raub betraf. Er brachte in Erfahrung, wen die alten Männer im Teehaus für ihre Aktion angeworben hatten. An einem Sommerabend, wie viele Jahre mochte das her sein, waren sie ihnen aus der Stadt hinaus gefolgt. Abdul hatte den Wagen gefahren und geschickt Abstand gehalten. Zwei Stunden lang ging es gut, dann hatte er sie verloren, weil er tanken musste. Aber Abdul gab nicht auf. Der rote Pick-up der anderen war auffällig genug gewesen, jeder Bauer, der mit seinem Eselskarren auf dem Heimweg von der Stadt war, hatte ihnen sagen können, wo er entlanggefahren war.

Der Weg hatte sie ins nordöstliche Hügelland geführt. Sie fuhren auf schmalen Serpentinen in die Dunkelheit, und als Abdul schließlich neben dem verlassenen Pick-up gehalten, das Licht ausgeschaltet hatte, ausgestiegen und in der Finsternis verschwunden war, hatte Osama erste Zweifel bekommen. Er stolperte dem anderen nach, hielt immer wieder inne, um dessen Schritte zu hören.

»Es ist zu dunkel«, hatte er dem Freund zugeflüstert.

Ohne auch nur zu antworten, war Abdul weitergegangen. Als Osama bei ihm war, hörte er ein Klicken und sah gleich darauf, glänzend im Mondlicht, die Waffe in Abduls Hand.

»Was hast du vor?«

»Sie werden es uns nicht freiwillig geben.«

Sie erwischten die beiden anderen im Schein der Fackeln, die sie vor dem Eingang des Schachtes postiert hatten, der in den Hügel führte. Wie in einem Western hielt Abdul sie in Schach, während Osama sie mit ihren eigenen Seilen fesselte. Abdul konnte es kaum erwarten, den Gang zu inspizieren. Er riss eine der Fackeln aus dem Boden und ging los, noch bevor Osama fertig war.

»Wir finden euch, ihr Hundesöhne, ihr werdet teuer dafür bezahlen«, hatten die Männer hervorgestoßen, bevor Osama ihnen ihre Socken in die Münder gestopft hatte.

Der Gang war so niedrig, man konnte nur gebückt darin gehen. Nach etwa dreißig Metern endete er vor einem Loch. Abdul hatte sich auf den Bauch gelegt und hineingeleuchtet, gleich darauf war er hinuntergesprungen. Osama war ihm sogleich gefolgt.

Das Loch war nicht tief, der Boden eben. Sie standen in einer Kammer und gleich vor ihnen lagen Dutzende Schrifttafeln wie Seiten eines zerrissenen Buches aus Stein.

»Ist das ihr Lager?«, hatte Osama gefragt.

»Ich weiß es nicht. Aber ich weiß, wer so etwas kauft.«

Abdul hatte alles durchdacht. Was er fand, brachte er zu den Milizen oder gleich zum Militär, ganz selten auch zu Leuten in der Stadt. Immer aber wurde er in Dollars bezahlt.

Der Wagen hielt und Osama drehte sich auf den Rücken. Endlich wurde sein Verlies geöffnet. Keuchend setzte er sich auf.

»Weißt du noch, als wir die ersten Schrifttafeln in den Händen hielten?«

»Oh ja«, sagte Abdul. »Damals warst du noch auf meiner Seite.«

Er reichte ihm die Hand und zog ihn mit einem Ruck aus dem Versteck. Osama hustete, er war schweißnass und seine Augen tränten.

»Du hättest mich nicht zurücklassen dürfen«, sagte Abdul beiläufig, als er sich wieder ans Steuer setzte.

»Ich musste fliehen, ich wollte dich nicht zurücklassen.«

Abdul startete den Wagen und setzte zurück, bis sie wieder auf der Straße waren.

»Aber du bist nicht zurückgekommen.«

»Es ging nicht«, sagte Osama müde.

Er wollte sich nicht an ihren zweiten Coup erinnern, der so erbärmlich gescheitert war nach dem großen Erfolg beim ersten Mal. Stattdessen betrachtete er durch die schmutzigen Wagenfenster das Treiben an der Straße. Fischer kauerten neben riesigen Bottichen und boten ihren Fang feil, Horden von Kindern trieben sich zwischen den Felsen herum und immer wieder kam eines der ärmlichen Häuser in Sicht.

»Es ist ein Wunder, dass ihr hier unten überhaupt Strom habt«, sagte Osama, doch ihn beschäftigte etwas anderes.

Er dachte an den Jungen mit dem Stoffbeutel, den er zweimal gesehen hatte.

»Wo gehen diese Kinder zur Schule?«, fragte er Abdul.

»Es gibt einen Bus. Er fährt sie nach Norden in einen Ort, an dem wir vorbeikommen werden. Dort ist die Schule.«

»Gibt es etwas in der anderen Richtung?«

Osama wies zurück.

»Für die Kinder? Nein, dort gibt es nur Sand und Steine.«

Nach ein paar Momenten des Grübelns erzählte ihm Osama von dem Jungen.

»Ich weiß nicht, wo er hingegangen sein könnte«, sagte Abdul schließlich, »zur Schule jedenfalls nicht.«

Ein paar Fischkutter lagen nah am Ufer vor Anker und, von den Felsen verdeckt, wurde offenbar ein größeres Schiff gelöscht. Eine schier endlose Kolonne von Lastenträgern bewegte sich den Strand herauf. Noch immer dachte Osama an den Jungen, ganz deutlich sah er den Beutel vor sich, den er getragen hatte. Er schloss kurz die Augen, atmete tief ein und sagte dann:

»Wir müssen diesen Jungen finden. Halt an!«

Abdul reagierte nicht sofort, Osama musste es wiederholen.

»Hast du den Verstand verloren? Du willst jetzt umkehren und diesen Jungen suchen?«

»Es geht nicht um den Jungen.«

»Es geht um den Deutschen«, stellte Abdul fest, nachdem er am Straßenrand gehalten hatte. »Du kennst diesen Mann doch gar nicht. Wahrscheinlich ist er ein Contractor und für all das hier verantwortlich. Hast du schon mal darüber nachgedacht?«

»Du klingst genau wie Randa«, antwortete Osama schwach.

»Weil sie recht hat. Sie weiß, dass du die Fremden bewunderst, dich ihnen andienst, wo immer du kannst. Du willst sein wie sie und vergisst dabei, wer du selbst bist. Erst zerstören sie dein Land, dann sammeln sie die alten Steine ein, weil nur diese wertvoll für sie sind. Und du hilfst ihnen, wo immer du kannst. Was ist mit dir los?«

»Ich danke dir für alles«, sagte Osama bestimmt. »Aber nun kehr um und fahr mich zurück.«

»Er ist ein Agent«, beschwor ihn Abdul und legte ihm die Hand auf das Knie. »Glaub mir doch, er wird nicht nur dich, er wird uns alle ins Verderben stürzen.«

Osama schob seine Hand fort.

»Tu, was ich dir sage – ich bitte dich darum.«

Abdul gehorchte, auf dem Rückweg aber forderte er:

»Du rufst deine Leute an, wenn wir da sind. Wir versuchen es so lange, bis wir jemanden erreichen. Und du erklärst es ihnen.«

Die Ruine

Statt im Auto gefahren zu werden, wie er erwartet hatte, musste Albert eine Stunde lang vor den beiden Jungen hergehen, bis sie endlich eine Ortschaft erreichten. Die Sonne hatte ihm bis dahin so heftig auf den ungeschützten Kopf geschienen, dass er glaubte, jeden Moment das Bewusstsein zu verlieren.

Er taumelte durch die Straße, die von einigen Hütten und aus Holzpfeilern und Wellblech improvisierten Unterständen gesäumt war. Kinder sammelten sich um ihn, berührten seine Hosenbeine und zupften an seinem Hemd. Obwohl seine Bewacher es versuchten, konnten sie die Bande nicht von Albert fernhalten. Er war sicher, im Grunde genossen sie den Aufruhr. Jeder sollte sie mit ihrer Beute sehen; die Jagd hatte immerhin Tage gedauert.

Aus Eingängen und Fenstern starrten ihnen Leute entgegen. Albert blickte sich um, musterte den kargen, gottverlassenen Ort, sah halb im Sand versunkene Autoreifen, Sandschleier, die sich bei jedem Windstoß von den Ladeflächen der Transporter und den schattenspendenden Dächern der Hütten erhoben. Seine Bewacher hielten ihre Gewehre vor sich und schritten stolz einher, obwohl sie unter ihren Vermummungen fast ersticken mussten.

Albert bat die Umstehenden um Wasser, indem er mehrmals die zu einem Glas geformten Hände an den Mund hob, als würde er trinken, noch bevor die beiden ihn voranstoßen konnten. Und tatsächlich brachte ein alter Mann eine Blechschüssel, schöpfte mit einer Kelle aus Metall Wasser heraus und hielt es ihm hin.

165

Die Kelle glänzte kostbar im Sonnenlicht, Albert aber riss die Schüssel an sich und schüttete sich das Wasser über den Kopf. Die Reaktionen der Umstehenden steigerten die Unwirklichkeit der Szene, ihre Ahs und Ohs wirkten einstudiert. Albert wischte sich über das Gesicht und erblickte zwei halb verhungerte Hunde, die ihn anstarrten. Sandverklebte Tränenspuren verliefen unter ihren Augen.

»Da habt ihr es«, murmelte er, »sogar die Hunde weinen.«

Die Bewacher schickten den alten Mann noch einmal los, damit er auch ihnen Wasser brachte. Bald darauf trafen Albert ein paar vertrocknete Datteln am Kopf. Die Leute begannen ihn zu bewerfen, Frauen hielten mit der einen Hand ihre Gesichtsschleier fest, um mit der anderen in die Abfalleimer der Fischhändler zu greifen. Fischreste, Schwänze und Köpfe, Steine und Nüsse regneten auf Albert herab.

Der zurückgekehrte alte Mann duckte sich unter dem Hagel und selbst die Wächter wandten sich rasch ab. Schreie wurden laut, sicherlich Beschimpfungen, Albert sah emporgestreckte Hände und hastete die Straße hinauf voran. Dennoch versäumten es seine Bewacher nicht, ihn noch brutaler zu stoßen, um allen zu zeigen, wer hier das Sagen hatte.

»Sie mögen keine Fremden«, rief ihm der Junge mit dem Flamingotuch auf Englisch zu, als sie die Meute hinter sich gelassen hatten.

»Geht mir ähnlich«, antwortete Albert auf Deutsch.

Ein paar hundert Meter von der letzten Hütte des Ortes entfernt erhoben sich die Mauern der Ruine. Beim Anblick des halb verfallenen Gebäudes überkam ihn Erleichterung: Endlich würde er sich im Schatten verkriechen können. Die Außenmauer verlief unregelmäßig, formte schmale Nischen, von trockenen Sträuchern überwachsen. Albert stieg die schiefen Stufen vor der Mauer rasch hinab und erreichte die Stelle, an der die Gebäude einen kleinen Innenhof entstehen ließen.

Auch hier gab es überall Sträucher, außerdem Berge von Müll. Reste von Strohkörben, schmutzige Tücher, Plastiktüten, rostige Dosen und sogar zwei Matratzen bildeten im Hof einen Haufen, um den er herumgehen musste, damit er in die drei dunklen Fensteröffnungen schauen konnte, die den Blick auf seine neue Behausung freigaben. Die beiden unteren Fenster lagen wie Türen zu ebener Erde; die Ruine musste allmählich in den Boden gesunken sein.

Seine durch ihre Tücher gut vor der Sonne geschützten Bewacher hockten sich auf den Steinstufen nieder und beobachteten ihn. Die Gewehre aufrecht zwischen ihren Beinen haltend, schienen sie ungemein interessiert daran, wie Albert seine neue Umgebung in Besitz nahm.

Der zögerte nicht lange und betrat das Haus. Es gab nur einen großen, zu seiner Erleichterung fast leeren Raum. Über ihm klaffte ein Loch in der Decke. Wo sich einmal die zweite Etage befunden hatte, wirbelten jetzt nur noch Schwaden von Staubkörnern durch das Sonnenlicht. Es roch nach Sand und Stein.

Albert blickte sich um und schätzte dabei ab, wie lange er brauchen würde, um dieses Zimmer gänzlich freizuräumen. Die Reste des Holzfasses, die vielen alten Gebinde, die Plastikflaschen und den verrosteten Gepäckträger würde er innerhalb einer halben Stunde hinausgeworfen haben. Was ihm Sorgen bereitete, klebte direkt vor ihm an der Wand: ein heller Skorpion, so lang wie ein kleiner Finger, mit zarten Gliedern und einem winzigen Stachel am aufgerichteten Schwanz.

Albert ging rasch hinaus und winkte die Bewacher zu sich. Der mit dem Flamingotuch erhob sich langsam, kam zu ihm und ließ sich den Skorpion zeigen.

»Dein neuer Freund«, sagte er nur.

»Auch noch witzig, der Mann«, murmelte Albert.

Immerhin hatte er geglaubt, sie würden sein Leben nicht

in Gefahr bringen wollen, zumindest bis sie es selbst beendeten. Als er nach dem Skorpion sah, war dieser verschwunden. Albert suchte die Wand und den Boden ab, doch fand er nichts.

Wieder im Hof, fasste er den Entschluss, nicht im Haus, sondern auf der steinernen Treppe zu schlafen. Sein Bewacher zupfte derweil am fleckigen Stoffbezug einer der Matratzen herum. Dann wandte er sich an Albert und gab ihm zu verstehen, dass dieses Tuch für ihn sei.

»Danke«, sagte Albert auf Deutsch. »Ich bin gerührt.«

Bis zum Einbruch der Nacht hatte Albert die Entrümpelung beendet. Die Wächter kauerten noch immer auf der Steintreppe, waren inzwischen aber in ein Gespräch vertieft. Albert saß auf seiner Matratze und betrachtete den verwahrlosten Hof. Neben der Ruine, in der er schlafen sollte, gab es noch zwei, zumindest auf dieser Seite fensterlose Gebäude, nicht viel größer als Vorratsschuppen. Sie bildeten einen Bogen und schlossen an die gegenüberliegende Mauer an.

Was Alberts Aufmerksamkeit auf sich zog, waren die hölzernen Türen zu diesen Gebäuden. Beide waren schmal und verwittert, eine blau, die andere dunkelbraun, fast schwarz. Er stellte sich vor, sie zu öffnen und von den Räumen dahinter möglicherweise das Meer sehen zu können. Das wäre fast wie in einem Feriendomizil, dachte er, ich müsste nur noch das Buffet finden.

Der Hunger plagte ihn, daher gab er den Männern Zeichen, rieb sich den Bauch und ließ sich auf die Matratze zurückfallen. Es dauerte eine Weile, doch schließlich machte sich einer von ihnen tatsächlich auf den Weg und kam nach einer Viertelstunde mit einer Blechschüssel und einer Wasserflasche zurück.

Gierig fiel Albert über das Essen her, schob es sich so schnell er konnte mit der Hand in den Mund und trank die Flasche aus. Das Ganze dauerte keine fünf Minuten, danach legte er sich auf die Matratze und schaute in den klaren Nachthimmel.

Er fragte sich, wie lange es wohl bis zur Ablösung dauern mochte. Die Neuen gaben möglicherweise die Treppe frei, woraufhin er die Matratze auf die Stufen zerren und endlich schlafen könnte. Bei dieser Vorstellung fiel er in unruhigen Schlummer, aus dem die Angst ihn weckte.

Es herrschte allgemeine Unruhe, die beiden Wächter standen auf der Treppe, die Gewehre im Anschlag. Albert setzte sich auf und rieb seine Augen. Auf nichts schien Verlass. Gerade hatte er sich an die neue Situation gewöhnt, schon veränderte sie sich wieder. Sein Herz schlug heftig, und die Erleichterung ließ ihn zusammensinken, als er Osama erkannte, der, eskortiert von zwei Bewaffneten, die Treppe herabstieg. Albert erhob sich, und noch während die Bewacher miteinander sprachen, umarmten sich die Entführten.

Es war ein schmerzliches Wiedersehen. Im Augenblick, da sie einander anblickten, wussten beide, dass die Chance, diese Geschichte vorzeitig zu beenden, vertan war.

»Du hast doch hoffentlich jedem Bescheid gesagt«, flüsterte Albert.

Osama bejahte.

»Ich habe alles versucht«, sagte er, »aber ich weiß nicht, ob es uns etwas nützt.«

Albert starrte ihn an wie einen Totgeglaubten. Jetzt erst wurde ihm bewusst, wie viele Hoffnungen er in den anderen gesetzt hatte. Die Tatsache, dass er irgendwo draußen war, hatte ihn getröstet. Alle Möglichkeiten schwanden dahin, gemeinsam standen sie in diesem schmutzigen Gemäuer und alles war wieder wie zu Beginn.

Osama bekam noch ein paar lautstarke Anweisungen von den Wächtern, bevor man sie endlich in Ruhe ließ. Die beiden, die ihn gebracht hatten, verschwanden wieder, die anderen legten sich zum Schlafen auf die Steintreppe.

Die Entführten blieben im Hof, nachdem Albert vom Ungeziefer in der Ruine berichtet hatte. Sie legten sich nebeneinander auf die Matratze. Anfangs wollte der Junge mit dem Flamingotuch sie noch trennen, schließlich aber gab er es auf. Bald schon hörten sie die Bewacher schnarchen.

»Von hier zu fliehen hat keinen Sinn«, sagte Osama leise. »Die Leute in der Umgebung würden uns jagen.«

»Sie sind wirklich nicht sehr freundlich«, stellte Albert fest.

Gleich darauf erfuhr er, dass Osama so gut wie alles über seinen Verbleib wusste. Zusammen mit seinem Schmugglerfreund aus Jugendtagen hatte er Ali aufgespürt, der sie bis zu der Höhle am Meer führte.

»Der Junge war sehr wütend, als wir ihn fanden«, sagte Osama. »Kein Wort wollte er uns sagen. Erst als er sicher war, dass ich dein Freund bin, begann er zu reden. Er habe dich gefunden, erzählte er.« Osama blinzelte zu Albert. »Ich glaube, du warst sein kostbarster Besitz, wie ein geheimer Schatz bist du für ihn gewesen. Er habe dich retten und zu den Schiffen bringen wollen, sagte er.«

Albert verzog das Gesicht und winkte ab.

»Du warst so gut wie frei«, seufzte er. »Warum zum Teufel bist du hier?«

Osama antwortete nicht, setzte sich stattdessen auf und wandte Albert den Rücken zu.

»Abdul hat mich verraten«, sagte er schließlich.

Albert begriff nicht sofort.

»Dein Schmugglerfreund?«

»Ja. Ganz am Ende hat er es sich anders überlegt.«

Osama erzählte, wie der andere ihn widerwillig zurückfuhr und beinahe den ganzen Weg über schwieg. Die Posten am Checkpoint staunten nicht schlecht, als sie ihn nach so kurzer Zeit wiedersahen. Aber Abdul hatte wie immer eine Geschichte parat, die er mit viel Überzeugungskraft zum Besten gab. Auch als Osama wieder aus seinem engen Versteck befreit war, gab sein Freund kein weiteres Wort von sich. Er schien mehr als verärgert zu sein: Er kämpfte mit sich.

»In dem Moment, da wir umkehrten«, erklärte Osama, »muss er begonnen haben, sich Fragen zu stellen: Was tue ich hier? Warum bringt mich mein Bekannter in Gefahr?«

»Du meinst, deshalb ...«

Osama schüttelte den Kopf. Er berichtete, wie er mehr und mehr den Eindruck bekam, der andere sei bis zu diesem Zeitpunkt einem Plan gefolgt, den er nie hinterfragt hatte. Ein alter Freund in Not war gekommen, hatte ihn um Hilfe gebeten, und er hatte getan, was ihm selbstverständlich erschien. Dann aber änderte sich das. Ein gewandelter Abdul erinnerte sich an ihre Zeit als Schmuggler und an ihren zweiten Raubzug, der fehlschlug, weil sie beide viel zu jung und zu ängstlich waren für das, was sie sich vorgenommen hatten.

Damals hatte es sich alsbald herumgesprochen, dass die Bande von Grabräubern ihrerseits beraubt worden war. Jeder in der Nachbarschaft fragte sich, wer wohl den Mut dazu aufgebracht haben mochte. Gerüchte von einer gut organisierten Gruppe aus dem Ausland machten die Runde. Andere favorisierten die Version mit den Militärs, die sich zusammengeschlossen hatten, um das Geschäft mit den Antiken in Zukunft vollständig zu übernehmen. Niemand glaubte daran, und doch war man begierig nach jeder neuen Information. Daher wurde vieles einfach erfunden.

Um diese Zeit saßen Abdul und Osama bereits im Ausstellungsraum eines bekannten Kunsthändlers in der Hauptstadt. Osama war verzaubert von dessen Reich aus alten Musikinstrumenten, edel schimmernden Hieb- und Stichwaffen, gewaltigen, verzierten Tellern und Schüsseln. Er bestaunte persische Buchmalereien und Teppiche, während der Händler, ein kleiner, leicht verwachsener Mann, damit begann, ein paar der vielen zylindrischen Siegel, die sie ihm mitgebracht hatten, auf einer dunklen, weichen Masse auszurollen. Er richtete die Tischlampe aus und betrachtete die Stücke aufmerksam. Dabei senkte er seinen Kopf noch tiefer darüber, als Abdul es tat, die Brille auf der riesigen Nase verrutschte, die buschigen Augenbrauen bewegten sich, dann blickte er auf und lächelte vieldeutig.

Osama erkannte Figuren und Zeichen, einen Löwen und eine Art Vogelscheuche, daneben einen aufrecht stehenden Mann mit Hut, aus dessen Schultern Wasser floss, in dem wiederum Fische zu erkennen waren. Über ihm schwebte ein Vogel mit ausgebreiteten Flügeln. Der Kunsthändler löste seine Krawattennadel, wies damit auf die Figur mit dem Hut und die beiden wellenförmigen Rinnsale.

»Das ist ein Gott«, sagte er lächelnd. »Ein Gott, den wir nicht mehr kennen. Und das«, er tippte mit der Nadel auf die Vogelscheuche, »ist sein«, er suchte das Wort, »Priester.«

»Was ist ein Priester?«, wollte Osama wissen.

Der Händler hob die Krawattennadel, sie glänzte im Lampenlicht.

»Ein frommer Mann.«

»Warum sieht er aus wie ein Verrückter?«

Der Händler schnaufte amüsiert.

»Was ist es wert?«, ging Abdul dazwischen.

Zu ihrer Enttäuschung wollte sich der Händler auf keinerlei Diskussion über einen Kaufpreis einlassen. Er sagte ihnen, es sei etwas, aber nicht sehr viel wert. Wenn sie jedoch Geduld hätten, könnten sie sich noch an diesem Abend mit seinem Sohn unterhalten. Nichts weiter als das sagte er, und doch war ihnen beiden klar, dass dieser Sohn der Hehler sein musste.

Als er kam, verabschiedete sich der Alte sogleich. Nachdem

der Sohn einen Blick auf die ausgerollten Siegelbilder geworfen hatte, sagte er:

»Das ist alt, aber nicht selten.«

Osama und Abdul ahnten, dass der Mann den Preis drücken
wollte, indem er die Ware schlechtredete. Die Summe, die er
schließlich nannte, war für sie dennoch erstaunlich hoch, ge-
messen am Wert der Stücke aber vermutlich ein Taschengeld.
Der Mann räumte ihnen Bedenkzeit ein, auf die sie verzichteten. Daraufhin bezahlte er sie, nicht ohne den Hinweis auf die
Möglichkeit, wahre Schätze zu erbeuten. Er musterte sie beide
von oben bis unten.

»Ich bin mir nicht sicher, ob ihr es könnt. Aber eines solltet
ihr wissen: Das Risiko ist immer groß. Ihr könnt eingesperrt
oder sogar getötet werden. Deshalb muss es sich lohnen. Ihr
könntet mit einer einzigen Aktion reiche Männer werden.«

So erfuhren sie von einem Depot der Militärs. Es lag kaum
gesichert ein paar Kilometer außerhalb der Stadt.

»Ich habe Kunden in Brüssel und in München, die für eine
dieser Skulpturen oder Schrifttafeln ein kleines Vermögen zah-
len. Ihr müsst das Zeug nur herbringen.«

Er breitete die Hände aus, und Osama fiel auf, dass er seinem Vater wie aus dem Gesicht geschnitten war. Vor ihm stand
eine jüngere Ausgabe des alten Mannes, drahtiger und aufrech-
ter, aber ebenso verschlagen. Er erläuterte ihnen, wie er sich die
Aktion vorstellte.

Osama unterbrach die Erzählung, denn neben ihm atmete
Albert gleichmäßig in tiefem Schlaf.

Schüsse ließen Osama früh am Morgen aufschrecken. Er stieß
gegen Alberts Schulter, bis dieser sich erhob und ihm in eine
hintere Ecke des Hofes folgte. Von dort aus beobachteten sie
die Wächter auf der Treppe. Inzwischen waren es vier, die sich
abwechselnd duckten und wieder erhoben, um jemanden jen-

seits des Grundstückes erkennen zu können. Die Schüsse fielen in der Ferne und hallten erschreckend laut, dumpf und scharf zugleich, herüber.

Albert war noch nicht ganz wach, seine Hände zitterten leicht, und er fühlte sich zurückversetzt in die Zeit am Anfang der Entführung. Die gleiche alte Furcht erfüllte ihn, und alles, was vor ihm lag, erschien ihm grau und trostlos. Er war wieder gefangen.

»Was meinst du, wer schießt da?«, fragte er.

»Vielleicht will uns jemand befreien«, gab der Übersetzer trocken zurück.

Erst jetzt kam Albert der Gedanke, dass sie aufgespürt worden sein könnten, dass Regierungstruppen oder sogar die Amerikaner hier in ihrer Nähe waren. Osama blickte ihn nachdenklich an.

»Ich hoffe es nicht«, sagte er. »Siehst du auf der Treppe den Hinteren? Der ist nur unseretwegen dort.«

Albert betrachtete den kleinen, kräftigen Mann, der ihnen hin und wieder einen Seitenblick zuwarf, und presste die Hände im Schoß zusammen.

»Was meinst du?«

»Er wird uns im Notfall erschießen.«

Die Schüsse näherten sich. Osama und Albert drängten sich in den Schatten der Hofmauern zurück. Der Übersetzer strich sich über seinen bereits ansehnlichen Kinnbart.

»Was ich dir noch nicht gesagt habe: Draußen hatte ich auch Frau Bakir am Telefon, ja, sie selbst.«

Albert starrte ihn entgeistert an.

»Du hast mit ihr gesprochen?«

»Sie weiß alles.«

»Warum erzählst du das erst jetzt? Ich verstehe dich nicht.«

Die Schüsse verstummten, die Bewacher stiegen die Treppe hinauf, um besser sehen zu können. Osama berichtete Albert von seinem Gespräch mit der Museumsdirektorin, davon, wie unerwartet besorgt ihre sonst so strenge, abweisende Stimme klang. Albert sah sie vor sich: Stets umschloss ein farbenfrohes Kopftuch ihr Gesicht, die dicke Hornbrille rutschte ihr zuweilen von der Nase und gab ihr das Aussehen einer Lehrerin, allerdings aus vergangenen Zeiten, zu der dann auch der spitze, arrogant wirkende Mund passte.

Es schien, als lebte sie nur in ihrem Refugium, diesem Labyrinth aus Kellern und geheimen Räumen, aus Tresoren und Verstecken, die nur sie allein kannte. Die Wächter, die drei Hausmeister, die wenigen Angestellten und selbst Direktor Zulagi fürchteten diese Frau. Von Osama wusste Albert, dass sie keine Kinder und nicht einmal einen Mann hatte. In den Augen der Männer um sie herum machte sie das zu einem Wesen aus einer anderen Welt. Niemand zweifelte ihre Fähigkeiten an, jeder folgte umgehend ihren zumeist kurz gehaltenen Anweisungen. Doch hatte Albert die Angestellten mehrmals hinter ihrem Rücken lachen und Gesichter schneiden sehen.

Frau Bakir wusste um die Schwierigkeiten der Männer mit ihrer Position. Und sie trieb ihr Spiel damit: Wie beiläufig aschte sie während eines Rundgangs mit den archäologischen Experten in US-Uniform ihre Zigarette in der offenen Hand ihres hinter ihr herschleichenden Museumswächters Adel ab, der sich sichtlich dafür schämte, dem sein Job aber wichtig genug war, um nicht zu rebellieren. Selbst die Amerikaner waren darüber verdutzt, doch sie ließ sich nicht beirren, beschrieb in sicherem Englisch Art und Qualität der fehlenden Stücke in den zerschlagenen Vitrinen, blickte die bewaffneten Männer, wenn überhaupt, nur sehr kurz an und lächelte nie dabei. Für Albert war sie die wahre Herrscherin über ein vom Chaos bedrohtes Reich. Vieles hätte er sie fragen wollen, wagte es jedoch nicht.

Stattdessen fragte sie ihn aus und konnte nicht verstehen,

dass er in seinem Alter noch ledig und kinderlos war. Was hätte er ihr sagen sollen? Dass er in den letzten fünfzehn Jahren nur gelegentlichen Verkehr mit Huren hatte, weil ihm ein einfaches Gib's mir! vollkommen ausreichte? Dass ihm alles Darüberhinausgehende wie eine fade Komödie erschien? Natürlich nicht. So machte er nur ein unschuldiges, wenn auch bedrücktes Gesicht und wartete, bis ihre Höflichkeit ihn aller Erklärungen enthob.

Sie führte ihn durch notdürftig wieder hergerichtete Schauräume und gab ihm auch einen Eindruck von der unsichtbaren Welt darunter.

»Ein Museum ist wie ein Schiff«, sagte sie verschwörerisch, »viel wichtiger als das helle Deck ist der dunkle Rumpf.«

Das hatte ihm gefallen.

Noch mehr beeindruckten ihn ihre Geschichten über die Plünderungen. Zwar waren im Museum noch zerstörte Schaukästen, geplünderte Kisten und sogar verwüstete Büros zu sehen. Doch all das war nichts im Vergleich zum Chaos von 2003, als sich Banden von Plünderern, bewaffnet mit Panzerfäusten, durch die Keller bewegten und die Stahltüren zerstörten. Sie erschossen sich gegenseitig. Die zu Hilfe gerufenen Amerikaner, eine seltsame Mischung aus Polizisten, Soldaten und Antikenkennern, einige davon in Personalunion, fanden die stinkenden Leichen noch Tage später inmitten der Trümmer.

»Sie hat sich alles genau beschreiben lassen«, sagte Osama. »Dann hat sie lange geschwiegen, hat eine Zigarette geraucht – du kennst sie ja – und am Ende sagte sie, sie würde etwas unternehmen.«

»Etwas unternehmen?«

Osama starrte vor sich hin und wiegte den Kopf.

»Presse, Al Jazeera, Al Arabiya – das hat sie gemeint.«

Albert schwieg, schaute zur leeren Treppe hinüber und wartete.

»Das hier«, Osama wies in Richtung der verschwundenen Bewacher, »hat nichts damit zu tun. So schnell geht es nicht.«

Sie vernahmen hinter sich ein Geräusch an einer der Holztüren. Jemand klopfte zunächst, um sogleich gegen das Holz zu schlagen, wohl mit der flachen Hand. Albert und Osama rührten sich nicht, bis die Schläge wieder ertönten.

»Kann man die Tür öffnen?«

Albert zuckte die Achseln.

»Ich habe es nicht ausprobiert.«

Er erhob sich und stieg unsicher den Schutthaufen hinauf. Als er vor der Tür stand, blickte er noch einmal zu Osama. Erneute Schläge, noch heftiger als zuvor.

»Soll ich?«

Osama schüttelte den Kopf.

»Sie könnten schießen.«

Albert überlegte. Der Übersetzer hatte wie so oft völlig recht. Und doch fragte er sich, welchen Sinn es noch hatte, in dieser Situation überlegt und vorsichtig zu handeln. Er griff nach dem verwitterten Knauf und zog daran. Nur mit Mühe ließ sich die Tür ein kleines Stück bewegen. Albert blickte durch den Spalt hinaus und im nächsten Moment traf ihn etwas Weiches im Gesicht, Flüssigkeit drang in seinen Mund und rann ihm den Hals hinunter. Er warf sich gegen die Tür, um sie zu schließen, sprang zurück und spuckte aus.

Osama war aufgesprungen, offenbar in Erwartung des Schlimmsten ging er langsam auf Albert zu. Der suchte bereits den Boden ab und fand ein feuchtes Tangknäuel. Der Anblick beruhigte ihn sofort. Fragend blickte er zu Osama.

»Es sind Frauen und Männer da draußen«, keuchte er.

Osama wollte antworten, doch die Bewacher kamen zurück, der erste bellte ihnen ein paar Anweisungen zu. Albert bemerkte, dass sie amüsiert schienen, ausgelassen stießen sie einander und fuchtelten mit den Gewehren. Osama zog sich wieder an die Mauer zurück und winkte Albert zu sich.

»Lass uns unauffällig sein«, flüsterte er, »ich will hören, was sie sagen.«

Der Junge mit dem Flamingotuch war wieder da und sprach am lautesten. Er hatte etwas zu erzählen, eine Geschichte, zu der die anderen lachten und nickten, als wüssten sie genau, wovon er sprach. Nach einer Weile zog der Junge das Tuch vom Mund.

»Sie haben in die Luft geschossen«, übersetzte Osama. »Draußen versammelten sich Leute aus der Ortschaft. Ich weiß nicht, warum, aber sie ließen sich nur durch Schüsse vertreiben. Sie warten jetzt hier auf einen heiligen Mann, der bestimmen wird, wie es weitergeht.«

Plötzlich ging ein Ruck durch Osamas Körper. Er hob die Hand und reckte den Kopf in die Höhe, um besser hören zu können. Dann schaute er Albert aus großen Augen an.

»Sie haben es gebracht. Es ist schon passiert.«

Albert ahnte nur, was der andere ihm sagen wollte.

»Was?«, herrschte er den Übersetzer an.

»Al Jazeera hat es gebracht und inzwischen wahrscheinlich schon jede andere Nachrichtenstation. Alle wissen es, verstehst du?«

Beide fragten sie sich, was das für sie bedeuten mochte, und Osama kam als Erster zu einem Schluss.

»Das ist nicht gut. Ich hatte ihr gesagt, sie solle noch warten.«

»Worauf warten? Verdammt, wir sind seit vielen Tagen fort.«

Der Junge mit dem Flamingotuch rief ihnen etwas zu.

»Die Leute hier wollen uns nicht«, übersetzte Osama. »Sie glauben, wir hätten den bösen Blick. Sie wollen uns verjagen oder umbringen. Sie denken, die Amerikaner werden das Haus, den ganzen Ort bombardieren. Aber er wird uns, Inschallah, beschützen – na ja…«

Der Junge streckte die Kalaschnikow vor und tätschelte das mit Klebeband bandagierte Magazin.

Die Belagerung am Morgen änderte die Situation für die Gefangenen. Die Bewacher blieben den ganzen Tag über in ihrer Nähe und ließen sie nicht aus den Augen, sie waren nervös und schweigsam. Die Anspannung übertrug sich auf Osama und Albert. Nach dem Essen hielten sie sich in der Nähe der warmen Mauern, bewegten sich langsam wie Reptilien an ihnen entlang, um im Schatten zu bleiben.

Am Abend wurden sie gezwungen, in der Ruine zu schlafen. Albert lag erstarrt auf dem Rücken, blickte in die Dunkelheit und erwartete jeden Moment den Stich des Skorpions. Etwas später verspürte er fiebrige Hitze, und als er seine Stirn befühlte, fand er sie nass vom Schweiß. Schloss er die Augen, erfasste ihn Schwindel, er meinte rückwärts zu stürzen und griff nach Osamas Hand.

»Was hast du?«, fragte der Übersetzer.

»Es geht mir schlecht.«

Osama roch den süßlichen Schweiß des anderen, fühlte ihn an den Fingern. Er war hilflos, konnte nicht einmal Licht machen.

»Soll ich die Wächter holen?«

Albert schüttelte heftig den Kopf. Die Vorstellung, jetzt begutachtet zu werden und reden zu müssen, war ihm unerträglich. Er war schwach und doch hellwach. Woran wollte ich denken, fragte er sich, wie lange ist es her, dass ich mich erinnert habe?

»Ist es gut oder schlecht, wenn alle wissen, dass wir entführt wurden?«, fragte er Osama.

»Ich weiß es nicht.«

»Komm schon«, sagte Albert trotz seiner Schwäche ungeduldig.

Er hörte Osama gähnen.

»Es wird die Sache beschleunigen, glaube ich. Sie werden
etwas tun müssen.«

»Was?«

Albert hielt die Augen geschlossen, spürte brennend den
Schweiß unter den Lidern. Er wollte unbedingt die Stimme des
Übersetzers hören.

»Ich nehme an, sie werden uns weiterreichen. Diese Jungs
hier haben Angst, sie sind überfordert.«

»An wen werden sie uns weiterreichen?«, flüsterte Albert.

»Du stellst Fragen, woher soll ich das wissen?«

»Wer könnte es sein?«

Es entstand eine längere Pause. Albert wusste nicht, ob der
andere einfach keine Antwort kannte oder nachsann. Osama
aber wollte nicht sagen, was er dachte. Albert seufzte tief und
begann zu zittern. Diesmal rührte es eher von der Schwäche
her, es war beinahe angenehm und es hielt ihn wach.

Ihm war nicht klar, ob er es aussprach oder nicht, doch
er sah plötzlich die dreieckige Lampe über dem Eingang des
Hauses in Karlshorst deutlich vor sich, sah sie zunächst wie
den beleuchteten Bug der heilen heimatlichen Welt, dann versunken in einem Meer von rotem Wein und braunem Herbst-
laub an einem Regenabend, der auf jener Seite der Welt nie ein
Ende zu haben schien.

Ihn quälte das schier unerträgliche Gefühl der Einsamkeit.
Mit schreckgeweiteten Augen lag er da und wagte nicht, sich
zu rühren, bis Mila ihn endlich besuchte, um ihm eine ihrer
Freundinnen vorzustellen. Sie hieß Lizzy. Das war ein fremdartiger Name, der Albert schon damals an Filme und Romane
erinnerte.

An einem Wochentag gingen sie Lizzy spätnachmittags besuchen. Die Lichtenberger Wohnung lag im Hinterhof einer Mietskaserne, deren abgeblätterter Putz großen Flächen von moosgrünem Bewuchs gewichen war. Das Treppenhaus, in dem sie bis in den obersten Stock steigen mussten, war längst baufällig. Albert wagte kaum, auf die ächzenden Treppenstufen zu treten. Mila aber kannte hier jeden Zentimeter, zügig war sie oben, wartete auf ihn und deutete auf den Boden, um ihn vor dem breiten Riss zu warnen, der vor der Türschwelle klaffte. Sie bummerte an die Tür und wenig später umgab sie süßlich riechender Dunst, durch den sie die dunkle Wohnung betraten.

Albert kannte den Geruch, der sich aus Alkoholdunst, Zigarettenrauch und altem Bratenfett zusammensetzte. So roch es auch in einigen der Neubauwohnungen seiner Freunde. Insgeheim nannte er ihn den Geruch der Armut, doch das sagte er nie laut, denn es hätte, auch für ihn selbst, das Gefüge der Epochen ins Wanken gebracht. Dies hier war nicht das dem Untergang geweihte Berlin Falladas, es war die fortschrittliche Gegenwart.

Lizzy führte sie in ihr Zimmer. Mila und Albert setzten sich auf das Bett, Lizzy war sichtlich aufgeregt, als sie ihnen eine Flasche Club-Cola und zwei Gläser servierte. Gerade als sie getrunken und ein wenig geplaudert hatten, wurde das Mädchen von seiner Mutter gerufen.

Albert trat ans Fenster. Im Hof stand eine riesige Pfütze, in der sich grau der Himmel spiegelte. Aus dem Dach gegenüber wuchsen zwei Bäume. Es waren junge Birken, die sich weit über den Hof neigten, als wollten sie hinabstürzen.

»Sie ist hübsch«, sagte er.

»Ihr Vater stammt aus Angola.«

»Wo ist er?«

»Wieder dort. Er hat hier studiert. Und mit diesem Rüstzeug setzt er nun den Freiheitskampf der MPLA und des Volkes von Angola fort.«

»Schon gut. Und warum sind wir hier?«

Mila machte es sich auf dem Bett bequem, lehnte den Rücken an die Wand.

»Sie wollte auch einmal Besuch haben.«

»Du erfüllst ihr diesen Wunsch, ja?«

Mila zuckte die Achseln.

»Schau sie dir an und rede mit ihr«, sagte sie und zog eine Schnute.

Ein Windstoß ging durch die Birken auf dem Hausdach. Albert sah die Bäumchen sich aufrichten, sie schüttelten sich und sanken wieder nach vorn.

Hinter der angelehnten Zimmertür erhob sich Geschrei. Lizzys dünne Stimme war zu vernehmen, wurde übertönt von einem rauen, unterdrückten Fluchen. Mila ging hinüber und öffnete die Tür vollends. Zusammen starrten sie in den dunklen Flur. Seltsame Stoffrollen und gestapelte Kisten ließen nur einen schmalen Gang frei, der direkt zur Küchentür führte.

Der Streit drehte sich zu Alberts Erleichterung nicht um die Anwesenheit der Gäste. Die Mutter war betrunken, ihre Stimme klang schleppend:

»Du hältst dich für etwas Besonderes. Aber bilde dir bloß nichts ein, du kleine Hure.«

Lizzy kam unsicher zurück und unterhielt sie noch für fast zwei Stunden mit harmlosem Geplauder. Im schwächer werdenden Licht sah Albert ihr dunkles Gesicht schwinden, bis nur noch das Weiße in ihren Augen übrig war. Als würden der Raum und die dunkle Wohnung sie langsam aufsaugen, blieben von Lizzy Stimme und Augenweiß, bis sie endlich das Licht einschaltete und ihre Gäste bald darauf gehen ließ.

Der Hinterhof erschien Albert so eng, dass er schwer atmete und hinaufblickte zum scharf umrissenen Ausschnitt des Himmels, dessen Teerpappenfarbe ihn ängstigte. Die krummen Birken verklammerten diesen Himmel und die Dächer unauflöslich.

Im Vorderhaus betrachtete er den Pfostenkopf des Treppen-geländers. Die hölzerne Fratze, abgewetzt an Nase und Kinn, glotzte in Richtung Haustür.

»Warum hat ihre Mutter geschimpft?«, fragte er.

Mila hob die mageren Schultern und schwieg.

»Warum waren wir hier?«, versuchte es Albert erneut.

»Lizzy versteckt sich, darum.«

»Vor wem?«

»Vor den Kerlen ihrer Mutter. Sie wollen alle nur in die Nähe der exotischen Schönheit. Das glaubt sie fest.«

Mila stieß ihn sanft gegen die Schulter und ging hinaus. Bis Albert auf der Straße bei ihr war, hatte er es begriffen.

»Erzähl das mal Papa«, sagte er.

Sie dachte nach.

»Mühen der Ebene«, sagte sie schließlich und Albert lächelte zurück.

Osama hatte sich abgewandt. Auf Alberts Gerede von der Hei-mat musste er nicht antworten, der Deutsche fantasierte. Und doch wurde er den Gedanken nicht mehr los: Heimkehr. Er versuchte sich das vorzustellen: Er würde die dunkle Straße un-ter der Autobahnbrücke entlanggehen, zu Boden blicken und jeden Schritt genießen, bis er die Gasse erreichte und vor das unbeleuchtete, eiserne Eingangstor träte. Dann stünde er auf dem unbefestigten Weg, der zur Eingangstür führt und blickte hinauf zum dritten Stock des düsteren Mietshauses, in dem nur ein einziges schmales Fenster matt beleuchtet wäre. Randa sah er nicht mehr, fühlte sie nicht. Selbst der Gedanke, bald Vater zu werden, ließ ihn nichts empfinden. Er hörte nur deutlich die Stimme seiner Frau, als hätte er ein Telefon am Ohr.

Er wandte sich wieder zu Albert, dessen pfeifender Atem den Raum erfüllte. Vielleicht hatte sie recht gehabt mit ihren Mahnungen. Wie kaum je während der gemeinsamen Gefangenschaft zweifelte er an dem Deutschen. Dieser Mann hatte kein Glück, so sah es Osama, er glitt abwärts und zog jeden in seiner Nähe mit sich.

»Warum glotzt du mich an?«, wisperte Albert.

»Ich sehe dich nicht«, erwiderte Osama rasch.

»Du glotzt mich an.«

»Ich weiß nicht, wer du bist.«

Osama schützte ein Gähnen vor.

»Ich bin Albert, du Idiot.«

Noch bevor Osama etwas sagen konnte, fügte er hinzu:

»Erzähl mir lieber, warum dein feiner alter Kumpel dich verraten hat.«

Osama drehte sich auf den Rücken und seufzte.

»So fein war er nicht. Aber immerhin, er war ein Freund, wenn auch vor langer Zeit.«

»Warum hat er dich verraten, das ist die Frage.«

»Nein, die Frage ist, warum willst du es wissen?«, sagte der Übersetzer widerwillig.

»Geschichten muss man zu Ende erzählen.«

»Damit du wieder einschläfst?«

Albert gab ein Geräusch von sich, das einem kehligen Lachen ähnelte.

»Diesmal nicht.«

»Wir gerieten in ein Labyrinth, und ich habe den Weg hinaus nicht gefunden.«

»Mann«, unterbrach Albert, der ihn offensichtlich wach halten wollte, »das werden sie vielleicht bald auch über uns beide sagen, meinst du nicht? Weiter im Text…«

»Der Sohn des Händlers in Bagdad brachte uns auf die Idee, ein Militärdepot auszurauben. Es sollte einfach sein. Zwar sind diese Anlagen gesichert, aber was nützt der höchste Zaun, wenn die Leute am Tor bestechlich sind?«

Osama überlegte, wo er anfangen sollte. Schließlich erzählte er Albert davon, wie er als Junge vor den Toren der Stadt die ein- und ausfahrenden Transporte in einer solchen Militäreinrichtung beobachtet hatte und wie er deshalb glaubte, eine gewisse Vertrautheit mit der Sache zu haben.

»Eine gewisse Vertrautheit«, wiederholte Albert.

Osama brummte nur, die Einwürfe des anderen lenkten ihn ab.

»Es war viel Geld zu holen. Ich brauchte es dringend.«

»Wozu brauchtest du Bengel so viel Geld?«

Osama zögerte, suchte nach einem Grund.

»Wolltest du ein Mädchen beglücken, ein Haus kaufen oder ein teures Auto? Sag schon.«

»Ich wollte mich vom Militärdienst freikaufen.«

»Was kostete das?«

»Fünftausend Dollar plus ein paar Geschenke hier und da.«

»Gut, weiter.«

Albert legte vorsichtig den Unterarm an die nasse Stirn und leckte sich den Schweiß von der Oberlippe. Er hörte den eigenen schweren Atem.

»Wir heuerten ein paar Leute aus einem Clan in der Nachbarschaft an. Sie waren nicht besonders zuverlässig, aber die Aussicht auf einen guten Lohn machte sie gehorsam. Sie konnten mit Waffen umgehen. Wir rechneten nicht damit, dass es zu einer Schießerei käme. Wir wollten nur mit dem Laster hinein und wieder heraus. Alles war vorbereitet. Der Händler kannte den Mann am Zaun ebenso wie jeden, der im Depot Posten schieben würde. Er brauchte nur sein Telefon und uns für den Transport.«

Osama machte eine Pause, räusperte sich und wartete auf eine Regung Alberts. Nach zwei Minuten begriff er, dass der andere tatsächlich eingeschlafen war.

Sie fuhren in der Nacht los, denn sie waren im Morgengrauen am Tor verabredet. Den Laster hatte Abdul besorgt, wie er sagte. In Wahrheit hatte er ihn seinem Onkel gestohlen, in der Hoffnung, dieser schliefe am nächsten Tag lange genug, um es nicht zu bemerken.

Osama erinnerte sich noch deutlich an Abduls beherrschte Aufregung. Viel zu heftig legte er die Gänge ein, der Laster ruckte und rumpelte. Immer wieder warf Abdul seinem Freund Seitenblicke zu, seine kurzsichtigen Augen glänzten. Zwischen ihnen lag in ein Tuch gewickelt wieder die Pistole, die Abdul ebenfalls seinem Onkel, einem Fernfahrer, entliehen hatte. Sie war unsichtbar und gesichert, und doch veränderte sie alles, machte aus diesem simplen Unternehmen ein Abenteuer. Keiner von ihnen hatte die Absicht, die Waffe zu benutzen, nicht einmal die drei Brüder, die sich in Decken gehüllt hinten auf der Ladefläche abwechselnd traurige Lieder vorsangen.

»Was ist, wenn nicht alle von dem Plan wissen?«, hatte Abdul gesagt und das Bündel in der Ablage vor dem Schaltknüppel platziert.

»Dann erschießt du jemanden, ja?«

»Ach was. Wir halten ihn in Schach.«

Abdul lachte wie ein Kind, als er das sagte. Für ihn war das Ganze ein Spaß, er schien keinen Zweifel daran zu haben, dass alles nach Plan ablaufen würde.

»Das hier«, sagte er noch, »ist etwas anderes als dein Unterricht bei den Deutschen. Was du dort lernst, ist nutzlos. Hier, bei mir, wirst du klüger.«

Tatsächlich ging es wie in einem Abenteuerfilm um Gold. Der Sohn des Händlers hatte ihnen eine Aufstellung jener Stücke gegeben, die auf jeden Fall dabei sein mussten. Das Prunkstück war das Fragment eines goldenen Helmes, auf dem in feinen Wellenlinien die Haartracht eines Kriegers oder Königs nachgebildet war. Diese goldene Hirnschale wog mehr als ein halbes Kilo und war nach den Worten ihres Auftraggebers etwa viertausendfünfhundert Jahre alt.

»Ich habe alles vorbereitet«, sagte er ihnen und kramte die Papiere hervor.

Aus dem mehrfach gestempelten und unterschriebenen Dokument ging hervor, dass es sich um eine kostbare Nachbildung zum Ruhme des nationalen Erbes handele.

»Aber es ist echt?«, fragte Osama.

Der Mann zwinkerte ihm zu und zeigte erstmals ein angedeutetes Lächeln.

»Natürlich ist es echt. Aber bis es in Europa ist, muss das niemand wissen.«

Wie verabredet erwartete sie am Tor des Stützpunktes ein Posten, der die Hand hob, nachdem Abdul ihm Zeichen gegeben hatte. Sie fuhren auf das Gelände und stiegen aus. Der Morgen war kühl, alle fröstelten, die Brüder ließen ihre Decken nur widerwillig zurück.

Osama versuchte sich zu erinnern, wann genau er das Gefühl bekam, etwas stimme nicht. Abdul nestelte an seiner Jackentasche, weil die Pistole zu groß war, um darin zu verschwinden. Die Brüder standen müde wie angespannte Ochsen bereit und warteten auf ein Kommando.

Osama blickte sich um. Zwei Scheinwerfer belegten den Hof mit grellem Licht, die Hügellandschaft hinter dem Zaun war kaum noch auszumachen. Auch damals kam ihm die Kaserne in den Sinn, in deren Nähe er seine Hausarbeiten erledigt hatte. Er wusste wieder, wie sehr ihn das Licht auf dem Gelände fasziniert hatte. Jetzt war es kalt und bedrohlich.

Der Posten hielt sein Maschinengewehr vor der Brust, als wärmte es ihn. Er führte sie quer über den Platz zu einem merkwürdigen Gebäude, einer Röhre, welche direkt in einen Hügel zu führen schien. Vor dem Gittertor blieb er stehen und nickte Abdul zu.

»Ihr habt zwanzig Minuten, dann schließe ich wieder ab«, sagte er, wandte sich, ohne eine Antwort abzuwarten, um und schloss das Tor auf.

Osama kramte den Zettel mit der Aufstellung heraus und hielt seine Taschenlampe bereit. Sie eilten in den kalten Tunnel. Zunächst war der Boden sauber, wie gefegt, fünfzig Meter weiter aber mussten sie über Felsbrocken und rostige Fässer steigen. Der Weg führte sie tiefer und tiefer in den Hügel hinein. Osama fragte sich, ob sie sich in einer alten Grabungsstätte befanden. Jedenfalls hatte er sich das Lager völlig anders vorgestellt. Auch die Brüder begannen allmählich zu murren, doch der leicht abschüssige Schacht zog sie weiter in die Erde, bis sie schließlich einen Hohlraum erreichten, eine Höhle mit feuchten, rissigen Wänden.

Hier stapelten sich Kisten und Säcke. Osama schaute besorgt auf die Uhr und jeder machte sich an die Arbeit. Sie öffneten eine Kiste nach der anderen und hoben, was darin war, kurz ins Lampenlicht. Schrifttafeln, Skulpturen, steinerne Köpfe und Reliefs kamen zum Vorschein, manches so schwer, dass alle zusammen anpacken mussten. In den Säcken lagerten Unmengen kleiner Steintafeln und Scherben, Dinge, welche die Grabräuber einfach nur zusammengefegt hatten.

Der goldene Helm fand sich in einer der letzten Kisten. Er lag obenauf, nachlässig eingewickelt in Zeitungspapier. Vorsichtig packte Osama ihn aus und starrte das Prunkstück entgeistert an. Kurze Zeit später setzte Abdul sich den Helm auf den Kopf. Osama strahlte ihn an und Abdul stolzierte durch die Höhle. Die Zeit drängte, Osama mahnte sie, das aber hinderte die anderen nicht daran, ihr Spiel weiterzuspielen, abwechselnd den goldenen Helm aufzusetzen und den Kopf in den Lichtstrahl der Taschenlampe zu recken. Inmitten all der Kostbarkeiten, der von Schriftzeichen übersäten, uralten Steine, auf denen Helden und Götter verewigt waren, verwandelten auch sie sich in mythische Gestalten, deren Schatten über die rohen Höhlenwände geisterten.

Zum ersten Mal in seinem Leben beobachtete Osama die Wirkung des Goldes auf Menschen. Keine Schrifttafel, keine Geschichte, auch nicht die vielen Figuren, die aus dem Rollsiegel in den dunklen Ton zu fallen schienen, wenn man es abrollte, waren in der Lage, sie zu hypnotisieren, nur Gold vermochte es. Die Brüder konnten die Hände nicht davon lassen, wollten es wie den Körper einer Geliebten immerzu berühren.

Leise und doch sehr deutlich vernahmen sie das Geräusch des Schlosses. Hatte der Wächter sie gerufen? Selbst wenn, sie hatten noch nicht einmal die Hälfte der aufgelisteten Stücke zusammengesucht. Starr vor Schreck standen sie, den Lichtstrahl der Taschenlampe zu Boden gerichtet. Osama wusste, das Unternehmen war in diesem Moment gescheitert. Er schaute in die Runde und hob ruheheischend die Hand, nur um noch ein paar Sekunden Zeit zu gewinnen.

»Wartet hier«, zischte er in die Stille, wandte sich um und lief den Gang hinauf auf die dunkle Gestalt hinter dem Tor zu.

Es waren diese zwei Worte, die er später bitter bereuen sollte. Keinen Moment lang hatte er daran gedacht, die anderen zurückzulassen. Schnaufend legte er Hände und Stirn an die Gitterstäbe, war glücklich, den Posten noch anzutreffen.

»Was ist? Hier bin ich, lass uns raus.«

Osama konnte das Gesicht des anderen nicht erkennen. Eine schattenhafte Gestalt stand vor ihm, Schlüssel klimperten, der Posten zog das Tor einen Spalt weit auf. Bevor sich Osama hinauszwängte, wandte er sich um und blickte in den Gang zurück. Der Soldat zerrte ihn an der Schulter ins Freie und schloss das Tor.

»Nur du«, sagte er mit rauer Stimme. »Verschwinde.«

»Was ist mit den anderen?«

Der Posten schob ihn in Richtung des Lasters.

»Es hat sich etwas geändert«, sagte er. »Hab Vertrauen, ich helfe dir. Die anderen kommen später.«

Osama erinnerte sich, wie alles um ihn zusammenzufallen schien. Er begriff, in welcher Gefahr er sich befand, als sich am gegenüberliegenden Ende des Platzes eine Barackentür öffnete und eine Gruppe Soldaten herauskam. Osama hatte die Hand schon an der Wagentür, sah das offene Tor zum Gelände und beeilte sich einzusteigen.

Die Schlüssel steckten, und jetzt verschwendete er keinen Gedanken mehr an die anderen. Wie ein verängstigtes Kind war er bemüht, seine Handbewegungen zu beherrschen, startete den Wagen und fuhr davon.

Erst auf einer Anhöhe, in deutlicher Entfernung zum Stützpunkt, hielt er, stieg aus und blickte hinunter auf den Platz. Die Soldaten und der Wächter waren verschwunden, doch das Tor zum Schacht stand offen. Unentschlossen trat er von einem Bein auf das andere, keuchte, verachtete sich selbst. Schließlich sah er seine Leute der Reihe nach, die Hände über dem Kopf, herauskommen. Im Schein der Laternen schimmerte der goldene Helm, den nun wieder Abdul trug.

Osama wandte den Blick ab. Er konnte nichts tun, und doch schmerzte ihn auf der Rückfahrt jeder Meter zwischen sich und den anderen. Noch immer fiel es ihm schwer, daran zurückzudenken. Er hatte Abdul später noch ein paarmal gesehen, aber nie wechselten sie ein Wort über das, was damals weiter geschehen war. Osama wollte es nicht wissen, es hätte seine Schande nur vergrößert.

»Eure Geschichten sind immer windungsreich und lang«, sagte Albert am nächsten Morgen entschuldigend. »Ich bin krank, ich war sehr müde.«

»Ist schon gut, ich war auch müde.«

Albert, dessen Fieber nicht zurückgegangen war, hustete und lächelte dabei.

»Sie sind äußerlich, eure Geschichten. Viel ist von Waffen und Autos die Rede, aber wenig von Emotionen und von Erinnerungen an Emotionen. Meinst du nicht?«

Er wandte sich grinsend Osama zu.

»Sicher«, sagte der, »genauso ist es.«

Draußen wurden sie von einer Gruppe neuer Bewacher erwartet. Sie erkannten es nicht sofort, die Bewegungen jedoch verrieten es. Ebenso wie Osama machte Albert eine weitere beunruhigende Beobachtung: Diese Männer waren in Eile, als planten sie etwas. Zudem servierten sie ihnen an diesem Morgen ein ungewöhnlich reichhaltiges Mahl. Es gab weiße Bohnen und Reis, sogar ein paar Hühnerflügel.

Auch wenn die Wächter während des Essens dicht bei ihnen standen und die Mahlzeit überwachten, erschien den beiden Gefangenen der süße schwarze Tee am Schluss wie ein Gruß aus der friedlichen, normalen Welt.

»Womit haben wir das verdient?«, seufzte Albert. »Frag sie das.«

»Wozu?«, murrte Osama, sprach die Männer dann aber doch an.

Zwei wandten sich ihnen zu. Die Augenpaare über schwarzen Gesichtstüchern blickten sie an, als gäbe es schlechte Nachrichten. Osama wechselte ein paar Worte mit ihnen, bevor sich die beiden wie auf Kommando umdrehten.

»Sie geben uns weiter. Heute Abend übernimmt uns eine andere Gruppe. Sie sagen, sie wüssten nicht, wer die sind. Aber das ist Quatsch. Sie wollen es nicht sagen.«

»Heute Abend«, wiederholte Albert.

Das Fieber ließ ihn die eigenen Worte wie aus der Ferne hören. Er versuchte sich zu konzentrieren und dabei die aufsteigende Furcht zu unterdrücken. Mit der linken griff er nach seiner rechten Hand, doch sie zitterte nicht. Wie ist das möglich?, fragte er sich, ich bin außer mir, aber mein Körper bleibt ruhig. Er blinzelte zu Osama hinüber und schloss sofort die Augen, als er dessen verzweifelte Miene gewahrte.

»Es ist etwas passiert, sagen sie«, fügte Osama an.

»Schon wieder?«

Osama antwortete nicht. Sie schwiegen lange, während die aufsteigende Sonne sie wärmte. Sandschwaden wehten durch den Hof der Ruine, der Wind ließ die trockenen Sträucher knistern und über den grauweißen Mauern öffnete sich der unwirklich blaue Himmel, die Leere. Einige Zeit lang war es ruhig, und Albert war sicher, in dieser Stille das feine Kratzen zahlloser Insektenbeine auf den Mauern hören zu können. Wie aus einem Fiebertraum schreckte er auf.

»Was wollen sie noch von uns? Sag mir, was sie wollen.«

»Ich weiß es nicht. Wir müssen Geduld haben.«

»Warum weißt du das nicht«, heulte Albert auf. »Du kennst sie, du musst es wissen.«

»Ich kenne sie nicht.«

Osama streckte die Hand aus, um Alberts Schulter zu berühren, doch der zuckte zurück. Seine geweiteten Augen glänzten, er schüttelte den Kopf. Osama fürchtete, er würde zusammenbrechen.

»Du hast sogar einen Freund in dieser Gegend. Sag mir nicht, dass du sie nicht kennst. Du bist von hier. Du gehörst zu ihnen. Ahnst du, wie ich mich fühle?«

Jetzt neigte sich Osama zu ihm und ergriff seine Schulter.

»Ich gehöre nicht zu ihnen. Sie können mich ebenso töten wie dich. Glaub mir, es ist ihnen vollkommen egal, woher wir kommen, welche Sprache wir sprechen.«

Albert nickte heftig, doch sein Gesicht zeigte nicht weniger Verzweiflung als zuvor.

»Du weißt, wie ich das meine.«

»Nein, inzwischen weiß ich das nicht mehr«, sagte Osama. »Wir müssen zusammenhalten.«

Er blickte Albert verdrossen an. Wieder fragte er sich, wie lange der Deutsche noch standhalten würde. Unwillkürlich spielte er mehrere Varianten des Zusammenbruchs durch, suchte nach der einen, die ihn selbst in Gefahr bringen konnte. Aller Wahrscheinlichkeit nach würden sie getrennt, wenn Albert schlappmachte. Das aber musste er verhindern, denn allein würden sie ihn, den Übersetzer für die Fremden, ihren Hass spüren lassen. Er erklärte Albert, dass er dem nur entgehen konnte, wenn sie ihre Entführten als Einheit begriffen.

»Wir beide sind ihre Beute, verstehst du. Wir dürfen ihnen keinen Anlass geben, das anders zu sehen.«

Albert raffte sich auf, zog die Knie an die Brust und ließ den Kopf nach vorn sinken.

»Du weißt es schon, nicht wahr.«

Osama räusperte sich und starrte auf die gegenüberliegende Wand des Gehöftes.

»Du weißt schon, an wen sie uns weitergeben. Deshalb bist du besorgt. Wer ist es?«

»Eine sunnitische Gruppe«, sagte Osama und fügte leise an: »Jetzt wird es ernst.«

Albert hob den Kopf und blickte in den Himmel, als suchte er dort nach Rettung.

»Ich dachte, Schiiten und Sunniten sind Feinde. Warum arbeiten sie jetzt zusammen?«

»Sie arbeiten nicht zusammen. Es hat praktische Gründe, diese Schiiten wollen uns einfach nur loswerden.«

Albert wurde von einem lautlosen Lachen geschüttelt.

»Selbst eure Entführungen sind unkoordiniert und chaotisch.« Albert schnappte nach Luft. »Von fern sieht das immer so nett aus, es hat etwas Lockeres, Menschliches. Aber hier ist das, verzeih mir, einfach nur grauenhaft.«

»Du sollst nicht ›eure‹ sagen. Wir gehören zusammen.«

Gegen Abend wurden sie abgeholt und ohne Erklärung aus der Ruine geführt. Sie sollten alles liegen lassen, ganz so, als kämen sie bald zurück. Man führte sie am Rand der Ortschaft entlang hinaus in die felsige Einöde. Sie folgten einer Kanalrinne, aus der es nach Fäkalien stank. Dunkelheit legte sich über das Land, in der Ferne ratterte unausgesetzt eine Pumpe. Albert und Osama konnten sie sehen, als sie einen künstlichen See passierten, der sich schwarz wie ein Loch in der Ebene öffnete.

In seiner Nähe erhob sich ein schmuckloses Gebäude. Es ähnelte einer Fabrikhalle, doch ein sorgfältig angelegter Steingarten davor störte diesen Eindruck. Alberts Verzweiflung war inzwischen dumpfer Resignation gewichen. Ab und an verzog er den Mund zu einem Grinsen, wenn die ihn umnebelnden Erinnerungsfetzen ihn amüsierten.

Osama behielt das Gebäude im Auge. Er suchte auf dem Vorplatz und in den Fenstern nach Menschen, doch nur im hell beleuchteten Eingang konnte er die Silhouetten zweier Wachen erkennen. Ohne innezuhalten wechselten die Bewacher ein paar Worte mit ihnen und betraten das Gebäude. Vom Neonlicht geblendet bedeckte Osama seine Augen mit der Hand.

Gleich in der Eingangshalle hieß man sie, sich auf den Boden zu setzen. Ein Fernsehapparat stand vor den Entführten auf einer Holzbank. Es liefen Nachrichten, auf Bilder demonstrierender Menschen folgten solche von verbrannten Autowracks inmitten zerstörter Marktstände.

Osama bemerkte, wie Albert sich langsam rückwärtssinken ließ. Er befürchtete, der Deutsche würde sich auf den Rücken legen und griff nach dessen Schultern, zog ihn zu sich.

»Reiß dich zusammen«, flüsterte er und ließ den anderen nicht los.

Schlaff lehnte sich Albert gegen ihn, seine fühlbare Schwäche machte Osama nervös. Er blickte in die Runde, doch alle Bewacher waren vom Bildschirm gebannt.

Schließlich kam Frau Bakir ins Bild. Vor dem Museum stand sie im Sonnenlicht, ihr Kopftuch flatterte im Wind. Sie sprach von zwei verdienten Mitarbeitern des Museums, deren einer ein Ausländer sei, blickte dabei trotz des aufdringlich gegen sie gerichteten Mikrofons des Reporters aus dunklen Augen eindringlich in die Kamera. Unschuldige seien sie und immer nur darum bemüht gewesen, Schaden von diesem Land abzuwenden. Sie sprach so flüssig und selbstbewusst, wie Osama es von ihr gewohnt war, sie appellierte an die Entführer und bat, wen auch immer, um Hilfe. Der Reporter stellte keine weiteren Fragen.

Ihr Anblick erfüllte Albert für einen kurzen Moment mit neuer Kraft. Aber als sie vom Bildschirm verschwand, sackte er wieder in sich zusammen. Osama übersetzte ihm, was sie gesagt hatte, nichts davon jedoch schien Albert zu interessieren.

Der Ton des Fernsehers wurde abgestellt. Ohne ein weiteres Wort servierte man ihnen Tee auf einem kurios vornehm wirkenden Tablett. Es herrschte Abschiedsstimmung. Osama sprach die durch den Saal schlendernden Wachen an, versuchte herauszubekommen, was sie vorhatten. Aber niemand antwortete ihm. Jeder hielt sich freundlich zurück, der Fernsehbeitrag sollte wohl als Erklärung für alles Kommende dienen.

Als er seinen Tee ausgetrunken hatte, fasste Osama noch einmal Mut.

»Sie werden uns umbringen«, sprach er laut in den Saal hinein. »Ihr wisst es, und ihr lasst es zu.«

Niemand antwortete. Nur Albert starrte ihn an.

»Wie könnt ihr damit leben? Sie werden uns umbringen.«

Osama blickte in den trostlos leeren Saal, sah die Reihen dunkler Glasbausteine hoch oben an den Wänden und hörte, wie der Wind den Sand durch die offene Eingangstür hereinwehte. Die dunkle Nacht dort draußen erschien ihm fast anheimelnd im Vergleich zu der neonbeleuchteten Halle, in der sie saßen.

»Ist er krank?«, fragte der Wächter.

»Nein, nein«, erwiderte Osama und packte Albert fester, der sich schwankend erhoben hatte.

Schritt für Schritt schleppte er ihn zum angewiesenen Platz unter einer der breiten Treppen. Hier unten sollten sie warten, wenn nicht sogar den Rest der Nacht verbringen. Auf Osamas Bitten hin wurden ihnen sogar Decken gebracht.

»Sie wollen uns in gutem Zustand übergeben«, sagte er bitter, als er sich neben Albert legte.

Dieser war noch immer schockiert.

»Was hast du ihnen gesagt?«

»Dass sie uns umbringen werden. Ich wollte sie nur herausfordern. Nimm es nicht so ernst.«

»Wie stellst du dir das vor?«

Albert zitterte unter seiner Decke so heftig, dass Osama ihm die flache Hand auf die Brust legte. Selbst im schwachen Lichtschein, der hinter die Treppe drang, sah er das schweißglänzende Gesicht des anderen.

»Du hast Fieber«, murmelte er, insgeheim entschlossen, dafür zu sorgen, dass die Wächter es nicht bemerkten.

Albert versuchte die eigene Stirn zu berühren, doch mit der zitternden Hand wollte es ihm nicht gelingen. Immer wieder blickte Osama an der Treppe vorbei zu den Männern am Eingang.

»Du solltest schlafen«, sagte er, »oder etwas erzählen.«

»Ich will nichts erzählen«, stöhnte Albert.

»Es würde dir helfen. Fang einfach an.«

Doch Albert schwieg, fühlte sich in weichem Boden versinken und wurde wieder wach. Trotz seiner Schwäche verspürte er Hunger und führte das auf die Mahlzeit am Morgen zurück, welche jene Lebensgeister in ihm geweckt hatte, die ihn jetzt plagten.

Osama schlief bereits, als Albert sich von seinem Magenknurren abzulenken suchte, indem er an den schwankenden Mann dachte, wie seine Schwester ihn nannte. Die Bezeichnung verwendete sie so selbstverständlich, als handele es sich um einen alten Bekannten. Dabei hatte sie den Mann nur hin und wieder abends auf der Straße gesehen. Um ihn Albert zu zeigen, postierte sie sich mit ihm hinter der Hecke im Garten der Großeltern.

Albert erinnerte sich an diesen Abend, als wäre es gestern gewesen. Der Vater des Geschichtenerzählers war ein überraschend schweigsamer Mann, nur politische Diskussionen, vornehmlich über Aufbau und Fortentwicklung der sozialistischen Gesellschaft, pflegte er lautstark zu führen, aufbrüllend gar wie ein von Feinden eingekreister Löwe. Wenn der Geschichtenerzähler seinen eigenen Vater hinter vorgehaltener Hand einen Stalinisten nannte, dann lag darin auch Zurückweisung des Alters.

Der Großvater hatte den Krieg als Wehrmachtssoldat erlebt, war zum Sozialismus bekehrt worden, jedoch nie fähig gewesen, anders als in den Gegensätzen Krieg und Frieden zu denken. Sein Staat war ein belagertes Land mitten im Feindgebiet, ohne Hoffnung auf Entsatz. Er war mit ihm alt geworden. Man konnte das auch in der Datsche sehen, Albert staunte jedes Mal beim Anblick des leicht von der Wand abstehenden Ölbildes über dem Sofa. Es zeigte in nachgedunkelten Farben einen Hirsch am Waldrand. Der Geschichtenerzähler schüttelte nur den Kopf, wenn er davorstand, und fragte seinen Vater, wen das Bild wohl darstellen solle.

Der alte Mann schwieg, auf ästhetischem Gebiet fühlte er sich seinem Sohn nicht gewachsen. Albert und Mila tat ihr Opa leid, wie er unter seinem Hirschbild saß, eine Zigarette nach der anderen rauchte und ihnen ab und an mit seinen wässrigen Augen zuzwinkerte. Er erinnerte sie an Walter Ulbricht, allerdings in jungen Jahren, mit Chapka und Pelzkragen in einem Bombentrichter bei Stalingrad. So hätten sie ihn als Kinder gern gesehen, inzwischen wussten sie, er stand damals auf der falschen Seite.

»Du bist ja auch mehr unterwegs als zuhause bei deiner Familie«, sagte der Alte zu seinem Sohn.

Alberts Vater reagierte wie immer:

»Die Welt ist groß, das müsstest du von früher noch wissen.«

»Warum nur wollt ihr alle immer fort?«, sagte der Alte und warf seinen Enkeln einen traurigen Blick zu. »Wir haben ein Land aufgebaut, kein Gefängnis. Ihr wisst ja gar nicht, was ihr alles habt, wie sicher ihr euch fühlen könnt. Und du«, er nickte dem Geschichtenerzähler zu, »solltest dich mehr um deine Kinder als um deine Reportagen kümmern.«

Bei solchen Gelegenheiten begann Mila gern leise, fast unhörbar zu singen.

»Die Viola wird Chemiestudent,/weil sie so gern was braut,/und Ralf, der gut im Rechnen ist,/wird sicher Kosmonaut./Ein jeder kann hier fröhlich sein/und große Pläne machen,/weil Volksarmeesoldaten gut/die Republik bewachen.«

Ihr Großvater hatte zwei intelligente, ewig furzende Pudel. An jenem Abend, als der schwankende Mann vorüberging, waren sie auf die Terrasse hinausgeflitzt und kläfften die Hecke an. Deshalb stand Albert mit seiner Schwester dort; sie hatten die Gelegenheit genutzt, der heftiger werdenden Diskussion drinnen zu entkommen.

Tat Mila nur so oder kannte sie den Mann tatsächlich bereits? Jedenfalls öffnete sie das Gartentor, folgte ihm, und Albert ließ sie nicht alleine gehen. Hinter ihnen verklang das

Gebell der Pudel, vor ihnen ging dieser unförmige Mensch, breitbeinig, die dicken Arme vom Oberkörper abgespreizt. Er wankte voran, ähnelte im schaurigen Licht der Laternen einem Bären. Am unheimlichsten aber war sein hochgeschlagener Mantelkragen, der den Kopf zur Hälfte verdeckte.

Plötzlich bog der Mann ab, blickte weiterhin nur geradeaus, als könne er seinen Kopf nicht bewegen. Mit beiden Händen griff er nach einem Gartentor, hielt sich kurz daran fest, um sich sogleich herumzuwerfen. Den Rücken gegen das Tor gepresst, blickte er seine Verfolger offen an. Die standen überrascht vor ihm, Albert suchte bereits nach einer überzeugenden Ausrede.

»Kommt her«, sagte der Mann und winkte sie mit seinem offenbar schweren Arm heran, »kommt schon.«

Mila und Albert taten zwei Schritte auf ihn zu, hielten jedoch Abstand.

»Schon mal in einem Schlachthaus gewesen?«, sagte der Mann und grinste. »Da gibt's was zu holen.«

Sein blasses Gesicht wirkte bei Weitem nicht so unheimlich wie sein Gang. Überraschend schnell riss er seinen Mantel auf, Mila sprang mit einem Aufschrei zurück, Albert hob die Hände.

Der unerwartete Anblick machte sie sprachlos. Der Mann trug einen Anzug aus Fleisch unter dem Mantel. Von den Schultern und der Brust hingen Schnitzel, große Stücke Bratenfleisch bildeten eine Art Bauchpanzer und selbst die Oberschenkel waren lückenlos mit rohen Fleischbrocken verkleidet.

Der Mann klaubte sich zwei Scheiben von den Schultern, reichte sie Albert und sagte:

»Das sind Nackensteaks, ganz frisch. So was bekommst du sonst gar nicht. Nur kurz und scharf anbraten und immer schön wenden.«

Er legte den Zeigefinger auf den Mund, zog die Mantelenden zusammen und wankte weiter.

Albert stand verdutzt da, bis Mila ihren Blick auf die großen Fleischstücke in seinen Händen richtete und sich angewidert abwandte.

Gegen Mitternacht erfüllte Motorengeräusch den Saal. Dicht vor dem Eingang hielt eine schwarze Limousine. Spiegelblank glänzte der Lack, in dieser Gegend bot der Wagen einen unwirklichen Anblick. Osama legte sich auf die Seite, um den Eingang beobachten zu können. Er schüttelte Alberts Schulter, doch der wollte nicht aufwachen.

Die Männer in der Limousine stiegen nicht aus, sondern gaben ihre Anweisungen durch die heruntergelassenen Wagenfenster.

»Bringt sie her! Macht schon«, verstand Osama, »wir wollen eure Haustiere sehen.«

Er stieß Albert so heftig an, dass dieser endlich die Augen aufschlug und sich jammernd aufrichtete.

»Was ist los?«

»Sie sind da. Sei ganz ruhig und tu so, als wenn du gesund wärst.«

Bald darauf wurden sie unter der Treppe hervorgezerrt, auf die Beine gestellt und zum Eingang geführt. Dort stellten sie sich nebeneinander auf. Geräusche drangen aus dem Wagen, Fahrer und Beifahrer musterten sie.

»Der mit dem hellen Bart, ist das der Europäer?«

Osama nickte.

»Sie sind zu schmutzig. Lasst sie sich waschen, vorher nehmen wir sie nicht mit.«

Sofort verschwanden ihre Bewacher im Gebäude und kamen mit einer Schüssel Wasser zurück.

»Gebt ihnen auch neue Kleider«, sagte der Fahrer.

Es entspann sich ein Wortwechsel, Osama hörte die Ein-
wände der Bewacher. Der Fahrer der Limousine jedoch blieb
bei seiner Forderung. So zogen sie sich schließlich aus, warfen ihre Kleidung auf einen Haufen und wuschen sich mit dem
kalten Wasser Gesicht und Oberkörper, auf Befehl ihrer neuen
Bewacher auch die Füße.

Gründlich und langsam strich sich Albert das Wasser aus
dem Bart. Seine Zähne klapperten vor Kälte und Fieber. Die
Situation war entwürdigend, aber das kümmerte ihn nicht.
Nackt und mager standen sie beide vor dem Wagen und warteten.

»Kommt näher«, sagte der Fahrer, streckte die Hand aus
dem Fenster und winkte sie heran.

Albert und Osama taten drei Schritte auf das Fenster zu, die
Arme vor den Oberkörpern drängten sie sich aneinander.

»Ein Jude bist du nicht«, sagte der Fahrer auf Englisch zu
Albert. »Und ein Muslim ja wohl auch nicht. Das ist gut, sehr
gut.«

Die Befehle ihrer bisherigen Bewacher mussten recht strikt
sein: Die Entführten bekamen Hosen und Hemden zweier
Männer, die sich nun aus Scham irgendwo im Saal versteckten.
Umständlich zogen sie sich an und betrachteten einander stau-
nend. Aus der Ferne wären sie von den anderen nicht mehr zu
unterscheiden gewesen.

Der Fahrer trommelte schließlich mit den Fingern gegen die
Wagentür; das Signal zum Aufbruch. Die Entführten stiegen
endlich ein, platzierten sich auf den Rücksitzen, doch noch vor
dem leisesten Anflug von Entspannung warf ihnen der Beifahrer zwei schwarze Leinensäcke zu. Albert und Osama zogen
sie sich über die Köpfe, sicher, dies könne nur ein gutes Zeichen sein.

Der Emir

Es wurde eine lange Fahrt, und sie brachte die Entführten an den letzten Ort, den man in diesem Land erreichen konnte. Zumindest kam es ihnen so vor, während sie, aneinandergelehnt wie Kinder, stundenlang auf der Rückbank schliefen, bis sie durch Stöße gegen den Kopf geweckt wurden. Im Morgengrauen taumelten sie neben dem Wagen, bis man sie packte und von den Leinensäcken befreite. Vor ihnen lag eine zerstörte Stadt mit asphaltierten Straßen und mehrstöckigen Wohnhäusern, mit einigen unbeleuchteten Werbetafeln und Plakaten voller bunter Schriftzüge.

Albert konnte die Augen kaum offen halten, er rieb seine Stirn und fühlte die Hitze, spürte seine Knie allmählich nachgeben. Bei jedem Schritt fürchtete er zu stürzen, daher stützte er sich auf Osama. Dieser griff bereitwillig nach seinem Arm und zog ihn mit sich.

Der Übersetzer versuchte sich vorzustellen, wie weit sie gefahren sein mochten. Wenig war von der Landschaft zu erkennen, sicher aber war, sie befanden sich nicht mehr in der Nähe des Meeres.

Sie wankten einen Schutthügel hinauf und hielten auf die nächste Straße zu. Über Berge von stinkendem Abfall stiegen sie hinweg, und alsbald wurden sie von zwei halb verhungerten Hunden verfolgt. Die Tiere hielten Abstand, trotteten ihnen aber beharrlich nach.

Durch die zusammengekniffenen Augen sah Albert rechter Hand die Überreste eines zerstörten Kinderkarussells. Er glaubte zu fantasieren, hielt kurz inne, betrachtete die hölzernen Pferdeköpfe, die offenen Mäuler und Nüstern, die geschwungenen Mähnen und gestreckten Läufe. Im gespenstischen Licht der einzigen Straßenlaterne weit und breit erkannte er geschnitzte Hufe und aufgemaltes Zaumzeug.

Die Schüsse ließen ihn sofort auf die Knie fallen. Obwohl er sich die Ohren zuhielt, vernahm er das Gelächter der neuen Bewacher, er wollte sich nach vorn fallen lassen, wurde im nächsten Moment jedoch von Osama wieder aufgerichtet.

»Wir sind gleich da«, flüsterte der Übersetzer. »Du musst noch ein wenig durchhalten.«

Albert nickte heftig, er war am Ende seiner Kräfte. Osama begriff es, packte den Arm des Deutschen und schob ihn voran. Auf der Straße kicherten die Wächter noch immer. Einen der Hunde ließen sie winselnd zurück. Je näher sie den dunklen Häusern kamen, desto klarer wurde Osama, dass diese Stadt oder zumindest dieser Vorort unbewohnt war. Er blickte zu den verkohlten Holzpferden zurück und erkannte daneben die Reste eines ausgebrannten Militärtransporters.

Gleich beim ersten Haus blieben die Wächter vor einem breiten Garagentor stehen. Sie öffneten es umständlich, trieben die Gefangenen in den dunklen Raum dahinter und begannen auf Osama einzureden. Der bejahte alle ihre Fragen, akzeptierte die Anweisungen und ließ auf den Befehl hin Alberts Arm los.

Einer der Wächter hatte inzwischen eine Öllampe entzündet und führte sie durch ein weiteres Tor in den nächsten Raum, wo es wie in einer Kfz-Werkstatt nach Benzin und Motorenöl roch. Kaum hatten Albert und Osama ein paar Schritte getan, schloss sich das Tor hinter ihnen. Sie wurden eingeschlossen, zumindest aber hatte man ihnen die Öllampe dagelassen.

Es gab in diesem Raum ansonsten nichts, was sie auch nur als Unterlage für den Kopf hätten benutzen können. Albert lag auf dem Steinboden und blickte zur Decke.

»Ich werde es nicht schaffen«, sagte er. »Ich glaube, jetzt bin ich am Ende.«

Osama blinzelte in das wabernde Licht der Lampe. Kurz regte sich in ihm Unmut, beinahe Wut über das, was er in dieser Lage nur als eine Drohung des Deutschen verstehen konnte. Welchen Sinn hatte es, ihm das zu sagen. War er selbst nicht ebenso in Gefahr zusammenzubrechen?

»Ihr kommt als Starke oder als Schwache, entweder muss man euch bedienen oder für euch sorgen. Gibt es nichts dazwischen?«, sagte er leise.

»Wovon redest du?«

Keuchend stützte sich Albert auf seine Unterarme und richtete sich auf.

»Du hast einfach mehr Reserven. Du bist ja auch zuhause.«

Osama lachte auf, während er mit dem kleinen Hebel das Lampenlicht verringerte.

»Zuhause? Schau dich um.«

»Du weißt schon, wie ich es meine. Du bist zwar mit mir hier, aber es gibt so viel Vertrautes für dich. Du verstehst die Sprache, manch einen kennst du sogar. Es ist dein Land, hier bist du aufgewachsen. Ich dagegen habe hier nichts zu suchen.«

Osama war noch immer verärgert, alles, was Albert sagte, provozierte ihn. Seine Augen brannten, der Geruch des Motorenöls machte ihn durstig.

»Was willst du dann hier?«

Albert antwortete nicht, ließ sich nur vorsichtig zurücksinken und lag still.

»Vor dem Krieg bin ich lange Zeit Fahrer gewesen, oft auch für Ausländer«, sprach Osama vor sich hin. »Es waren Leute von überallher, aus Europa, den USA, sogar Japaner und Chinesen waren dabei. Bei den Asiaten kann man es nicht so genau sagen, aber die aus dem Westen waren immer entweder Soldaten oder Touristen. Nicht, dass sie es wirklich waren. Sie hatten diplomatische oder wirtschaftliche Aufgaben, waren gebildete Menschen im besten Alter, meistens Männer. Trotzdem waren sie Soldaten oder Touristen. Verstehst du das?«

»Soldaten oder Touristen«, wiederholte Albert schwer atmend. »Vielleicht ist das so in der Fremde. Vermutlich können wir uns nicht anders verhalten. Und hast du je darüber nachgedacht, wie es wäre, wenn du im Westen herumfahren würdest? Bist du sicher, so anders zu sein? Vielleicht gibt es nur diese beiden Möglichkeiten.«

Osama dachte darüber nach, stellte sich vor, in Berlin oder New York durch die Straßen zu gehen.

»Ich weiß nicht, ob du recht hast.«

Aus unerfindlichen Gründen wurde Albert jetzt lebendig. Er setzte sich auf und trotz seines noch immer schweißglänzenden Gesichtes und der tief in den Höhlen sitzenden Augen begann er zu reden:

»Ich weiß es auch nicht genau. Aber in einer anderen Sache bin ich mir sicher. Es gibt noch eine Sorte von Fremden. Eine Mischung aus beidem. Ich habe sie hier getroffen.«

Er blickte Osama ins Gesicht und lächelte sogar.

»Du hast dich gefragt, warum ich mit den Amerikanern zusammen war. Nicht, weil ich ein Spion bin. Captain Moore war ein interessanter Mann. Nach der Razzia damals hatte ich die Chance, ihn im Stützpunkt zu treffen. Möglicherweise langweilte er sich oder er wollte einmal einen Deutschen näher kennenlernen. Jedenfalls war er zu einer Art Interview bereit. Ich hab alles aufgeschrieben, wenn wir herauskommen, werde ich es dir zeigen, dann wirst du sehen, worum es ging.«

Osama wunderte sich über Alberts Eifer. Aber er unterbrach ihn nicht. Niemand im Museum und nicht einmal Randa durchschaute diesen Mann. Er kam irgendwann zur Unzeit in dieses Land, schien nur seine selbst gesetzte Aufgabe im Kopf zu haben und erzählte wenig über sich. Möglicherweise war dies jetzt eine Gelegenheit, mehr zu erfahren, und auch wenn Osama erschöpft war, so wagte er dennoch wieder einmal nicht, den Fremden damit zu behelligen.

Albert erzählte ihm von dem schönen Tag in der Hauptstadt, an dem er sich aufmachte, um Captain Moore in seinem gut gesicherten Stützpunkt zu besuchen. Ihm war nicht bewusst, welchen Verdacht er erregte. Spätestens aber, als die zwei gepanzerten Humvees auf den Platz vor dem Museum fuhren und ruckartig hielten, wurde ihm klar, dass diese Eskorte für ihn, den Ausländer, in den Augen vieler einer Erklärung bedurfte. Rasch versammelten sich Fußgänger und Leute aus der nahen Umgebung bei den Fahrzeugen. Albert beschleunigte unwillkürlich seine Schritte, vor dem Eingang des Museums rannte er bereits, um so schnell wie möglich im vorderen Wagen zu verschwinden.

Die Soldaten wirkten angespannt, man hob zwar die Hand zur Begrüßung, doch den Rest des Weges herrschte Schweigen. In rasendem Tempo ging es durch die Stadt. Fensterluken ließen ein staubgraues Licht hereinfallen, in ihnen waren die Straßen kaum wiederzuerkennen. Jedes Auto, jeder Eselskarren und sogar die im Morgenlicht schlendernden Menschen – alles füllte, für Momente isoliert und wie ausgestanzt, ein enges Sichtfeld. Es gab in diesen Ausschnitten keinerlei Weite, wie eine Abfolge möglicher Ziele erschienen Albert Passanten, Autos, Häuser und sogar die dürren Straßenbäume.

Hinter stacheldrahtbekränzten Wällen, in die Erde eingelassenen Betonpfeilern gegen motorisierte Selbstmordattentäter und schließlich noch Stapeln von Säcken als Splitterschutz residierte Captain Moore in einem winzigen Büro mit Blick auf den Parkplatz für MRAP-Minenfahrzeuge und offenbarte Albert, dass er eigentlich ein Hippie sei. Es habe in seiner Familie zwei starke Linien gegeben, die Cherokee-Linie seiner

Mutter indianischer Abstammung und die Marine-Linie seines Vaters. Die Eltern hatten sich sehr jung kennengelernt und in der San Francisco Bay Area in einer Hippiekommune gelebt. Seine Mutter verkaufte zuweilen selbstgemachte indianische Kunst, vornehmlich aber Drogen an Touristen. Der Vater hielt das wilde Leben dort etwa zehn Jahre lang aus, bevor er dem Ruf seiner Vorfahren folgte und in das Marine Corps eintrat.

Erstaunlicherweise hielt die Ehe der Moores, etwas verband sie, und vielleicht, so räsonierte er schmunzelnd, verkörperte sich diese Verbindung in ihm. Immer schon war er nicht nur Soldat, versicherte er, sondern auch eine Art Forscher gewesen, mit einem besonderen Interesse für fremde Kulturen. Der Grund dafür lag wohl in der speziellen Mischung, die er darstellte. So war er denn auch offen für den Gedanken, hier eine neue Einheit zum Einsatz zu bringen, das Human Terrain Team. Es bestand aus Zivilisten, die in Schnellkursen auf den Einsatz in Krisengebieten vorbereitet wurden. Eierköpfe nannte sie Captain Moore, denn es handelte sich um Anthropologen, Linguisten und anderes Universitätspersonal.

Je länger der Captain sprach, desto stärker hatte Albert das Gefühl, seiner Öffentlichkeitsarbeit beizuwohnen. Die MRAPs vor dem Fenster knackten in der Hitze des Vormittags, ein junger Soldat klopfte und öffnete die Tür, um ihnen Plastikwasserflaschen auf einem Tablett zu bringen.

Captain Moore schraubte seine Flasche auf, lehnte sich zurück und war weiter redselig. Es bereitete ihm offenkundig Vergnügen, dem Deutschen von den kleinen Erfolgen jener Einheit von Amateuren, wie er sie nannte, zu erzählen. Unbewaffnet zogen sie von Haus zu Haus und redeten mit den Leuten, fragten nach ihren Sorgen, brachten in Erfahrung, ob sie bedroht wurden und wenn ja, von wem. Sie taten das in regelmäßigen Abständen und es wurde Teil des Alltags, man sprach miteinander, wie Nachbarn es über den Zaun hinweg tun, und allmählich kamen immer mehr Informationen zusammen.

»Nichts Handfestes«, sagte Captain Moore und ließ Albert seine weißen Zähne sehen. »Aber es ist gut für das Klima, wie soll ich sagen, für das Miteinander. Wir wissen jetzt, in welchem Haus ein krankes Kind liegt, welche Frau besondere Medikamente braucht, welche Männer harmlos und welche möglicherweise gefährlich sind. All das ist gut, es passt zu modernen Streitkräften. Wir sind nicht hier, um das Land zu erobern und die Bevölkerung zu terrorisieren. Wir wollen die Spreu vom Weizen trennen, so sauber wie möglich.«

Albert fragte, ob es nicht ein Problem sei, Wissenschaftler in den Dienst militärischer Operationen zu stellen. Inzwischen hatte er eine Kladde und einen Stift hervorgekramt.

»Hast du vor, darüber zu schreiben?«, wollte der Captain wissen.

Albert hob die Schultern und verzichtete auf eine Antwort. Im Grunde wollte er dem Gespräch nur mehr Seriosität verleihen.

Was er als Erforscher fremder Kulturen über das hiesige Human Terrain erfahren habe, fragte er.

»Einiges«, erwiderte der Captain, musste aber doch ein paar Sekunden lang nachdenken.

Dann erzählte er von einem Mann, der seiner Einheit schon länger bekannt war, ein Einheimischer aus der Umgegend. Dieser fette Kerl, so sagte er, war mit seiner Familie extra in die Nähe der amerikanischen Stellungen gezogen, um mit den Fremden in Kontakt zu kommen. Er war ein Schmarotzer, einer von denen, die nie genug bekommen konnten. Das Human Terrain Team und die Kampfeinheiten bis hin zu den Scharfschützen gaben ihm Lebensmittel, Survival Kits, Medipacks, Benzin und weiß Gott was sonst noch alles. Er jammerte immer, behauptete, seine Frau sei krank. Es stellte sich aber heraus, dass sie einfach nur erschöpft war nach ihrer neunten Schwangerschaft, er aber keineswegs bereit, sie zu schonen. Stattdessen forderte er für sie ständig Medikamente, die er wahrscheinlich zu Geld machen wollte.

Eines Tages fuhr eine der Patrouillen nicht weit vom Haus des Mannes entfernt über den Highway. Vor ihnen tauchte ein etwa zehnjähriger Junge auf. Er stand mitten auf der Straße und winkte dem Fahrer des vordersten Fahrzeuges zu. So etwas war in der Vergangenheit öfter einmal vorgekommen, und in fünfundneunzig Prozent der Fälle handelte es sich um den Versuch, die Konvois zu verlangsamen, damit die Sprengsätze an der Straße mehr Schaden anrichteten. Man ging einfach davon aus, dass die Amerikaner es nicht fertigbrächten, ein Kind zu überfahren, daher benutzte man diese Jungen. Ein einfaches, aber effizientes Vorgehen, wie so oft hier. Allerdings nur, bis die Befehle angepasst wurden. Zu dem Zeitpunkt, als der Junge auf der Straße stand, durfte kein Konvoi mehr abbremsen, egal, was sich ihm in den Weg stellte.

Captain Moore nahm einen tiefen Schluck aus der Wasserflasche, schob sie von sich und legte die Hände zusammen. Diese neuen Befehle waren bekannt gemacht worden, alle Teams hatten zu den Leuten in der Umgebung davon gesprochen. Es war sicher, dass die Kunde weitergetragen worden war, und doch stand an jenem Tag dieser Junge auf der Straße und machte keine Anstalten, zur Seite zu gehen, obwohl der Fahrer heftig winkte, als er auf ihn zufuhr. Vermutlich war ihm eingeschärft worden, dass er, auch wenn es ihm Angst machte, stehen bleiben musste. So wurde er von drei schweren Fahrzeugen überrollt, die Blutspur auf der Straße zog sich über hundert Meter hin.

»Die Eggheads wussten, dass der Junge der Sohn unseres nimmersatten Freundes war. Wir stellten ihn zur Rede, aber er heulte und schrie, war nun ganz das Opfer der Invasoren. Er

rieb sich seinen Bauch vor Schmerz und – forderte Geld von
uns. Es ist manchmal schwer zu begreifen, warum sie etwas
tun. Unsere Eggheads haben uns geholfen, es etwas besser zu
verstehen, auch wenn sie immer die Ersten waren, die es nicht
mehr ertragen konnten und nach Hause flogen.«

Ob dieser Mann denn kein Opfer der Invasion gewesen sei,
wollte Albert wissen.

»Wie ich es sehe«, erwiderte der Captain, »hat er seinen
Sohn verkauft. Wir jedenfalls hatten ihn nicht dazu gezwungen. Er hätte wissen müssen, was geschehen würde. Opfer hin
oder her – war er nicht auch ein Vater?«

So plauderten sie noch eine Weile, und Albert überkam nach
all der Zeit mit den Einheimischen ein wohliges Gefühl der
Vertrautheit. Inmitten von Fotografien und Landkarten fiel
ihm an der Wand der Wimpel der San Francisco 49ers auf. Das
bunte Stück Stoff ließ ihn an seine Zeit der Wimpel zurückden-
ken; er erzählte Captain Moore von seinem Vater. Dabei for-
mulierte er etwas, was ihn selbst erstaunte:

»Obwohl er im nach eigener Aussage friedliebendsten Land
der Welt lebte, liebte mein Vater den Krieg oder besser das, was
mit dem Krieg auch verbunden ist: Uniformität, Entsagung,
Ernsthaftigkeit. Er schwärmte von Maos grüner Uniform, in
der sich dieser Staatslenker als einfacher Soldat der Revolution
präsentierte.«

»Keine Zweifel?«, fragte der Captain, den Alberts Geschichten ganz offensichtlich faszinierten.

Albert überlegte und kam schließlich noch auf eine weitere denkwürdige Geschichte, die ihm sein Vater erzählt hatte.
Eines Tages begegnete er in Peking einem Mann, der sich
merkwürdig schief auf seinem Stuhl hielt. Es war beim Essen
nach irgendeinem Empfang, und vielleicht schaute Alberts Vater nur besonders verwundert, sodass er den Mann verunsicherte. Dieser entschuldigte sich in passablem Deutsch und

ging. Später begegnete er ihm beim Gang zur Toilette wieder und wollte sich, so gut er es vermochte, bei ihm entschuldigen. Im halbdunklen Raum, ungesehen von den Gästen des Empfangs, reagierte der Mann unerwartet. Er wandte sich halb ab und demonstrierte dem Fremden, dass ihm die rechte Hinterbacke fehlte, indem er genau dort in den leeren Hosenstoff griff. Der Mann war sehr verlegen und doch beantwortete er die Frage danach mit einem Hinweis auf den Hunger seiner Eltern während der Zeit des Großen Sprungs, als er noch ein Halbwüchsiger war.

»Mein Vater war schon berufsbedingt aufmerksam, aber Zweifel hatte er nie. Für ihn ist so etwas ein skurriler Unfall der Geschichte.«

Albert erinnerte sich gerade jetzt daran, wie sehr er es damals genoss, sich mit diesem Soldaten in dem Büro über grausige Dinge zu unterhalten; wie es ihm das Gefühl gab, sie zu beherrschen.

Das Mittagslicht fiel in den Raum, in immer kürzeren Abständen klopfte es, die Tür zum Büro öffnete sich einen Spalt weit und wurde sogleich wieder zugezogen.

Eine Frage aber hatte Albert noch. Er wollte wissen, was jene Zivilisten dazu gebracht hatte, hierherzukommen, wenn sie doch Anstellungen und vermutlich gut vorausgeplante Karrieren hatten. Über die genauen Hintergründe der Anwerbung könne er ihm nichts sagen, erwiderte Moore, doch gebe es immer genügend Gründe, aus der Umzäunung des Lebens auszubrechen.

»Viele dieser Leute kannten den Krieg nur aus den Vietnamfilmen der achtziger Jahre: Drogen und Sex inmitten des allgemeinen Sterbens, das machte sie an. Gerade auch die Frauen, die kamen, waren ganz verrückt nach, nun ja, intensiven Erfahrungen.«

Ein breites Lächeln entstand auf dem alterslosen Jungengesicht des Captains, als er anfügte, seine Cherokee-Mutter habe ihm bereits vorhergesagt, das Highsein der Sechziger würde in einer jahrzehntelangen Depression ausklingen, wogegen sein Vater, der spätere Marine, vermutlich einfach etwas habe unternehmen müssen.

»Das waren CIA-Leute«, sagte Osama. »Er wollte es dir nicht sagen, aber sie haben ganz sicher keine normalen Wissenschaftler von Universitäten hierhergebracht.«

»Es müssen auch nicht unbedingt Agenten gewesen sein, das Ganze erschien mir wie ein Experiment.«

»Es hat Zeiten gegeben, da wimmelte der Mittlere Osten von Anthropologen und Archäologen, die im Nebenberuf Agenten waren.«

»Ich weiß«, sagte Albert, »die Sache hat sich wohl bewährt.«

Er war müde und wollte das Gespräch beenden. Auf dem Rücken liegend, legte er sich die Hände auf die Augen. Das Motorenöl schien seine Haut zu bedecken, und plötzlich war die Angst wieder da, die er während des Gespräches kaum gespürt hatte. Jetzt ließ sie all das Gerede sinnlos werden. Sie bringen mich um, dachte er verzweifelt, vielleicht schon morgen, und ich liege hier herum und mache mir Gedanken über wildfremde Leute.

Mühsam erhob er sich, ging zweimal um die Öllampe und blickte umher. In einer der Wände entdeckte er ein vergittertes Loch, stürzte hinüber und rief etwas hinein. Schließlich schleppte er sich zum Tor. Vorsichtig drückte er die Klinke herunter und rüttelte daran, legte sein Ohr an das Metall und schloss die Augen.

Osama beobachtete Albert. Besorgt registrierte er dessen Verfassung; die Hosen rutschten ihm von den Hüften, sein Haar war im trüben Lampenlicht grau, er zitterte, als hätte er Schüttelfrost.

»Sie bereiten etwas vor«, flüsterte Albert. »Ich höre es ganz deutlich. Sie bauen etwas auf oder tragen Dinge herum.«

Osama stand noch immer im Bann der elenden Erscheinung des anderen, betrachtete ihn, der sich mit ausgebreiteten Armen und zitternden Beinen gegen das verschlossene Tor lehnte. Er versuchte abzuschätzen, wie viele Stunden sie noch in diesem Raum aushalten mussten. Da sie während der Fahrt geschlafen hatten, beschloss er, den Deutschen noch einige Zeit zu beschäftigen. Immer wenn er redete, ging es ihm deutlich besser.

»Wir werden es morgen sehen«, sagte er bemüht gleichmütig. »Komm lieber her und leg dich hin. Erzähl mir von früher.«

Albert reagierte nicht, presste stattdessen das andere Ohr gegen das Tor.

»Pst«, machte er. »Ich höre Stimmen, sie reden miteinander.«

»Natürlich tun sie das. Oder meinst du, sie würden auf uns Rücksicht nehmen?«

»Komm und übersetze das, mach schon.«

Der Gewohnheit folgend machte Osama Anstalten, sich zu erheben, ließ sich dann jedoch zurücksinken und sagte:

»Nein. Mich interessiert nicht, was sie sagen.«

Albert fuhr zusammen, wandte sich um und blickte den Übersetzer verdutzt an.

»Wieso interessiert es dich nicht? Wir könnten herausbekommen, was sie planen.«

»Wozu? Wir sind in diesem Raum eingesperrt. Alles, was uns betrifft, werden wir erfahren.«

»Meine Güte, was ist mit dir los? Wir müssen etwas tun. Willst du hier sitzen und warten?«

Osama seufzte.

»Ja, genau das will ich. Ich tue das seit, sagen wir, zwei Wochen. Es ändert nichts, wenn wir jetzt wissen, was sie morgen vorhaben.«

Sehr langsam, Zentimeter für Zentimeter, sank Albert zu Boden. Am Ende kniete er vor dem Tor, ließ sich nach vorn fallen und kroch auf Händen und Füßen in Richtung Lampe.

»Warum bist du so ruhig? Weißt du etwas?«

Osama schüttelte heftig den Kopf.

»Nein, ich weiß nicht mehr als du. Hör auf damit.«

Albert gab tatsächlich etwas wie ein leises Winseln von sich und legte den Kopf auf den Arm.

Osama erwachte und erhob sich sofort, als das Tor geöffnet wurde. Verunsichert blickte er zu Albert, der einfach liegen blieb und sich auf die Seite drehte. Zwei junge Männer kamen geradewegs auf ihn zu, ergriffen die Arme des Übersetzers und zogen ihn aus dem Raum. Osama ließ es geschehen, blieb nur kurz vor der Tür einmal stehen und fragte:

»Was ist mit ihm?«

»Um den kümmern wir uns, du kommst jetzt mit«, bekam er zur Antwort.

Er wollte weitergehen, doch seine Beine gehorchten ihm nicht. So musste er sich, gestützt auf die Schultern der beiden Männer, ziehen lassen und schaute dabei in einen Schacht aus Licht, der vom offen stehenden Eingangstor her den Vorraum erhellte. Jetzt hätte es ihm geholfen, noch einmal wenigstens mit Randa oder seinen Eltern gesprochen zu haben, er verspürte zugleich Schwäche und heftigen Durst.

»Warum zerrt ihr an mir?«, murmelte er. »Lasst mich doch einfach los, ich komme schon.«

Die jungen Männer kicherten, als hätte er einen Witz gemacht. Erst draußen auf der Straße lockerten sie den Griff, postierten ihn in der Nähe einer zerstörten Laterne. Einer klopfte ihm sogar noch auf den Rücken.

Geblendet vom Licht kniff Osama die Augen zusammen, öffnete sie dann millimeterweise, bis er sich umblicken konnte. Jetzt erst wurde ihm klar, wo er sich befand. Etwa fünfzig

Männer standen um ihn herum, sie waren alle bewaffnet und schauten erwartungsvoll in die Richtung, aus der auch sie, die Entführten, in der Nacht gekommen waren.

Blitzschnell musterte Osama die Umstehenden und kam zu dem Schluss, dass sich hier die gesamte Gruppe versammelt haben musste. So unauffällig wie möglich wandte er den Kopf und suchte nach einem Hinweis auf den Ort, an dem er sich befand. Den Gedanken, in einem Vorort der Hauptstadt zu sein, verwarf er, nach allen Richtungen war in der Ferne nichts als Sand und Dunst zu erkennen. Mit Blick auf die Ruinen zu beiden Seiten der Straße fragte er sich, welcher Ort so zerstört worden war, dass alle Einwohner ihn verlassen hatten. Vergeblich ging er seine fetzenhaften Erinnerungen an die Nachrichtenbilder der letzten Wochen und Monate durch.

Ein Geräusch ließ ihn herumfahren, er sah Albert in der Tür. Mit letzter Kraft stieß sich der Deutsche von der Mauer ab und taumelte auf die Straße. In diesem Moment wurde Motorengeräusch hörbar, ein Jeep raste heran, winzig in der gewaltigen Staubwolke, die er erzeugte. Augenblicklich erhob sich Jubel unter den Männern, ein schwarzes Banner wurde entrollt, Freudenschüsse abgefeuert. Wer immer in diesem Wagen saß, die Männer verehrten ihn in einer Weise, die Albert und Osama gleichermaßen befremdete.

Der Jeep wurde scharf abgebremst und glitt feierlich langsam in die ihn empfangende Meute. Die Männer schlugen mit flachen Händen auf den Kühler und das Dach, und ihre überbordende Freude war echt. Jedenfalls war Albert davon überzeugt, als er sich hustend abwandte, sich den Staub von den Lippen leckte und ausspuckte. Osama hingegen beobachtete genau, wie sich die Wagentüren öffneten und zwei Gestalten ausstiegen, von denen eine die Menge mit sich zog wie eine Schleppe.

Die Freudenschüsse verhallten, Osama reckte den Kopf,

konnte den Ankommenden inmitten seiner Anhänger nicht recht erkennen, ging zwei Schritte auf ihn zu und fühlte seine Knie weich werden, als er ihn erkannte. Er wäre zu Boden gegangen, hätte ihm nicht jemand von hinten geistesgegenwärtig unter die Schultern gegriffen.

Albert lehnte an der Hauswand und wischte sich die Augen.

»Du hast merkwürdige Bekannte, mein Freund«, sagte er leise, vermied es, noch einmal Staub auszuspucken, denn Abdul war jetzt nur noch ein paar Meter von ihm entfernt. Kalt lächelte er ihn an und blieb vor Albert stehen.

»Du bist der Deutsche«, sagte er auf Englisch.

Albert rührte sich nicht. Abdul musterte ihn, trat sogar einen Schritt zurück, um Alberts Hosen zu betrachten.

»Für dich also wollte er sterben«, sagte er und lächelte wieder.

Albert warf einen kurzen, verlegenen Blick zu Osama, dann ließ er den Kopf sinken. Wer immer dieser Mann ist, dachte er, einem wie ihm hätten wir nicht begegnen dürfen. Abdul atmete einmal tief ein und aus und gab schließlich Zeichen, die Gefangenen zurück in die Werkstatt zu bringen.

Umgeben von Bewaffneten knieten sie dort am Boden und blickten nach unten, während Abdul vor ihnen auf und ab ging und schwieg, als wäre er unschlüssig, was er mit ihnen anfangen sollte. Osama hielt es nicht lange aus. Bis jetzt noch war er erleichtert über die neuerliche Begegnung mit Abdul, ohne jeden Zweifel daran, dass sich ihre Lage dadurch verbessert hatte. Er sah Albert neben sich knien, das Gesicht blass und wie erloschen.

»Du warst mein Freund«, begann er, »und du weißt, meine Frau bekommt ein Kind.«

»Ich weiß«, entgegnete Abdul. »Aber das hat nichts mit uns zu tun.«

»Wie meinst du das?«

»Ich muss wissen, wie du mich gefunden hast.«

Abduls Stimme hallte durch den Raum, jedes einzelne Wort sprach er deutlich aus.

»Du weißt es«, sagte Osama.

Abdul schüttelte den Kopf.

»Ich weiß es nicht.«

Osama brach der Schweiß aus, angstvolle Unruhe erfüllte ihn, das Gefühl, jetzt Antworten zu brauchen wie die Luft zum Atmen.

»Was habt ihr mit uns vor?«, stieß er laut genug hervor, um Albert aufzuschrecken.

»Wir verhandeln noch.«

»Mit wem?«

Abdul war hörbar bemüht, den anderen zu beruhigen. Dennoch lag in seiner Stimme etwas Drohendes, als er hinzufügte:

»Ihr werdet jetzt erst einmal essen. Später holt euch Hussein und dann unterhalten wir uns weiter.«

Er wies auf einen bulligen Mann und wandte sich ab. Nach ihm verließen alle anderen den Raum, das Tor wurde geschlossen, und in der Dunkelheit sackte Albert zusammen.

»Was hat er gesagt?«, fragte er und Osama gab ihm das Gespräch wieder.

»Wie ist das möglich? Du kanntest diesen Mann doch, du bist mit ihm im Auto gefahren…«

»Ich kannte ihn früher. Was aus ihm geworden ist, wusste ich nicht.«

»Du hast nichts davon bemerkt?«

»Er war wie jeder andere.«

Albert fühlte seinen beschleunigten Herzschlag beim Gedanken an die merkwürdige Nähe dieser beiden Männer zueinander.

»Wie hast du ihn gefunden?«

Osama schlug mit der flachen Hand auf den ölverschmierten Steinboden und heulte erschöpft auf:

»Was redest du da? Ich habe ihn nicht einmal gesucht.«

Albert wand sich, doch er konnte sich nicht damit zufriedengeben.

»Niemand kann dir das glauben«, sagte er bestimmt.

Er suchte in der Erinnerung an ihre Bekanntschaft nach Anhaltspunkten für seinen Verdacht, ging bis zu ihrer ersten Begegnung zurück, als Direktor Zulagi, entnervt von den Sprachproblemen seines ausländischen Gehilfen, an jenen Fahrer dachte, der irgendwann einmal an einem deutschen Institut Sprachkurse belegt hatte. Vor jedem seiner Passagiere gebe er damit an, sagte der Direktor, daher wisse es die halbe Stadt. Er ließ ihn rufen, und zwei Stunden später stand, verschwitzt und aufgeregt, Osama vor ihnen, fror im klimatisierten Büro und begrüßte Albert tatsächlich in überraschend gutem Deutsch.

»Es sind zu viele Zufälle, verstehst du. Welchen Sinn hat es, mich zu belügen?«

»Ich lüge nicht. Wie hätte ich das planen sollen? Denk lieber darüber nach, wie du ihm erklärst, warum du hier bist.«

»Du weißt es.«

»Du selbst weißt es nicht.«

Wie immer beruhigten sie sich sofort, als ihnen das Essen gebracht wurde. Es war ein kärgliches Mahl, bestehend aus breiten Bohnen, etwas Reis und einer Brühe, dünn wie Salzwasser. Dazu reichte ihnen einer der beiden Männer je ein Glas lauwarmes Wasser. Osama sprach sie an, fragte sie nach ihren Namen, doch sie schüttelten nur die Köpfe und verließen wortlos den Raum.

»Wir werden sie an ihren T-Shirts erkennen müssen«, sagte Osama schmatzend. »Ich glaube, sie waschen sie öfter als sie sie wechseln. Die beiden hier waren Adidas und Vintage Diesel, verstehst du. Und den dicken Hussein kennen wir schon.«

»Es gab noch einen Beachking und einen Just do it, den nennen wir Nike«, sagte Albert.

»So können wir mit Abdul schon sechs unterscheiden«, erläuterte Osama. »Das ist wichtig, denn es wird keine weitere Gruppe, keinen neuen Ort mehr geben. Diese hier werden uns entweder freilassen oder umbringen.«

Der Emir ließ auf sich warten. Immer wenn Adidas oder Vintage Diesel auftauchten, versuchte Osama sie auszuhorchen. Er verwickelte sie in harmlose Gespräche, auf die sie sich jedes Mal ein wenig mehr einließen. Zwei Tage lang ließ man sie in der dunklen Werkstatthalle warten. Jeder Besuch der beiden Wächter wurde zum Ereignis, ebenso wie der Gang die Straße hinunter in eines der Nachbargebäude zur Verrichtung der Notdurft. Beunruhigt registrierten die Entführten, dass sich immer mehr Menschen in dem zerstörten Stadtviertel sammelten.

»Was ist hier los?«, fragte Albert nach einem dieser Gänge. »Ein Happening für Terroristen?«

»Vintage Diesel hat etwas von einer Zusammenkunft gesagt. Ich vermute, sie planen eine größere Aktion.«

Zusammen zählten sie die Tage bis zur Entführung zurück und ermittelten das aktuelle Datum.

»Ashura«, sagte Osama schließlich, »das schiitische Fest des Blutes. Das muss es sein.«

»Was haben die vor?«

Der Übersetzer zögerte. Der Zustand des Deutschen hatte sich nach einer kurzen Besserung wieder deutlich verschlechtert. Die ganze letzte Nacht hindurch hatte sein Stöhnen die Werkshalle erfüllt, er schwitzte stark und war am Morgen fast verrückt vor Durst. Osama wollte ihn schonen, doch Albert ließ nicht locker.

»Sie greifen das Fest an«, sagte er schließlich. »Schon letztes

Jahr haben sie Bomben gelegt und einen hohen Würdenträger erschossen.«

»Was hat das mit uns zu tun?«

»Woher soll ich das wissen?«

»Du musst Beachking mehr fragen. Er ist noch sehr jung.«

»Aber er hat Angst. Immer wenn ich ihn anspreche, zieht er wie ein Vogel den Kopf ein.«

Gegen Abend hörten sie von der Straße her die Predigt, die Wände der Werkstatt hallten wider vom Gemurmel der Betenden. Albert überkam nackte Angst bei diesen Geräuschen. Er kroch in eine Ecke des Raumes und krümmte sich nahe der Wand zusammen. Osama konnte es nicht sehen, doch wusste er, was der andere tat. Obwohl in einem Raum, waren sie beide schweigsam geworden. Die zählbaren Stunden lasteten auf ihnen, Zeit, die in ihrem Schwinden immer schwerer wog.

»Es geht mir nicht gut«, sagte Albert.

»Ich weiß«, erwiderte Osama.

Albert keuchte und wieder entrang sich seiner Kehle ein Winseln. Osama war sicher, er kämpfte etwas in sich nieder.

»Wie endete euer gemeinsamer Raubzug damals?«, grunzte Albert. »Wart ihr ein gutes Team, du und dieser Emir hier?«

»Es ging schlecht aus.«

»Für ihn oder für dich?«

»Für uns beide, aber ich hatte mehr Glück«, sagte Osama und beschloss im gleichen Moment, das Gespräch in eine andere Richtung zu lenken. »Erzähl mir mehr von deiner Schwester.«

»Was willst du noch wissen? Das ging auch nicht gut aus.«

»Warum? Sie ist doch bestimmt eine kluge Frau.«

»Das ist sie, ja. Aber woher willst du das wissen?«

»Ich kenne dich.«

Albert warf sich herum, kicherte entweder oder hüstelte und begann mit brüchiger Stimme, eine Geschichte zu erzählen, der

Osama nur mit Mühe folgen konnte. Albert war das egal, er sprach, seine Worte aber konnten den Gedanken kaum folgen, blieben zurück, schlossen wieder auf, während ihn die Erinnerungen von dem Raum, in dem er lag, befreiten.

Sein Vater wäre nicht der Geschichtenerzähler gewesen, hätte er nicht auch von kleineren Reisen Spannendes zu berichten gewusst. Als er vom thüringischen Schlachtberg zurückkam, war er für einige Tage von der Kunst beseelt.

Er hatte dort eine Präsentation erlebt, bei der einer ausgewählten Schar von Journalisten und Funktionären nicht weniger als eines der größten Leinwandgemälde überhaupt gezeigt worden war. Ein Werk von Weltgeltung, wie Alberts Vater betonte. Im Beisein des Meisters hatte der Geschichtenerzähler das gewaltige Rundbild betrachtet, versank tief in jene Epoche der anbrechenden Neuzeit, die das Bild mit Hunderten Figuren, fantastischen Landschaften in Dutzenden Episoden darstellte. Am historischen Ort ließ der Maler Thomas Müntzer künstlerisch auferstehen und inmitten seines verlorenen Bauernheeres prachtvoll unter einem Regenbogen scheitern.

»Man kann die Utopie malen«, sagte der Geschichtenerzähler. »Ich habe es nicht gewusst, aber ihm ist es gelungen.«

Albert betrachtete auf dem Teetisch liegende Kunstdrucke, die sein Vater mitgebracht hatte. Sie entstammten einer hübschen, nur diesem Riesengemälde gewidmeten Mappe.

»Das ist so etwas wie Programmkunst«, sagte Albert. »Ein ziemliches Gewimmel.«

»Nur weil du ein wenig zeichnen kannst, bist du noch längst nicht fähig, das zu beurteilen. Er malt kein Programm. Es sind lauter Fantasiegestalten darin, verrückte Einfälle, Grausiges und Schönes. Er macht die Geschichte lebendig, aber er malt nicht nur alte Figuren ab.«

»Aber es sieht doch sehr nach einem Programm aus, das er abgearbeitet hat.«

Albert gab sich große Mühe, ernst und besonnen zu wirken, andernfalls hätte er seinen Vater wütend gemacht.

»Ja, er ist ein systematischer Arbeiter. Er hat uns erzählt, wie viele zeitgenössische Stiche und Schriften er herangezogen hat. Er ist keiner, der sich im Schritt kratzt, ein bisschen Farbe verteilt und damit meint, etwas Bedeutendes ausgedrückt zu haben. Nein, er nimmt die Sache ernst, stellt eine Verbindung her zur Vergangenheit, zum Erbe. Geschichte muss man sich erarbeiten, erschließen, man muss darüber nachdenken. Für ihn gilt nicht das Motto: Hauptsache hirnlos.«

Albert hätte ihn gern nach der Spontaneität gefragt, nach dem Experiment. Aber er ließ es bleiben, er kannte die Antworten. Hauptsache hirnlos, das galt auch für all die herumlungernden Jugendlichen – und von denen sah sein Vater täglich mehr in der Stadt – in ihren, wie er es nannte, Protestkostümen.

»Das ist eine Leistung. Und wenn sich dieser Staat etwas vorzuwerfen hat, dann, dass er euch jungen Leuten nicht hat beibringen können, sich daran zu orientieren.«

Er lehnte sich behaglich in den Ohrensessel zurück, hob wie im Schöpferstolz das stoppelige Kinn beim Anblick der Kunstdrucke. Vielleicht hatte an jenem Nachmittag für ein paar Stunden der Künstler in ihm die Oberhand gewonnen, hatte der Taumel aus Farben und Figuren etwas in ihm zum Klingen gebracht. Jedenfalls schob er die Hand unter sein bis zum Bauch aufgeknöpftes Hemd und schien zufrieden damit, den Erinnerungen an das Kunsterlebnis nachzuhängen. Doch die Zufriedenheit währte nicht lange.

Wenn sich Albert recht erinnerte, erfuhren sie noch an diesem Nachmittag von Milas Verhaftung. Erstaunlicherweise war es nicht die Polizei, die bei ihnen vorstellig wurde, sondern ein Herr und eine Dame mittleren Alters, beide in Zivil. Möglicherweise aus Rücksicht auf den Parteigenossen behandelte man die Sache diskret.

Alberts Mutter war außer sich, als sie die in leisem Ton vorgetragene Anschuldigung vernahm. Mila hatte sich demnach eines »sexuellen Fehlverhaltens« schuldig gemacht, noch dazu in der Öffentlichkeit. Nachdem er sich das übersetzt hatte und vorstellte, mitten im Wohnzimmer, neben seinen Eltern, hätte Albert beinahe laut aufgelacht. Doch er war zu sehr damit beschäftigt, sich um seine Mutter zu kümmern, die kurz davor war, die Fassung zu verlieren. Vor der Vitrine mit dem wenigen, aber liebevoll präsentierten Meissener Porzellan wurden ihre Knie weich und Albert war aufmerksam genug, sie gerade noch auf den Bauernstuhl der Essecke zu lotsen.

Was man seiner Schwester vorwarf, war letztlich nichts anderes als Prostitution. Alles, was ihr Vater darüber in Erfahrung bringen konnte, war dem Durchschlag eines engzeilig getippten Berichtes zu entnehmen, den er bei sich trug, als er ohne Mila vom Polizeirevier zurückkam. Nur Alberts Mutter durfte ihn lesen. Danach zitierte sein Vater passagenweise daraus, wenn sich das elterliche Entsetzen Luft machen musste.

Das Geschehen setzte sich für Albert allmählich zusammen. Mila war von einem Volkspolizisten daran gehindert worden, aus, so hieß es, einer Schar jugendlicher Gammler heraus einen Diebstahl zu begehen. Das allerdings war noch nicht geklärt, da sie es hartnäckig bestritt. Der Beamte führte sie ab und verhielt sich dem Bericht zufolge vollkommen korrekt. Sie aber machte ihm unsittliche Angebote und fing auf dem Weg sogar an, ihn zu berühren. In einer Toreinfahrt nahe dem Nöldner Platz und nur unzureichend geschützt vor den Augen der Passanten, so der Bericht, habe sie ihn dann derartig bedrängt, dass er ihr für eine kurze Zeit völlig ausgeliefert gewesen sei. Sie habe, so stand es dort, den Eingriff seiner Diensthose geöffnet und, begleitet von kreisenden Bewegungen des Gesäßes, mit obszönen Verrichtungen begonnen, die heftiger wurden, je höher sie ihre Geldforderung schraubte. Schließlich sei sie mit ihrem Tun sogar erfolgreich gewesen.

»Was meinen die damit?«, konnte Albert sich nicht enthalten zu fragen. »Hat er etwa gezahlt?«

Sein Vater war empört.

»Wieso fragst du so blöd? Das ist nicht zum Lachen. Deine Mutter leidet, siehst du das nicht?«

Seine Mutter schüttelte sich schluchzend, aus der Vitrine drang leises Klirren.

»Das Schlimmste daran«, sagte sie, »ist die Schande. Was sollen die Leute denken? Wir können uns nirgendwo mehr sehen lassen.«

Albert rührte das nicht wirklich, doch versuchte er einzulenken.

»Verrücktsein ist für sie eine Pose, sie spielt das nur…«

»Du verteidigst sie auch noch?«

»Nein, nein«, wiegelte Albert ab und verließ fluchtartig den Raum, denn die Vorstellung jener Toreinfahrt, einer befleckten Vopo-Unterhose und des mageren, kreisenden Hinterns seiner Schwester suchte ihn heim.

»Das hätte ich ihr nicht verziehen«, sagte Osama. »Wie konnte sie so etwas tun, eine Frau, in der Öffentlichkeit…«

»Du redest genau wie mein Vater«, seufzte Albert. »Sie war jung und rebellisch. Wir alle waren so.«

»Ich kann deinen Vater verstehen. Du denkst nur an sie und dich, er aber hatte die Verantwortung. Und was ist mit deiner Mutter?«

»Hör bitte auf damit«, sagte Albert. »Ich habe nicht die Kraft, darüber zu diskutieren. Du solltest Mila besser verstehen, darum habe ich es erzählt.«

Osama lag auf dem Rücken, wischte sich mit dem Ärmel über die Stirn.

»Aber eigentlich willst du sie besser verstehen. Was man von den jungen Leuten im Westen hört, klingt wie Verwahrlosung. Als hätten eure Eltern, eure Gesellschaften irgendwann die Kontrolle über euch verloren. Das nennt ihr Freiheit. Jeder macht den Unsinn, der ihm gerade einfällt, und so werdet ihr alt. Und damit es hier genauso wird, schickt ihr eure Panzer her.«

Den letzten Satz sprach Osama leise aus, doch Albert hatte jedes Wort verstanden.

»Welche Panzer? Wovon redest du? Ich habe dir damals im Büro lang und breit erklärt, wie ich zu der Invasion hier stehe. Außerdem habe ich keine Raubzüge unternommen wie du und dein Freund, der Terrorist. Was haben eigentlich deine Eltern dazu gesagt?«

»Sie wissen bis heute nichts davon.«

»Ach, und das, das ist jetzt…«

Albert verschluckte sich vor Aufregung und hustete ausgiebig.

»Wir halten trotzdem mehr zusammen«, sagte Osama ruhig. »Die Familie ist wichtig und die Nachbarschaft.«

»Seltsam nur, dass ihr kurz vor einem Bürgerkrieg steht«, sagte Albert triumphierend.

Froh darüber, dass der andere hörbar zu Kräften kam, antwortete Osama:

»Du verstehst nicht. Das wird alles von draußen hereingetragen.«

»Niemand zwingt euch, einander die Schädel einzuschlagen.«

»Wir sind nicht unter uns, das hast du in der Hauptstadt sicher bemerkt.«

»Ich kann nicht mehr«, ließ Albert mit schwacher Stimme vernehmen.

»Was ist los?«, fragte Osama besorgt, sah den anderen zitternd und schwitzend vor sich.

Albert antwortete nicht.

»Was geschah mit deiner Schwester? Wurde sie eingesperrt?«

Osama wartete. Einige Zeit herrschte Stille, dann wälzte sich Albert herum.

»Sie hatte damals einen Freund«, begann er. »Er hieß Berthold, ich habe ihn nie recht gemocht, obwohl er irgendwie auch mein Freund war.«

Osama schloss die Augen, während Albert leise erzählte, dass Milas Gammlerfreund Berthold und ihre Mutter die Einzigen waren, die sie regelmäßig besuchten. Sie hatte Glück gehabt, wurde nur als gefährdete Jugendliche eingestuft und verbrachte drei Monate in einem Normalheim.

Der Geschichtenerzähler machte ein verbittertes Gesicht, wenn er seine Frau vor ihren Besuchen verabschiedete. Kam sie zurück, fragte er Allgemeines ab, hielt das Gespräch über seine Tochter kurz. Die Nachbarn erfuhren nichts von der Sache und auch der Großvater wurde mit einer Krankheitsgeschichte abgespeist.

Im Besucherraum begriff Albert, dass seine Schwester eine Maske trug. In ihrer grauen Strickjacke über der weißen Bluse und mit den hochgesteckten Haaren ähnelte sie einer Krankenschwester. Sie habe hier endlich die Gemeinschaft kennengelernt, sagte sie ohne den Anflug eines Lächelns. Es gebe viel Arbeit und wenig Zeit zum Nachdenken, doch das tue ihr gut, versicherte sie, und zeigte Albert ein Grinsen.

»Hast du, was sie sagen, wirklich getan?«

Er bemerkte selbst, dass etwas wie Bewunderung in seiner Frage lag.

»Natürlich nicht. Wofür hältst du mich?«, flüsterte sie empört, grinste jedoch noch immer.

»Ich verstehe dich nicht.«

»Musst du nicht.«

»Und du meinst, du lernst hier etwas?«

Albert blickte sich im Saal um, Bohnerwachsgeruch lag in der Luft, eine breite blaue Linie zierte die grauen Wände rundherum, etwa in Höhe des Halses eines stehenden Menschen. An den Tischen saßen zwei andere Insassen mit ihren Besuchern, man flüsterte und zog die Schultern zusammen. Kein schrecklicher, ein einschüchternder Ort.

»Ja«, sagte Mila, »man lernt etwas über das Kollektiv. Ich liebe das Kollektiv, ich würde so gern daran herumfummeln, aber ich kann es nirgends packen, verstehst du?«

Es war wie ein Anfall, ihre Augen zu Schlitzen verengt, spuckte sie beim Flüstern. Noch nie hatte er sie so gesehen; vorsichtig wich er zurück.

»Brauchst keine Angst zu haben. Die heilen mich schon. Frag mich jetzt aber nicht noch nach dem Essen.«

Irgendwann in dieser Zeit wollte Albert von seinem Vater wissen, ob er Mila noch liebe, wo er sie doch nie erwähnte, geschweige denn besuchte.

»Was sollte ich noch an ihr lieben?«, bekam er zu hören. »Diese hässliche, selbstsüchtige Hungerkrankheit oder ihre Verdorbenheit? Das alles nur, weil ihr die Gemeinschaft hasst. Freiheit ist nur Eigennutz und Selbstverliebtheit, eure ganze dumme Monadenhaftigkeit. Ihr blast euch auf, frisiert und präsentiert euch wie Clowns und glaubt damit etwas getan zu haben. Alles fauler Zauber, bunte Haare bedeuten ebenso wenig wie euer ewiges Gejammer.

Hundertmal habe ich es gesagt: Bedeutendes entsteht nur aus der Begrenzung. Nötig ist wie in der Kunst eine Auseinandersetzung mit dem Stoff, der die Grenzen setzt. Aus diesem Ringen kann etwas Großes entstehen. Und so bildet sich auch der Mensch: Indem er Widerstände, meinetwegen auch eine zu enge Gesellschaft, produktiv – hörst du: produktiv – überwindet. Aber das alles habt ihr längst hinter euch gelassen. Geschichtslos und dumm lauft ihr ins Leere. Gerade deswegen

bleiben euch doch letztlich nur dumpfe Sättigung und Repro-
duktion, begreifst du das nicht?«

Immerhin, dachte Albert damals, er leidet.

Als Mila zurückkehrte, wirkte sie in sich gekehrt und ruhig.
Sie ließ ihre Mutter gewähren und sich behandeln wie eine
leicht reizbare Irre. Sie ertrug auch die Ignoranz ihres Vaters.
Aber in Alberts Augen war sie nicht mehr heimisch im täg-
lichen Leben; sie schaute von außen darauf, als hätte sie das
Haus verlassen.

»Was sie dann auch tatsächlich tat: Sie zog zu Berthold. Und
kurz danach fiel die Berliner Mauer.«

An Berthold gab es Züge, die Albert von Anfang an verachtete. Etwa seine Unfähigkeit, Milas Krankheit zu erkennen.
Ihn schien es nicht zu stören, dass sie ganz allmählich immer
dünner wurde. Schlimmer noch, mutmaßte Albert, es fachte
seine Leidenschaft für sie womöglich an. Einmal erzählte sie
ihm nebenher, dass Berthold in ihrer gemeinsamen Wohnung
an jedem Morgen für sie den Badeofen anheizte, um ihr dann
zuzuschauen. Die Vorstellung widert Albert noch heute an.
Davon jedoch sagte er Osama nichts.

»Wovon hast du in der Zeit gelebt?«, fragte Osama.

Das Gespräch bereitete Albert zusehends Mühe. Das Fieber ließ die Adern an seinen Schläfen pochen. Der Übersetz-
zer meinte es gut mit ihm, das wusste er, doch lieber hätte er
sich still erinnert, wäre in diese Bilder hineingekrochen, um
schließlich darin einzuschlafen.

»Anfangs war es schwierig. Dann gründete Milas Freund
eine kleine Filmproduktion. Er drehte hauptsächlich Image-
filme und lauter kleine Sachen zu jedem erdenklichen Thema.
Ich jobbte bei ihm, und er nannte mich seinen Researcher.
Eigentlich aber träumte ich davon, ein Journalist wie mein
Vater zu werden.«

»Jobbte?«

So nennen wir das, wenn die Arbeit nur für das Geld gemacht wird.«

»Wofür sollte man sie sonst tun?«

Albert dachte nach. Er legte sich die Hand an die Stirn und versuchte es erneut.

»Man unterscheidet das bei uns: Einen Job tut man für Geld, es kann alles sein, vom Tellerwäscher bis zum Gigolo. Meist etwas dazwischen. Dann gibt es noch Berufe. Für die hat man sich entschieden, manche lieben ihren Beruf sogar.«

»Es gibt also gute und schlechte«, fasste Osama zusammen. »War dein Job gut?«

»Es schwankte, hing von der Auftragslage ab. Aber ich war sparsam, nach einer Weile konnte ich mir sogar meine erste weite Reise leisten. Ich habe lange darüber nachgedacht, wohin ich fahren sollte. Fast ein Jahr lang, das ist mein Ernst, habe ich Kataloge durchgeblättert. Meine Mutter hat dann bei einer Gelegenheit davon gesprochen, dass sie immer mal gern nach Argentinien gereist wäre – und da habe ich mich entschieden.«

»Argentinien«, sagte Osama leise.

Albert sah seine Mutter beim Abschied vor sich stehen. Ihre Frisur war in Unordnung, als hätte sie sich die Haare gerauft. Sie weinte. Wenngleich sie durch ihren Mann im Abschiednehmen Übung haben musste, schien es ihr bei ihrem Sohn unendlich schwerzufallen. Schließlich riss sie sich zusammen, straffte die Schultern und hob ihr zartes, noch immer sehr glattes Gesicht. Sie habe, sagte sie ganz unmaterialistisch, vor langer Zeit einmal gelesen, dass die Toten nicht verschwänden, sondern in Wahrheit auf der anderen Seite der Welt lebten. Albert solle Ausschau halten nach ihrer Mutter und ihrem Vater, einfach nach allen, die nicht mehr da seien. Sie lächelte und Albert versprach ihr, aufmerksam zu sein.

Osama brummte nur, als Albert eine Kunstpause einlegte.

»Das ist eine seltsame Idee«, sagte er dann.

»Die Geschichte ist noch nicht zu Ende. Ich habe die Toten gefunden, in gewissem Sinne.«

Albert wartete wieder ein paar Sekunden. Dann erzählte er dem Übersetzer von den Trödelmärkten in Buenos Aires und Montevideo, von den Ständen mit Bergen von Fotoalben, in denen sich Tausende alter, aufgegebener Familienfotos fanden.

Von dem nebligen Tag, an dem er Berthold Lebewohl sagte, erzählte er Osama nicht.

»Du musst schon festhalten können, was du haben willst«, sagte sein Freund damals und registrierte Alberts Schulterzucken. »Hast du solche Schwierigkeiten damit?«

Da stand er, im Jackett, gerade teuer genug, um zu zeigen, dass er darauf achtete, aber nicht so kostspielig, dass es auffiel. Die Schuhe geputzt, das Haar gescheitelt, mit einem Gesichtsausdruck, in dem sich kameradschaftliche Enttäuschung über einen Mitspieler zeigte. Berthold versuchte sportlich zu bleiben, ein sportlich gesinntes, im Berufsalltag ehrlich gewordenes Raubein.

»Du willst mir von deinem Nervenleiden, oder was auch immer das sein soll, erzählen, gut. Liegt das bei euch eigentlich in der Familie?«

Er drehte Albert den Rücken zu und ging bedächtigen Schritts auf das große Fenster zu, als wolle er sich hinausstürzen. Für einen Moment sah Albert das Bild klar vor sich: Berthold, besorgt um seinen Jackettärmel, stemmte sich gegen den Fensterrahmen, um die Beine, etwas behindert von der über den Knien spannenden Anzughose, über die Brüstung zu bekommen. Würde er, fragte sich Albert, noch ein bisschen dort sitzen und die Tiefe betrachten, oder wäre er auch in dieser Situation zielstrebig?

Doch Berthold stand nur vor dem Fenster, eine Silhouette in der Magermilchfarbe des Himmels. Das leise Rauschen der Computerlüfter gab allen Geräuschen von draußen eine Tiefe, die sie nicht verdienten. Albert war kurz feierlich zumute, trotz der sparsam gestalteten, aber kurvenreichen Kunststoff-sitzmöbel und des Geruchs nach Auslegeware.

»Ich verstehe nur, du kannst irgendetwas nicht mehr halten. Deinen Urin oder deinen Stift oder … Was kannst du nicht halten?«

Berthold war noch immer Sportsmann, jetzt aber zermürbt von den Regelverstößen in seiner Umgebung.

»Nichts. Ich kann rein gar nichts mehr halten. Mich nicht, dich nicht – niemand und nichts.«

»Wer sagt das?«

»Ich sage es dir. Was brauchst du noch? Soll ich einen An-fall simulieren?«

Sein Blick veränderte sich, als er begriff, dass Albert es ernst meinte.

»Ich kann das nicht glauben«, sagte Berthold nach einem Räuspern. »Das bringt mich durcheinander.«

Das bringt ihn durcheinander, dachte Albert und fragte sich, ob man bei ihnen beiden eigentlich von Nähe sprechen konnte. Er hätte ihm noch berichten können, dass das anfallartig auf-tretende Zittern ein Hof von Empfindungen umschloss, von denen man nicht sagen konnte, ob sie vorher schon da waren oder nur die Erinnerung an den Anfall begleiteten. Aber er sagte nichts weiter dazu.

Immerhin hatte er sich ihm erklärt, anders als Mila, die ohne ein Wort verschwunden war. Berthold hatte nicht lange nach ihr gefragt und sah nun auch ihren Bruder zurückbleiben hin-ter sich, der mit aller Kraft und gegen alle Widrigkeiten des goldenen Westens etwas aus sich zu machen bemüht war.

»Ich kann dich leiden«, sagte er, »wirklich, du weißt das auch.«

In Alberts Ohren hörte es sich nach Casting an, aber er nickte.

234

»Was tust du jetzt?«

»Ich weiß es noch nicht ganz genau. Aber es zieht mich in die Ferne.«

Berthold hatte sich umgewandt und lächelte. Er kam auf Albert zu, und der bevorstehende Abschied ließ ihn wiederholen, dass er ihn leiden könne, während Albert ihn in den Nebel vor dem Fenster stürzen und trotzdem deutlich seine Hosenbeine im Wind flattern sah.

Beachking holte sie ab, er war unbewaffnet und sein Kindergesicht strahlte vor Stolz. Albert hätte ihn für betrunken gehalten, doch als der Lärm von der Straße in die Werkstatt drang, wurde ihm klar, dass jeder an diesem Ort gehobener Stimmung war. Beachking führte sie vorbei an eifrig diskutierenden Gruppen von Männern, alle waren sie bewaffnet, viele tranken Tee, den ihnen verwahrlost aussehende Jungen auf Plastiktabletts servierten. Die meisten trugen zerschlissene Kleidung, Armeehosen, Hemden und über den Schultern Tücher gegen den Sand. Fast alle hatten Sandalen an den Füßen.

Der Junge blieb am Straßenrand stehen, schien seinen Auftrag vergessen zu haben. Osama und Albert postierten sich hinter ihm und beobachteten wie Beachking das Treiben. Auf Geheiß eines der weiß gekleideten älteren Männer bildeten die Brüder Gruppen. Es dauerte seine Zeit, bis sie damit fertig waren, es gab Diskussionen, Einzelne wechselten noch in letzter Minute. Alle stellten ihre Teetassen ab, wo sie gerade standen, und die Jungen wirbelten umher, um sie unauffällig einzusammeln. Die Gruppen setzten sich in Bewegung, entfernten sich, kamen zurück und umkreisten einander, als folgten sie einer geheimen Choreografie. Die Männer sprachen abwechselnd, und Albert konnte sehen, wie in jeder Gruppe einer das Wort weitergab.

»Was tun sie da?«, flüsterte er.

»Sie rezitieren den Koran«, erwiderte Osama. »Jede Gruppe hat ein anderes Niveau. Da hinten gehen die Besten.«

Albert sah die Gruppe um einen beleibten älteren Mann, der mit dem Finger auf die Brüder wies, als würde er einen Chor leiten. Und tatsächlich klangen ihre Rezitationen wie Gesänge.

»Seltsame Peripatetiker«, murmelte Albert, doch Osama verstand ihn nicht.

Beachking ging weiter, und die Entführten taumelten dem Jungen nach, als wäre er ihre Rettung. Hin und wieder fiel Osama eine leuchtend weiß gekleidete Gestalt auf, aber nirgends sah er Abdul. Beachking führte sie über die Straße in eine der Nebengassen. Ohne sich umzublicken eilte er voran. Osama schaute in alle offenen Türen und zerbrochenen Fenster; die Häuser waren sämtlich verlassen, Unrat, Lumpen und Überreste von Möbeln füllten die Räume. Was außer ihnen in dieser Gasse lebte, waren die Tauben auf den Dächern.

Weit oben blieb der Junge stehen. Der Lärm der Versammlung war hier kaum noch zu hören. Als Osama und Albert bei ihm waren, blickten sie zu dritt durch eine offen stehende Flügeltür in etwas, das Albert im ersten Moment für ein Gefängnis hielt. Auf dem Boden des großen Raumes hockten und lagen halb nackte Gestalten, viele notdürftig mit schmutzigen Tüchern verhüllt. Es stank erbärmlich aus diesem Verlies. Das gab Albert den Rest, er ging in die Knie und musste sich abwenden.

Osama bemerkte, dass einige dieser Leute aufmerksam zu ihnen herausschauten, während andere, an Händen und Füßen gefesselt, apathisch wirkten. Er fragte den Jungen danach.

»Das sind die Irren«, übersetzte er für Albert. »Die hat man hier zurückgelassen.«

»Was geschieht mit ihnen?«

Osama fragte und Beachking gab bereitwillig Auskunft, blickte dabei amüsiert auf Albert herab.

»Sie werden versorgt, jeden Tag macht jemand sauber und Essen und Trinken bekommen sie auch. Es sind keine Feinde.«

Albert erhob sich, torkelte durch die Flügeltür in den Raum und blickte sich um. Die dunklen Wände waren ringsum mit rötlichen Ornamenten verziert, an der Stirnseite gab es sogar ein in den Boden eingelassenes, wassergefülltes Becken.

»Es ist für alles gesorgt«, sagte Albert und atmete den Gestank tief ein. »Meine Freunde, euch geht es besser als uns.«

Osama zog ihn auf die Straße heraus. Beachking war schon wieder unterwegs, diesmal blieb er vor einem niedrigen, wie allmählich in den Boden gesunkenen Gebäude stehen, das Osama sofort als Hamam erkannte. Der Junge öffnete eine uralte Holztür und geleitete die Entführten wie ein Reiseführer in den Raum.

»Nur weil der Emir dich kennt«, sagte er.

Vor ihnen öffneten sich die Gewölbe eines Bades. Beachking führte sie durch Dampfschwaden zu einem der steinernen Becken und zeigte darauf.

»Wascht euch«, sagte er zu Osama.

Albert, dem der Dampf den Atem nahm, konnte kaum glauben, was hier geschah. Ein Dutzend Kämpfer saßen in den Schwaden und betrachteten sie wie ungebetene Gäste. Dennoch empfand er das Bad als Wohltat, nachdem er zitternd in das handwarme Wasser gestiegen war. Um ihn breitete sich eine Schmutzwolke aus, er hörte den Jungen über sich kichern und schloss die Augen.

»Ich hoffe, wir bekommen noch eine Massage«, flüsterte Osama, »in jedem Fall ist das hier aber eine Vorzugsbehandlung.«

»Bin schon dabei, es zu genießen«, antwortete Albert.

Er öffnete die Augen, blickte in das Gewölbe hinauf, und Tränen liefen ihm über die Wangen. Ich muss nach Hause, dachte er, bald, sehr bald. Der Augenblick des Wohlbefindens machte ihn schwindeln. Plötzlich hockte der Junge über ihm.

»Warum weint er?«, fragte er.

»Er ist schwach«, erwiderte Osama. »Es geht ihm nicht gut.«

»Mag er unsere Gastfreundschaft nicht?«

Osama war erstaunt über seinen Sarkasmus.

»Doch«, sagte er hilflos, »es dauert nur zu lange.«

Beachking erhob sich langsam, straffte wie ein Soldat seine Haltung und wies mit dem Finger auf Osama.

»Du solltest weinen«, stieß er hervor.

Durch die Dampfschwaden hindurch blickte der Übersetzer in das versteinerte Kindergesicht und hatte Mühe, die kalte Furcht zu kontrollieren, die in ihm aufstieg. Augenblicklich war ihm klar, dass dies nicht mit dem Übermut eines Kindes ausgesprochen worden war. Er senkte den Blick, wischte sich mit den nassen Händen übers Gesicht und schwieg.

Albert ließ sich langsam ins Wasser hinabgleiten, tauchte unter und wieder auf und war hartnäckig bemüht, seine Haare und seinen Bart zu reinigen. Beides fühlte sich wie Filz an und wollte einfach nicht nass werden.

Osama rieb sich das Wasser aus den Augen und schob sich langsam die glatte Beckenwand hinauf, rutschte immer wieder ab und glitt zurück, saß schließlich auf der Beckenkante und griff nach seinen harten, schmutzstarrenden Kleidern. Unter dem argwöhnischen Blick des Jungen legte er das Badetuch ab und zog sich an. Durch den Dunst wankte er in Richtung Ausgang, vor dem sich die erleuchteten Dampfwolken wie Kissen türmten.

»Bleib stehen!«, rief der Junge ihm nach.

Albert beobachtete, wie sich sein Gesicht verzog, Unsicherheit und Zorn beherrschten ihn gleichermaßen. Die Männer im Hamam rafften ihre Tücher zusammen, einige erhoben sich und alle schauten auf den Übersetzer, der unbeirrt auf das

Licht zuging, sich nicht umblickte, nur mit den Armen ruderte, als ihn inmitten des Dampfes das Tageslicht blendete. Beachking setzte sich in Bewegung.

»Komm her«, hörte ihn Osama noch rufen, bevor er auf die verlassene Gasse hinaustrat, sich nach rechts wandte und losrannte, fort von der feuchten Hitze im Bad und vom Lärm der Versammlung.

Beachkings Stimme überschlug sich. Er lief hinaus, Albert sah ihn in dem winzigen, höhlenartigen Vorraum unschlüssig verweilen. Er drehte sich um sich selbst, dann griff er nach einem der an die Wand gelehnten Gewehre. Die aufgeschreckten Kämpfer sprangen herbei, hielten ihn fest und zogen ihn ins Bad zurück. Sie hoben ihn empor, lachten ihn aus und warfen ihn in eines der Becken.

Verzweifelt schlug Beachking um sich, tauchte prustend aus dem Wasser, strampelte wie ein Hund zum Beckenrand und stieg heraus. Sein Gesicht war entstellt von ohnmächtiger Wut, nicht zu unterscheiden, was Wasser, Schweiß oder Tränen waren.

Vielstimmiges Gelächter hallte durch das Gewölbe, kurz hielt sich der Junge die Ohren zu. Endlich wandte er sich um und kam mit großen Schritten auf Albert zu, der noch immer mit seinen verklumpten Barthaaren beschäftigt war. Zu spät sah er das zornrote Gesicht des Jungen. Er konnte gerade noch ein kleines Stück zurückweichen, bevor ihn dessen Fußtritt an der Schläfe traf, seinen Kopf gegen die Beckenwand prallen und ihn untergehen ließ. Wieder wurde Beachking von den lachenden Männern festgehalten und zurückgezogen. Einer kniete sich an das Becken, griff nach Alberts dürrem Arm und zog ihn herauf.

Das Letzte, was Albert wahrnahm, war der Junge, der sein Badetuch verloren hatte. Nackt schwebte er der Länge nach im halbdunklen Raum, den offenen Mund zur Decke gerichtet.

Ihn hielten die Arme jener, in deren Augen er als Wächter versagt hatte; ein Umstand, der ihm sichtbar Schmerzen bereitete.

Osama glaubte aus einem Magen heraufgewürgt und ans Licht gespien worden zu sein. Er wusste, dass er nicht entkommen konnte, der bloße Gedanke an das Bevorstehende trieb ihn voran. Was immer sie mit ihm vorhatten, er ahnte, nichts würde mehr sein wie zuvor.

Vor allem wollte er allein sein, einmal noch an all das denken, was er zu verlieren im Begriff war, einmal noch diesen ziellos umherirrenden Wind spüren. Anders als bei den Ausflügen in die Berge, die er als Kind mit seiner Familie unternommen hatte, fühlte sich der Wind hier wie ein gewaltiger heißer Atem an.

In kurz aufleuchtenden Bildern erinnerte er sich seltsamerweise erst jetzt an die gelegentlichen Erzählungen seiner Mutter von jenem Land, in dem der melancholische Deutsche aufgewachsen war, einem Land, das sie als zwar kalt, aber sauber und fortschrittlich beschrieb, während er dort immer nur nachts oder an Regentagen unterwegs gewesen zu sein schien. Für einen Moment suchten Osamas wirre Gedanken nach einer Verbindung zwischen diesen Welten, doch nur das Bild jener uralten Ifa-Laster tauchte vor ihm auf. Er hatte Jahre verbracht als Fahrer für Firmen und Behörden, hatte Lkw und Limousinen gefahren, Taxis und sogar Motorräder. Aber nur einmal war ihm ein solch ostdeutscher Laster untergekommen, ein hässliches, plattnasiges Gefährt, von dessen Motorenlärm er fast taub wurde.

Sinnlos, noch länger zu versuchen, sich die grauen Straßen vorzustellen, von denen Albert erzählt hatte, sinnlos, nach einer Verbindung zu suchen, jetzt, da er in den Trümmern einer zerstörten Stadt herumirrte, voller Furcht, dies könnten seine letzten Schritte in Freiheit sein.

Er hatte die Gasse hinter sich gelassen und lief in ein von Zementschutt und Betonsplittern übersätes Feld, auf dem sich auch Hügel frischer Abfälle erhoben. Verwesungsgeruch lag in der Luft. Ein paar Hundert Meter entfernt machte er bereits Posten aus, die sich langsam in seine Richtung zu bewegen begannen.

Gehetzt blickte er um sich, sah auf einer Seite zerstörte Häuserreihen wie eine Küstenlinie, als hätte ein göttlicher Schwerthieb dort einen Stadtrand geschaffen. Auf der anderen Seite erkannte er die Überreste des Lunaparks; das aus seiner Verankerung gerissene, schief stehende Pferdekarussell und wie eine lange, bizarr verbogene Leiter die Gleise der Achterbahn.

Spontan wechselte er die Richtung und rannte zwischen zwei Abfallbergen hindurch auf die Achterbahn zu. Spät bemerkte er die drei Arbeiter, die bis zu den Oberkörpern in einem Graben standen. Auf ihre Schaufeln gestützt, blickten sie ihm entgegen, der mit offenem Hemd, schweißnass und außer Atem zu ihnen kam und sich vor dem Graben auf die Knie fallen ließ.

»Was tut ihr hier?«, fragte er.

Dabei schaute er über sie hinweg in die unerreichbare Ebene außerhalb der Stadt, wo gerade noch der glatte Buckel einer Landstraße erkennbar war.

Die drei Männer kratzten sich gleichzeitig die Bärte. Das Auftauchen der seltsamen Gestalt verschaffte ihnen eine willkommene Pause. Es sei ein Tigergraben, erfuhr Osama. Die Männer sahen nicht wie Angehörige der Bruderschaft aus, eher wie Bauern aus der Umgegend.

»Gegen Tiger?«, fragte Osama.

Gegen Schildkröten, erwiderten die Männer. Die Posten hatten den größten Teil des Weges zurückgelegt, und auch hinter Osama erhoben sich Geräusche. Die Arbeiter registrierten es gelassen. Schildkröten, das seien kleine Gefährte, die schwarzen Spielzeugautos ähnelten. Die Amerikaner schickten sie ihren Truppen voraus, manchmal trügen sie nur Kameras, es habe aber auch schon welche mit aufmontierten Maschinengewehren gegeben. In den Graben würden sie einfach hineinfallen und seien trotz all der eingebauten Technik zu dumm, um wieder herauszukommen.

Osama genoss sein letztes Gespräch in Freiheit. Kurz dachte er daran, sich vielleicht als ein solcher Arbeiter bei den Brüdern zu verdingen, wenn sie mit ihm fertig wären.

»So dumm können die Schildkröten der Amerikaner nicht sein«, sagte er leichthin.

Doch, versicherten ihm die Männer, der Graben müsse nur eine ganz bestimmte Tiefe haben; sie hätten das ausgemessen, und es habe sich bewährt.

Der Schlag traf Osama von hinten und war so heftig, dass er sofort das Bewusstsein verlor.

Albert war noch benommen, als er den neuen Raum um sich wahrnahm. Für einen Moment glaubte er, noch im Hamam zu sein, Gewölbepfeiler und ledrige Wände – alles war da, nur das Wasser fehlte. Schmerzhaft wurde ihm bewusst, dass seine Hände wieder gefesselt waren. Der Gedanke an Osamas Flucht störte ihn auf. Wenn der Übersetzer so etwas tat, dann gab es für sie keine Hoffnung mehr. Durch sein Fantasieren, sein Zittern und Fiebern, durch all das hindurch, was ihn in den letzten Tagen abgelenkt hatte, fühlte er die Angst vor dem Ende.

Als überraschend beständig erwies sich sein Selbstmitleid. Noch immer peinigte ihn der Gedanke an sein, wie er es nun empfand, unerfülltes bisheriges Leben. Kurz weinte er, doch dann lenkte ihn dumpfes Hämmern ab, das alltägliche Geräusch munterte ihn sogar auf.

Es hallte durch den hohen Raum. Mühsam ging Albert aus

dem Schneidersitz auf alle viere, dann auf die Knie und erhob sich schließlich. Er stand vor einem blinden Fenster, das zu einer Fabrik hätte gehören können, wären da nicht die hübsch verzierten Fenstergriffe gewesen.

Er wandte sich um und folgte dem Geräusch. Fremdartiger Geruch drang aus einem schmalen Korridor. Weiter hinten fiel das Tageslicht herein. Albert ging vorsichtig darauf zu, bis er den Wanddurchbruch erkennen konnte. Die vermutlich mit einem Vorschlaghammer geschaffene Öffnung war von der anderen Seite her vergittert und gerade groß genug, um einen erwachsenen Mann hindurchzulassen. Er kroch vor das Loch und lugte an der Bruchkante vorbei hinaus.

Er erkannte die Werkstatthalle wieder, in der er Tage und Nächte mit Osama verbracht hatte. Jetzt aber stand in der Mitte, durch Auffahrrampen erhöht, ein Toyota Crown Super Saloon, weiß mit orangefarbenen Kotflügeln vorn und hinten, die Taxilackierung hierzulande. Mindestens fünf Männer machten sich an dem Wagen zu schaffen, Türen, Kühlerhaube und Kofferraumklappe standen offen, es sah aus, als inspizierten sie gründlich jeden Bereich.

Das Tor war geöffnet. Albert erkannte Vintage Diesel, Hussein und drei andere, die Benzinfässer in den Raum rollten und entlang der Wand in einer Reihe aufstellten. Auf der gegenüberliegenden Seite stapelten sich Plastiksäcke meterhoch. Die Arbeit ging ruhig und konzentriert vonstatten, nur selten wurde ein Wort gesprochen. Jeder schien genau zu wissen, was zu tun war.

Bald war die Rückbank der Limousine ausgebaut, ebenso wie der Boden des geräumigen Kofferraums, nachdem ihn einer der Brüder mit kräftigen Hammerschlägen traktiert hatte. Vorn wurde der Motor auf Funktion getestet. Die Überprüfung war sorgfältig, sogar unter dem Auto. Den Mann auf dem Rollbrett, der sich unter dem Wagen hervorschob, erkannte

Albert als Nike. Er schien der Mechaniker der Gruppe zu sein, gab er doch im Liegen leise Anweisungen, denen jeder bereitwillig folgte.

Albert wechselte die Position, darauf achtend, keinerlei Geräusch zu erzeugen. Er wollte so viel wie möglich vom Vorraum sehen, in dem die Luft seltsam waberte. Einen großen Metallkessel konnte er ausmachen, den sie über einem offenen Feuer erhitzten. Sie wollen alles schön beisammenhaben, dachte er, auch wenn sie damit in die Luft fliegen könnten.

Vintage Diesel und Hussein waren mit den Fässern fertig und begannen nun, Plastiksäcke in den Vorraum zu tragen. Albert entzifferte das Wort »Fertilizer« auf einer der Tüten, kramte in seinem dürftigen englischen Vokabular und kam auf: Dünger. Er zog den Kopf zurück, lehnte sich gegen die Wand und atmete kurz durch.

Er wollte es noch nicht wahrhaben, doch er wusste nun, was sie taten. Stundenlang würden sie den Dünger erhitzen und die Paste, die daraus entstand, mit Diesel vermengen. So jedenfalls hatte es der Museumswächter Adel Osama und ihm erklärt, nachdem sie eines Tages nicht weit entfernt eine gewaltige Explosion gehört hatten: eine Ammoniumnitrat-Bombe. Adel wusste so gut wie alles über die Prozedur der Herstellung, ein Umstand, der Albert erst später beunruhigte und ihn diesen ausgemergelten, im Halbdunkel zwischen den übrig gebliebenen Vitrinen umherschleichenden Mann mit anderen Augen sehen ließ. Einfach und effektiv, wie so vieles hier, hätte Captain Moore gesagt.

Was nun?, fragte er sich. Augenblicklich begann er, nach einem weiteren Wanddurchbruch in seinem Raum zu suchen, hoffend, sie hätten ein Tunnelsystem durch die Gebäude angelegt. Er fand nichts.

Zurück vor dem vergitterten Loch beobachtete er die Brüder noch eine gute Stunde lang dabei, wie sie die vorderen Sitze

der Limousine und sogar die Innenverkleidungen der Wagentüren demontierten.

Am späten Nachmittag beendeten sie die Arbeit, verließen
die Halle und schlossen die Tür zum Vorraum. Albert betrachtete noch eine Weile lang den Wagen, der von außen intakt
wirkte. Der Hunger hatte ihn bereits in die tagtägliche Apa-
thie sinken lassen, eine Mischung aus Müdigkeit und gieriger
Erwartung.

Als er das Geräusch einer Tür vernahm, die er bis jetzt noch
nicht einmal gesehen hatte, sprang er sofort auf. Er schritt
durch den Korridor zurück und stand vor Osama. Der Übersetzer wirkte erschöpft, war aber unverletzt.

»Kein Essen?«, fragte Albert als Erstes.

Osama schüttelte den Kopf und lächelte gezwungen.

»Ich glaube, heute nicht.«

Albert krümmte sich zusammen und schaute zu Boden.

»Was soll das heißen? Wollen die uns jetzt verhungern lassen?«

Osama kauerte sich unter das Fenster, ließ sich gleich darauf
aber zu Boden sinken. Er hatte kaum noch die Kraft, mit dem
Deutschen zu reden, alles, wonach er sich sehnte, war Ruhe.

»Er will uns sehen, zusammen«, sagte er.

»Dein Freund?«, fragte Albert beunruhigt.

»Er ist nicht mehr mein Freund.«

Diese Worte des Übersetzers brachten Albert wieder zur
Vernunft.

»Was haben sie von dir gewollt?«

Osama legte sich den Unterarm über die Augen und
schwieg.

»Sag schon«, flüsterte Albert nach einer Weile.

»Fragen, Fragen. Er ist nicht zufrieden mit meinen Antworten. Und mit deinen wird er es auch nicht sein.«

»Hast du irgendetwas herausbekommen?«

»Was blieb mir übrig, ich habe selbst so viele Fragen wie möglich gestellt.«

»Und?«

Osama ließ sich mit der Antwort Zeit.

»Eine Sache könnte dich interessieren. Du wolltest doch eine Reportage schreiben, oder?«

Es klang gehässig, Albert schnaufte nur und sagte nichts dazu.

»Erinnerst du dich noch an den sogenannten Tag der Rückgabe im Museum?«

»Ja«, sagte Albert.

Er dachte zurück an dieses Ereignis. Die amerikanischen Experten hatten jedem Plünderer, der dem Museum sein Raubgut zurückbrachte, fünfhundert Dollar sofort und in bar versprochen. Albert beschloss, diesen Moment ins Zentrum seiner noch immer nicht begonnenen Reportage zu stellen. Den ganzen Tag über beobachtete er die Vorbereitungen, sah, wie Schwerbewaffnete Säcke voll Bargeld herbeischafften und in den Gewölben des Museums versteckten. Meterlange Holztische wurden vor dem Haupteingang aufgebaut. Darauf sollten die Leute ihr Raubgut zur Begutachtung präsentieren. Soldaten sicherten den Hof, Frau Bakir, Direktor Zulagi und eine große Gruppe auch ehemaliger Angestellter des Museums standen bereit.

Doch als Albert am Morgen des großen Tages die Menschenmenge vor dem Museum erblickte, wusste er, all das würde im Chaos enden. Wie zu einer Demonstration waren Hunderte herbeigeströmt, ein jeder versuchte einen der Holztische zuerst zu erreichen. Die Zahl der zurückgebrachten Artefakte überforderte die Experten und Wissenschaftler, die Soldaten verteilten Geldscheine, als wären es Handzettel. Als die Holztische zusammenzubrechen und die Experten gegen das Eingangstor gequetscht zu werden drohten, wurde zur Warnung in die Luft geschossen. Zornerfüllt wich die Menge zurück,

246

und eine derangierte Frau Bakir musste ein Megaphon benutzen, um den Menschen zu erklären, dass es weitere Abgabetage geben würde. Noch viele Stunden, nachdem sich das Personal zurückgezogen hatte, warteten die Leute auf dem Platz, selbst Tage später tauchten einige auf. Ihre in Tücher gewickelten Schätze trugen sie auf den Armen oder zogen sie auf Holzkarren hinter sich her.

»Das waren die Brüder«, sagte Osama.

Albert verstand nicht recht.

»Abdul sagt, sie haben den Plünderern das Zeug erst abgenommen und sie, nachdem die Bekanntmachung kam, damit wieder zum Museum geschickt. Sie stehlen es und verkaufen es dann den Eigentümern zurück. Ein einfaches Geschäftsmodell.«

»Einfach und effizient«, bemerkte Albert.

Osama stöhnte, als würde ihn der Gedanke schmerzen. Dann wandte er sich zu ihm und sagte:

»Noch zwei Tage.«

Als Albert schwieg, fügte er hinzu:

»Dann ist der große Tag gekommen. Alle reden sie davon.«

»Was geschieht dann?«, fragte Albert, ohne eine Antwort zu erwarten.

»Es endet dann«, gab der Übersetzer zurück.

Vor dem Fenster sammelten sich die Brüder zum Abendgebet. Die Predigt hielt Abdul.

»Es ist Freitag«, flüsterte Osama.

Albert berichtete ihm noch von der Autobombe im Nebenraum, dann hob der Übersetzer die Hand, weil er dem Prediger zuhören wollte.

Zum eigentlichen Gebet der Männer draußen erhob er sich, um es seinerseits zu verrichten.

Albert, der ihm aus fiebrigen Augen dabei zusah, konnte nicht umhin, ihn zu fragen:

»Stehst du noch auf meiner Seite?«

Osama hob gerade die Hände vor die Brust und kniete sich gleich darauf nieder. Außer einem Flüstern vernahm Albert nichts von ihm.

Nike der Mechaniker und der bullige Hussein holten sie ab. Erschöpft wankten die Entführten ihnen nach. Beachking erwartete sie an der eisernen Tür. Der Junge wich ihren Blicken aus. Über eine kurze Steintreppe verließen sie das Haus. Sie passierten die dunkle, von Ruinen gesäumte Straße, bogen in eine Seitengasse ab und gingen bis zu einem kleinen Sportplatz, der sich zwischen den Häusern öffnete. Dies musste einmal eines der besseren Viertel gewesen sein. Die verlassenen Gebäude, kleine, freistehende Villen, mochten Regierungsbeamten oder dem Militär auf unterer Ebene vorbehalten gewesen sein.

In einem dieser Häuser erwartete sie der Emir im Kreise von Vertrauten. Albert zögerte, bevor er den Raum betrat. Mit einer Hand hielt er seine Hose fest, mit der anderen stützte er sich am Türrahmen ab. Er hatte alles andere erwartet als diese Runde bärtiger Männer, die ihre Teegläser im Schoß hielten und ihnen erwartungsvoll entgegenblickten. Beachking stieß Albert so heftig in den Rücken, dass er in den Raum stolperte, wo Osama ihn festhalten musste, damit er nicht über die Anwesenden stürzte. Mit einem Grunzen schickte Abdul den Jungen aus dem Raum, und dieser entfernte sich, stampfend vor Wut.

Auch an diesem Abend trug der Emir eine auffallend weiße Dishdasha. Inmitten der anderen wäre er jedem sofort als Anführer aufgefallen. Sein Blick hatte etwas Listiges, stets kniff er die Augen zusammen, wodurch seine Aufmerksamkeit ungebrochen schien. Er ignorierte den Übersetzer, seinen alten Freund, und konzentrierte sich ganz auf den Deutschen. Mit einer hoheitsvollen Handbewegung forderte er ihn auf, sich auf dem Teppich vor ihm niederzusetzen und so den Kreis der Anwesenden beinahe zu schließen. Osama folgte Alberts Beispiel, platzierte sich jedoch etwas zurückgesetzt, um der Aufmerksamkeit des Emirs weiterhin zu entgehen.

Einige Momente später bemerkte Albert, dass sein Mund offen stand und er noch immer seinen Hosenbund festhielt. Langsam schloss er die Lippen, löste seinen Griff und legte die Hand auf den Oberschenkel. Der Anblick des Emirs bannte ihn. Deutlich fühlte er, dass alles, was er noch erwarten, ja, hoffen konnte, abhängig war von diesem Mann. Nur mit Mühe konnte er den Blick von ihm lösen und wie beiläufig im Raum schweifen lassen. Aus dem Augenwinkel sah er die sorgsam aufgereihten Kalaschnikows an der Wand.

Das unübersehbare schwarze Banner mit den weißen arabischen Schriftzeichen über den Köpfen der Anwesenden schreckte ihn weniger als die Anwesenden selbst. Allesamt waren sie älter als der Emir, aus vierschrötigen Gesichtern starrten sie ihn an, und nichts als kalte Neugier lag in ihren Blicken. Anders als jener Abdul schienen sie nur auf einen Befehl zu warten. Sie hatten ihre Tücher unter das Kinn gezogen und alle grinsten sie, der eine spöttisch, der andere grausam.

Gerade als Lärm vernehmbar wurde, hob der Emir die Hand. Zwei Jungen, die Albert noch nicht gesehen hatte, trugen Speiseschalen und Wassergläser herein und stellten sie vor ihm und Osama ab. Der Emir wandte sich Albert zu, der sofort in die Schale griff, mit den Fingern den klebrigen Reis zusammenrollte und ihn sich in den Mund schob. Er legte drei gekochte Hühnerfüße in der Schale frei. So lange wie möglich ließ er sie am Rand liegen, wagte aber nicht, sie übrig zu lassen. Er warf einen Seitenblick zu Osama, der die krallenbewehrten Fingerchen gerade abnagte, und tat es ihm nach. Der Emir sagte etwas und, noch immer kauend, übersetzte Osama.

»Mit den Händen gegessen schmeckt das Essen besser. Eure Gabeln und Löffel machen es kalt.«

Albert nickte eifrig, legte sich eine der Krallen in den Mund und saugte schmatzend daran. Wenn sie mir zu essen geben, werden sie mich nicht umbringen. Albert genoss diesen Gedanken und schmatzte noch lauter, lächelte den Männern sogar zu. Alles könnten sie tun, stattdessen sitzen sie hier mit mir und reden, das ist gut. Er war erleichtert, für den Moment sicher, das Blatt habe sich gewendet. Das Wasserglas trank er in einem Zug leer, rülpste leise und wartete, bis die Jungen abgeräumt hatten.

Der Emir ließ ihnen Tee bringen und Albert warf ihm dafür einen dankbaren Blick zu. Viel hatte dieser Mann noch nicht gesagt, jetzt aber richtete er sich etwas auf und hob die Hand. Nach wie vor schien er ausschließlich an Albert interessiert zu sein.

»Woher kommst du?«, übersetzte Osama.

Albert erzählte von Berlin, sogar von Ostberlin, so schnell, dass Osama Mühe hatte, ihm zu folgen. Der Emir besprach sich mit seinen Vertrauten. Die Männer hörten ihm aufmerksam zu, gaben kurze Kommentare ab, doch all das wagte Osama nicht zu übersetzen, weil es sie, die Entführten, auf eine Stufe mit den Entführern gestellt hätte.

»Du bist ein Sozialist«, sagte der Emir schließlich.

Albert lachte verlegen und verneinte. Sofort versicherte er, sein Vater sei ein Sozialist, mehr noch, ein Kommunist gewesen, er selber aber habe ihm stets widersprochen, auch wenn er lange Zeit auf der Suche gewesen sei nach etwas, woran er hätte glauben können.

Die Männer schauten ihn besorgt an.

»Der Sozialismus«, sagte der Emir, »war gottlos, schlimmer noch, er war ein Götzenkult. Dem Allmächtigen sei Dank, dass seine Zeit vorbei ist, weil die Löwen des Glaubens ihn besiegt

250

haben. Einer von ihnen, ein wahrer Emir, kam vor vier Jahren aus Westafghanistan in dieses Land. Es war eine mühsame Reise, er musste das Reich der Häretiker, den Iran, durchqueren und wurde dort sogar verhaftet. Doch für einen Mudjahedin, der mit seinen Brüdern den roten Drachen besiegt hatte, bedeuteten diese Hindernisse nichts. Er kam hier an und seine Botschaft für die Glaubensbrüder war einfach: Mesopotamien ist nicht nur besetzt von Feinden aus der Fremde, es ist auch infiziert von den Feinden im Inneren, von all den Häretikern, die als Nächstes nach der Macht greifen werden.«

Zustimmendes Gemurmel erhob sich in der Runde, und auch Albert stimmte vernehmlich zu.

»Und für diese ist das Auto in der Werkstatt bestimmt?«, fragte er vorwitzig.

Der Emir und seine Vertrauten lachten über die Neugier ihres Gefangenen. Albert aber sah deutlich das Bild vor sich, welches er von sich geben wollte, der Versprengte, Suchende wollte er sein, einer von vielen, die nicht das Glück hatten, den wahren Glauben zu finden. Es drängte ihn danach und so ergriff er zum Erstaunen Osamas nochmals das Wort.

Aus einer leeren, entgötterten Welt komme er, so führte er aus, niemand, auch nicht sein Vater, habe ihm je einen Glauben nahegebracht. Albert spürte, dass er immer noch fieberte, und steigerte sich. Vor nicht allzu langer Zeit habe man in einer ostdeutschen Stadt drei abgeschlagene und auf Pfähle gespießte Schweineköpfe des Nachts vor einer Moschee aufgestellt. Am Morgen habe sie der Imam zusammen mit Leuten aus der Nachbarschaft beseitigen und die riesige Blutlache fortwischen müssen. Als Osama dies übersetzt hatte, stöhnten die Männer auf, hoben theatralisch die Hände und legten sie an die Köpfe.

Nachdem sie sich beruhigt hatten, wandte sich einer von ihnen an Albert. Er war nicht nur der älteste in der Runde, sondern auch der furchteinflößendste. Drei große Beulen deformierten seine Stirn, und wenn sich sein Mund in dem dichten Bart öffnete, wurden schwarze Zähne sichtbar.

»Jetzt hast du gute Beziehungen zu den Kreuzfahrern, hören wir«, sagte er, und Osama übersetzte »Kreuzfahrer« als Amerikaner.

Albert lachte wiederum verlegen auf, hob die Hände und verneinte. Bekräftigend schlug er sich gegen die Brust, als er daran erinnerte, Deutscher zu sein, der absolut nichts mit der Invasion dieses Landes zu tun, all das im Gegenteil immer abgelehnt habe und nur gekommen sei, um zu helfen. In das anhaltende Schweigen hinein sprach er weiter, versicherte, doch nur ein verzweifelter Mann aus dem Westen zu sein, der seit Jahren in Einsamkeit lebe, der seinem Vater, einem großen Reisenden, habe nacheifern wollen und zudem noch aus unerfindlichen Gründen begonnen habe, zu zittern, wenn er Schwäche fühle oder Angst oder Fremdheit. Wie zum Beweis streckte er seine Hände vor, doch sie zitterten nicht. Dafür füllten sich seine Augen mit echten Tränen.

»Du bist ein ungläubiger Mensch«, sagte der Emir bedauernd, und Albert sackte in sich zusammen, starrte auf die Hände in seinem Schoß.

So wollen sie mich, so bekommen sie mich, dachte er, welchen Sinn hätte es noch, mich zu töten?

»Die Welt ist voller Ungläubiger«, fügte der Emir hinzu. »In unserem eigenen Land gibt es sie. Sie kommen zu Tausenden. Und schlimmer noch: sie sehen aus wie Muslime, doch sind nichts als Götzenanbeter. Und du bist hier und die Kreuzfahrer. Warum?«

Er sprach laut, Albert hob den Kopf und blickte ihn unsicher an.

»Weißt du, dass ich einmal einen Helm getragen habe, einen Helm ganz aus Gold?«

Abdul blickte Osama an, der mit brüchiger Stimme übersetzte.

»Du trägst ihn noch«, sagte einer der Männer bewundernd, doch der Emir machte eine abfällige Handbewegung.

»Wir reden später davon«, sagte er.

Dann sprach er in Alberts Richtung, ohne den Übersetzer aus den Augen zu lassen:

»Dein Freund hier hat uns erzählt, dass du eine Schwester hast, die deine Geliebte ist. Ist das so?«

Albert wedelte heftig mit den Händen und war sprachlos.

»Wirst du sie heiraten?«, übersetzte Osama die Worte des Mannes mit den schwarzen Zähnen.

Widerspruch regte sich, eine kurze Diskussion entstand.

»Sie dürfen das dort«, behauptete der Mann lautstark. »Sie dürfen Tiere heiraten, Hunde und Schweine.«

Albert schwieg. Der Emir beugte sich nach vorn und stieß sein Knie mit den Fingerspitzen an.

»Obwohl er den großen Namen eines wahrhaften Löwen trägt, bist du überzeugt, dass dein Übersetzer stark im Glauben ist?«

Albert zögerte, presste die Hände aneinander und suchte angestrengt nach der richtigen Antwort.

»Ich habe ihn nur ein einziges Mal beten sehen«, sagte er endlich, fixierte das Gesicht des Emirs und spürte von der Seite Osamas bohrenden Blick. Der Übersetzer sprach die Worte monoton und langsam aus.

Die verbleibenden Nachtstunden über hatte Osama Zeit nachzudenken. Nachdem Abdul die Runde aufgelöst hatte, behielten die Entführer ihn bei sich, während sie den Deutschen zum Werkstattgebäude zurückbrachten. Ein Kellerloch in der Küche der Villa diente ihnen als Verlies. Ohne noch ein weiteres Wort mit ihm zu wechseln, zwangen sie ihn, in diesen ehemaligen Vorratskeller hinabzusteigen, fesselten seine Hände an einen in die Wand geschlagenen Metallring und ließen ihn im Dunkeln zurück.

Osama wollte nichts weniger als nach dessen Verrat an den Deutschen denken. Die Reue über seine Rückkehr, den Verzicht auf die Flucht, über seine Treue zu diesem Mann aus dem Ausland fraß ihn förmlich auf. Sie hatten recht gehabt, alle, die ihm ins Gewissen redeten, hatten recht gehabt. Wie konnte mir das passieren, fragte er sich und schlug dabei den Kopf gegen die Wand. Hass überkam ihn auf die verdammten Ausländer, die an- und abreisten wann sie wollten, jeder von ihnen, ob in Hotelfoyers, im Auto oder, wie dieser Deutsche, bei der Arbeit im Museum, brachte seine Geschichten mit und hielt sie für wichtig genug, um sie wieder und wieder zu erzählen. Das Schlimmste daran war: Die Ausländer selbst konnten diese Geschichten herrlich miteinander teilen, während er, der Einheimische, immer nur zuhören musste.

Er verdammte seinen Ehrgeiz, diese fremde Sprache zu erlernen, nur weil in seiner Familie seit dem Auslandsstudium seiner Mutter der Gedanke herumgeisterte, er würde dieses Land vielleicht doch einmal verlassen und die Sprachkenntnisse dann gebrauchen können. In Wahrheit halfen sie ihm nie, wenn man von jenem Job, wie der Deutsche das genannt hätte, im Museum absah, der ihn soeben ins Verderben führte.

Er konnte nicht anders, musste an Albert denken, es half ihm sogar. Er stellte sich vor, was dieser vorzufinden geglaubt hatte, als er in der Hauptstadt auftauchte und dort herumirrte, wie er erzählt hatte, um sich schließlich an die Leute im Museum zu wenden. Vermutlich kam ihm die Idee zu einer Reportage über die Plünderungen erst beim Anblick des imposanten Museumsgebäudes mit dem großen Einschussloch über dem Eingang.

Dieser Mann war kein Journalist, er war ein trauriger Abenteurer. Das Einzige, was ihn hier auszeichnete, war seine Herkunft. In einem chaotischen Land sind Abgesandte aus friedlichen, geordneten Regionen begehrt. Jeder will in ihrer Nähe sein, Geschichten von dort draußen hören, um ein wenig zu träumen. Aber was wusste dieser Mann schon, der sich kaum auf die Straße wagte, sich stets im Auto herumfahren ließ? Er wusste nichts vom Fahren selbst, nichts davon, was es bedeutete, hier allein unterwegs zu sein.

Dies ist ein Land der Straßen, dachte Osama, und der Deutsche kannte die Straßen nicht. Zum Fahren verließ er sich auf andere, schaute durch die Wagenscheiben hinaus auf Straßen und Marktplätze und schien dabei in eine Art Trance zu geraten. Nie, da war Osama sicher, hatte er darüber nachgedacht, dass ein Auto hier manches sein konnte: ein Fahrzeug, ein Gefängnis, eine Bombe. Die vielen Fahrten, die er unternommen hatte, flossen in Osamas Kopf zu einer einzigen zusammen, einer Tag und Nacht währenden, durch überfüllte Großstadtstraßen und über dunkle Highways führenden Dienstfahrt.

Und immer saß jemand in seinem Rücken, dessen Gesicht er im Rückspiegel mustern, dessen Stimme er hören konnte. Manchmal träumte er davon: Jemand stand hinter ihm, nah genug, um nach ihm zu greifen und doch in sicherem Abstand.

Der größere Teil dieses Landes war flach, man konnte sich nicht verstecken, war immer sichtbar, auch in der Nacht, wenn selbst Polizei und Milizen sich in ihren Postenzelten und Baracken verkrochen. Es gab endlose Kilometer lichtloser Wegstrecken, auf denen er, anstatt leise Musik zu hören, einfach nur betete. Eine nächtliche Straßensperre oder auch ein Schuss aus der Dunkelheit, alles, was ihn zum Stehen bringen konnte, bedeutete vielleicht auch sein Ende.

Einmal sah er nach der Abenddämmerung drei Gestalten am Straßenrand. Sie knieten am Boden hinter ihrem Auto, und

Osama war sicher, sie verrichteten ihr Gebet. Es gab eine alte Dorfmoschee in der Nähe und zwei hellgraue Esel trotteten wie Pilger die Straße entlang. Im Vorbeifahren erkannte er, dass die Gestalten gefesselt waren; ihre Hälse und Hände steckten in Schlingen. Sonst sah er niemanden. Die Nacht hatte begonnen. Er fuhr vorüber, sicher, nie zu erfahren, wer diese Leute waren und was aus ihnen wurde. Erst im Rückspiegel sah er den aus dem Wagenfenster gestreckten Arm und die Hand, deren Zeigefinger auf ihn wies.

Leise, undefinierbare Kratzgeräusche hielten ihn lange in dem Kellerloch wach. Die Erwartung ließ ihn bleischwer werden, kaum konnte er atmen unter diesem Gewicht, seine Gedanken zerstreuten sich, ließen sinnlose kleine Ereignisse aufblitzen und wieder verschwinden, obwohl er sich verzweifelt dazu zwingen wollte, sich eine Strategie für das bevorstehende Gespräch mit Abdul zurechtzulegen. Es wollte ihm einfach nicht gelingen, sich zu konzentrieren, stattdessen fiel er irgendwann in einen Erschöpfungsschlaf, aus dem er immer wieder aufschreckte, überzeugt, keine Sekunde bewusstlos gewesen zu sein.

Am Morgen wurde die Klappe geöffnet. Jemand sprang zu Osama ins Verlies hinab, machte ihn los und zerrte ihn zur Luke. Er richtete sich im Licht auf, wurde gepackt und wie ein Sack Mehl nach oben gezogen. Kurz lag er starr vor Angst auf dem Küchenboden, rappelte sich unter dem Gebrüll der Wächter auf und folgte ihnen in den geräumigen Salon der Villa, in dem es keinerlei Mobiliar gab, sondern nur einen eisernen Haken an der Decke. Am anderen Ende des Raumes, nah beim Fenster, das den Blick freigab auf einen kleinen, verdorrten Garten, saß Abdul am Boden. Mit einem Handzeichen forderte er Osama auf, sich vor ihn zu setzen. Plötzlich stand Beachking dicht neben dem Übersetzer. Der Junge hielt sein Gewehr im Anschlag und starrte ihn aus zusammengekniffenen Augen an.

»Wie heißt du, Junge?«, fragte er ihn leise. Beachking schüttelte nur den Kopf.

Sobald er vor ihm saß, begann Osama Abduls Gesicht zu betrachten. Keine noch so kleine Regung sollte ihm entgehen, alles konnte für ihn von Bedeutung sein. Was dachte sein einstiger Freund, gab es eine Möglichkeit, ihn sich gewogen zu machen? Außer Beachking waren noch zwei andere Männer im Raum, die er nur undeutlich wahrgenommen hatte. Nun standen sie irgendwo hinter ihm und warteten auf einen Befehl, den Osama so lange wie möglich hinauszögern musste.

Fliegen stießen summend gegen die schmutzigen Fensterscheiben, das Licht der aufsteigenden Sonne wurde draußen von einer glänzenden Fläche reflektiert und blendete Osama. Er wandte den Kopf leicht ab.

»Hast du Angst?«, fragte Abdul.

Osama bejahte und ließ ihn nicht aus den Augen.

»Wovor hast du Angst?«

»Vor dir.«

Abdul wischte sich über den Bart, kurz sah es aus, als würde er lächeln.

»Was hat dich nur hierher verschlagen, mein Freund?«, fragte er.

»Du weißt es, du weißt alles«, erwiderte Osama so laut, dass es ihn selbst überraschte.

Er erhielt einen Tritt in den Rücken, und ohne sich umzusehen wusste er, von wem. Sofort hob der Emir die Hand, und es kehrte wieder Ruhe ein. Abdul beugte sich nach vorn und kniff die Augen zusammen, wie um Osamas Gesicht deutlicher sehen zu können.

»Du weißt, was jetzt geschehen wird. Und bist doch so ruhig.«

Osama schluckte trocken.

»Was bleibt mir übrig, mein Freund«, sagte er leise.

Abdul lehnte sich wieder zurück.

»Zweimal war ich dein Freund«, sagte er. »Einmal vor langer Zeit, bis zu einem bestimmten Moment in einer Höhle. Dann war ich es wieder vor Kurzem, bis zu dem Moment in einem Auto.«

Abdul erhob sich und begann langsam um Osama herumzugehen.

»Zweimal hast du mich verraten.«

»Warum zweimal?«, fragte Osama. »Ich habe dich einmal im Stich gelassen und dir ansonsten nie wieder etwas getan.«

Abdul blieb stehen, schaute auf den Übersetzer hinab und überlegte kurz. Er gab seinen Leuten ein Zeichen. Nach wenigen Augenblicken brachte Beachking einen schmutzigen, verschrammten Motorradhelm herbei. Er reichte ihn dem Emir und dieser übergab ihn Osama.

»Beim ersten Mal«, sagte er, »trug ich einen goldenen Helm. Und ich trug ihn die ganze Zeit über. Ich war das Gespött jener Gesellen, bei denen du uns zurückgelassen hast. Oh, sie hatten Spaß an ihrem goldbehelmten Krieger aus alten Zeiten. Ja, setze du nun deinen Helm auf.«

Osama gehorchte, Abdul trat an ihn heran und öffnete das Visier.

»Er scheint gut zu passen. Hörst du mich noch?«

Osama nickte. Dumpf drang die Stimme des anderen zu ihm.

»Aber lassen wir die Vergangenheit ruhen. Ich will etwas anderes von dir wissen: Warum hast du dich nicht von mir retten lassen? Sag es mir.«

»Du weißt es«, flüsterte Osama.

»Nein«, sagte Abdul, »sonst wären wir nicht hier.«

Er gab wieder ein Zeichen, Osama wurde gepackt und auf den Rücken gelegt. Bewegungslos harrte er aus, auch als sie ihm seine zerfetzten Hosen vom Leib rissen und er halb nackt vor ihnen lag. Der Helm schützte ihn nicht, er machte ihn orientierungslos und presste alle Furcht in seinem Kopf zusammen.

Mit einem einfachen Strick fesselten sie seine Fußgelenke aneinander, mit einem weiteren fixierten sie seine Arme am Körper. Es war der Junge, der all das tat und dabei nicht ein einziges Mal in das noch immer offene Visier schaute. Am Ende schleppten sie einen Ballen Plastikfolie heran. Der Geruch verriet Osama, dass die Folie mit Benzin getränkt war. Sie wickelten ihn von den Fußgelenken bis zum Unterleib darin ein. Mehrmals musste er sich am Boden um sich selbst drehen. Osama lag auf dem Bauch, sah unter sich den schmutzigen Steinfußboden und hörte Abduls Stimme in der Nähe seines Kopfes.

»Keine Angst, wir fangen langsam an. Aber, mein Freund, es wird der Augenblick kommen, da lasse ich dich mit einem unserer jüngsten und besten Kämpfer allein. Ich werde ihm ein Feuerzeug geben.«

Eine kurze Pause entstand, in der Osama einnässte; er spürte es unter der Plastikhülle beinahe schmerzhaft. Abdul erhob sich und gab wieder Zeichen, woraufhin Osama aufgehoben und an den eisernen Haken gehängt wurde. Kopfüber pendelte er im Raum, seine Fußgelenke wurden abgeschnürt, sein mit Benzin vermischter Urin rann ihm über den Bauch. Allmählich pendelte er aus, das Blickfeld kam zur Ruhe. Abdul umkreiste ihn unaufhörlich.

»Einen Freund lässt du zurück, für einen fremden Ausländer aber verzichtest du auf Rettung und kommst hierher.«

»Ich konnte nicht allein fliehen«, stieß Osama hervor.

»Aber damals beim Militärdepot, da konntest du es sehr wohl.«

»Das ist lange her. Ich bitte dich, mein Freund ... Wir waren jung damals.«

Hoch über sich sah Osama den Kopf des Emirs, er hatte die Arme vor der Brust verschränkt und das Kinn in die Hand gestützt.

»Überleg doch«, flehte Osama in einem Anfall plötzlicher Zuversicht, »woher hätte ich wissen sollen, wer du heute bist? Ich war vollkommen überrascht, als ich dich hier wiedersah.«

Abdul hockte sich vor ihn und sprach direkt in das Visier:

»In diesem Land gibt es nur wenige Verstecke, eines der besten ist die Maskerade. – Ich glaube dir nicht: Woher wusstest du, wer ich heute bin?«

»Ich wusste es nicht.«

»Warum bist du dann hier?«

»Du weißt es.«

»Nur du weißt es«, stellte Abdul fest und erhob sich.

Sie begannen abwechselnd gegen den Helm zu treten, indem sie um ihn herumgingen. Bei jedem Schlag glaubte er bewusstlos zu werden, doch immer wieder öffnete er die Augen, wenn er auspendelte, sah den inzwischen lichtdurchfluteten Saal, die Fenster und kurz die vertrockneten Pflanzen im Garten vorbeiwirbeln, sah die Hosenbeine von Beachking, dem grobschlächtigen Hussein und zwei anderen, ganz in Schwarz gekleideten Männern, die er nicht kannte. Er kam zur Ruhe und hatte das weiße Gewand des Emirs vor den Augen.

»Ich erzähle dir etwas über Eindringlinge«, sagte Abdul. »Es geht längst nicht mehr nur um die Kreuzfahrer, die Amerikaner und Briten, die hier hereingeströmt sind. Die Eindringlinge in Mesopotamien sind schon viel länger da. Im Norden die verwestlichten Kurden, sie sind eine wahre Plage. Ebenso wie die Turkmenen. Dazu kommen die Ungläubigen, die es noch immer gibt in diesem Land, Christen. Dann all jene, die mit den fremden Mächten zusammenarbeiten, weil sie sich davon schnellen Wohlstand und satten Frieden erhoffen, anstatt das Schwert zu erheben und die Prüfungen des Krieges zu erdulden. Statt sich selbst zu erhöhen, wollen sie nur profitieren von denen, die daherkommen und ihr Land besetzen. Wie die alten zahnlosen Sufiderwische sitzen sie da und jammern. Sie sind Kollaborateure, mein Freund, Leute wie du, die alles tun würden, um ihren selbstsüchtigen Traum vom kleinen Glück zu verwirklichen. Du bist und bleibst ein Verräter. Die gefährlichste Gruppe aber, und zugleich die größte sind die Häretiker, die sich selbst Schiiten nennen. Jene, bei denen ihr vorher wart, und von denen wir euch übernommen haben, weil sie einfach zu dumm waren, etwas mit euch anzufangen. Sie spielen sich als fromme Leute auf und sind in Wahrheit doch nur Ketzer, die das Antlitz des wahren Glaubens verschandeln. Sie haben unsere Religion untergraben und sich zunutze gemacht, haben Moscheen umgewandelt in Husseinijats, Tempel für ihren Götzen, den sie an Ashura anbeten. Sie haben einen Klerus geschaffen, denn der böse Geist der ungläubigen Kreuzfahrer ist in ihnen, verwandelt zwar, aber erkennbar. Sie beten Bilder an und Gesichter. Das sind die Ältesten und Schlimmsten aller Eindringlinge, denn nichts ist gefährlicher als ein falscher Prophet. Du hättest bei ihnen bleiben sollen, denn gerade jetzt beginnen auch sie mit den Besatzern zu kollaborieren.«

»Du hast uns übernommen, wozu?«, presste Osama hervor.

Das gestaute Blut wollte seinen Kopf platzen lassen und der Benzingestank nahm ihm den Atem.

Abdul lockerte seine Arme und Schultern, das Verhör wurde ihm offensichtlich lästig.

»Wir hatten Pläne mit euch. Es sollte schnell gehen. Aber es wurden außer euch ein südkoreanischer Missionar, ein italienischer und ein amerikanischer Söldner entführt. Alle sind sie hier in der Gegend versteckt. Die Verhandlungen laufen gleichzeitig und gehen durcheinander. Für die anderen wird mehr geboten, daher seid ihr wohl als Letzte dran. Es dauert einfach zu lange.«

Osama schloss die Augen.

»Ich überlasse dich jetzt unserem Krieger hier, einem wahren kleinen Löwen«, sagte Abdul. »Versuche ihn zu überzeugen.«

Er machte einen Schritt auf Osama zu und schloss vorsichtig das Helmvisier. Ein Zucken durchlief Osamas Körper, er atmete schwer und presste die Augen zusammen. Und obwohl alles in ihm dagegen rebellierte, gelang es ihm, Herr über seine letzten Gedanken zu werden.

Osama dachte an Randa, daran, wie er ihr langes, dunkles Haar kämmte, was er gern tat, auch wenn es ungewöhnlich war. Er sah es vor sich wie ein schwarzes Tuch, das sich auflöste, wenn er hineingriff. Er sah ihren hellen Scheitel und machte im Geist einen kleinen Schritt rückwärts, um, wie so oft schon, ihren vollkommenen edlen Kopf zu bestaunen, den das Haar im Dämmerlicht wie Öl umfloss. Nicht er, seine Eltern hatten sie für ihn ausgesucht. Lange bevor er sie kennenlernte, lächelte sie bereits von den vielen Fotos herab, die ihre Eltern überall im Haus, vor allem aber im Wohnzimmer gut sichtbar aufgehängt hatten.

Er erinnerte sich an ihre erste gemeinsame Nacht, als sie nach dem Fest endlich allein waren. Schüchtern setzte sie sich an den Rand des Bettes und winkte ihn zu sich. Sie nahm seine Hand, hielt sie fest und sprach und sprach. Sie wollte nicht aufhören. Immer wenn er sich bewegte, umklammerte sie seine Hand nur noch fester. Er setzte sich neben sie und zupfte an ihrem Kleid aus Kunstseide, aber sie hielt nicht inne. Wie nur sollte er diesen Strom von Worten, diese vielen kleinen Geschichten über ihre Eltern, ihre Geschwister, die bereits aus dem Haus waren, ja, sogar über ihre Großeltern unterbrechen?

Ungelenk versuchte er sie zu küssen, ihre Lippen kitzelten die seinen, denn sie sprach ungerührt weiter. Schließlich warf er sie aufs Bett zurück und hielt ihr den Mund zu. Ein wenig war es, als würde er ihr Gewalt antun. Doch sie atmete ruhig unter ihm und schloss die Augen. Von nun an rührte sie sich nicht mehr, half ihm allenfalls hier und da, als er sie vorsichtig auszog. Sie wand sich aus dem Kleid und schob es beiseite, mit ihrem Unterkleid und der Strumpfhose aber ließ sie ihn allein. Osama sah all das zum ersten Mal, wieder zupfte er daran herum, und es erschien ihm empfindlich fein und unnachgiebig zugleich.

Endlich nackt, war Randa das Schönste, was er je gesehen hatte, auch wenn sie ihm nur kurz Gelegenheit gab, sie anzuschauen und sich dann unter der Bettdecke verbarg. Er war verblüfft, dass sich unter all dem Stoff ein solches Wesen verbarg: Seine fünfzehnjährige Braut war eine eben sichtbar gewordene Frau. Zu dem Zeitpunkt kannten sie einander kaum, er küsste sie daher nur auf Unterlippe und Wangen. Sie, die Augen geschlossen, konzentrierte sich ganz auf die Bewegungen seiner Hand auf ihrer Haut. Mal drehte sie den Kopf leicht zur Seite, mal öffnete sie die Lippen, sie atmete schwer, nichts jedoch hätte sie dazu bringen können, ihn anzuschauen. Er erinnerte sich an den feuchten Glanz auf ihrem Kinn und an die dunklen Spitzen ihrer Brüste. Als er sich endlich auf sie legte, fühlte er wieder ihren weichen und warmen Bauch. Es fiel ihm schwer, in sie einzudringen und sie zu entjungfern.

Ein Hahn krähte vor dem Haus und hinter der Zimmertür regte sich etwas. Gleich nachdem es geschehen war, gab es diesen einen Moment, in dem Randa plötzlich die Augen aufschlug, ihn durchdringend anblickte, dann heftig zu sich zog und festhielt wie jemanden, den sie vermisst und soeben wiedergefunden hatte. Ihr Hals und ihr Ohr dufteten, Osama stöhnte auf bei der Erinnerung daran. Was gut war einst, straft dich in der bitteren Zeit, so hatte er es einmal gelesen, und nirgendwo mehr als hier erfüllte sich dieses Wort.

Erstaunt darüber, dass noch immer nichts geschehen war, öffnete Osama die Augen. Durch das zerkratzte Visier sah er niemanden, nur das Sonnenlicht brach sich darin. Er rief den Jungen mehrmals, so laut er konnte:

»Komm her, Junge, es ist wichtig, ich muss dir etwas sagen.«

Er wartete mit hämmerndem Herzschlag, hoffend, ihn nicht gerade dadurch angespornt zu haben. Es dauerte lange, bis das Helmvisier geöffnet wurde und Beachking kopfüber vor Osamas brennenden Augen erschien. Beinahe schüchtern blickte der Junge auf das Feuerzeug in seiner Hand.

Albert verbrachte den Vormittag damit, die Fortschritte bei der Umrüstung der Limousine zu verfolgen. Die sorgfältige Platzierung der in längliche Säcke gefüllten Ammoniumnitrat-Paste war langwierig. Nike der Mechaniker überwachte die Arbeit aufmerksam. Albert konnte sehen, wie das Auto schwerer wurde und niedersackte, als die Brüder auch noch zwei in Decken gewickelte Propangasflaschen darin verstauten.

In den Stunden vor dem vergitterten Loch war er bemüht, den Gedanken an Osama zu unterdrücken. Dennoch schämte er sich für den kleinen Verrat vom Vorabend. Wieder und wieder überzeugte er sich selbst davon, dass diese beiden Männer, der Übersetzer und der Emir, auf eine Weise zusammengehörten, die ihm zu verstehen versagt blieb. Sie waren einmal Freunde gewesen, und ihre Geschichte führte zurück zu vergrabenen Schätzen und Raubüberfällen, zu Treue und Verrat, und all das hatte nichts mit ihm, dem Besucher aus der Fremde, zu tun. Manchmal spürte er sogar die Erleichterung, die darin lag, in einem unbekannten Land allein zu sein. Er war hier niemandem verpflichtet, sondern der gänzlich Verlorene, den er dem Emir und seinen Leuten vorgespielt hatte. Albert rief sich die amüsierten Gesichter der Brüder ins Gedächtnis, entsann sich der mal verblüfften, mal misstrauischen Miene des Emirs, und war sicher, sie alle für sich eingenommen und damit von sich abgelenkt zu haben.

Spät am Vormittag erst kam das Essen. Vintage Diesel blieb neben Albert stehen und wartete. Er drängte zur Eile, schickte ihn sodann aus dem Raum und folgte ihm mit dem Tablett. Albert stieg die Treppe hinunter, blieb an der offenen Eingangstür stehen und blinzelte. Den Geschmack der dünnen, salzigen Brühe noch im Mund, wartete er, ohne sich umzuwenden, auf weitere Anweisungen. Den Abläufen hatte er sich angepasst, und so stand er nur hilflos da, als er begriff, dass Vintage Diesel verschwunden war.

Allein in diesem Korridor, das lichte Rechteck der Türöffnung vor sich, wartete er wie ein Esel auf seinen Hirten. Er rieb die Handgelenke aneinander, inzwischen hatte sich dort eine Hornhautschicht gebildet, sodass er die Fesseln kaum noch spürte. Vogelgezwitscher drang aus den offenen Räumen der Ruinen ringsum. Kurz fühlte er sich leicht, befreit von den Strapazen der letzten Wochen. An diesen Ort gekommen zu sein, dachte er, bedeutet nicht unbedingt, sich verirrt zu haben, ebenso wenig wie bei jemandem, der in ein Flugzeug steigt, welches kurz darauf verunglückt. Es bedeutete nur: verloren gehen, durch das Netz fallen und alsbald vergessen werden. So wie Mila es ihm vorgemacht hatte, als sie damals verschwand.

Albert öffnete die Augen und ahnte, dass er diesen Ort nicht ohne Osama verlassen würde. Er stieß den Hinterkopf gegen die Hauswand. Warum, fragte er sich, da er jetzt schon so ganz unwichtig für sie war, sie ihn unter Umständen laufen lassen würden wie einen Hund, den man nicht länger füttern will. Vergessen zu werden wie in diesem Hauseingang, darin sah er seine einzige Chance, die er gefährdete, wenn er jetzt Probleme machte. Er ließ sich hinabgleiten und blieb an die Wand gelehnt sitzen. Er schaute auf die staubige Straße hinaus. Hier gab es nichts mehr zu tun, die Limousine stand fertig in der Werkstatt.

Von draußen hörte er Rufe, erhob sich und trat vor die Tür. Vintage Diesel winkte ihn energisch zu sich heran wie einen Spielkameraden, auf den er lange hatte warten müssen. Albert verspürte das dringende Bedürfnis nach einem heißen schwarzen Tee und fragte sich, wann sich wohl die nächste Gelegenheit für einen solchen Genuss ergäbe. Nur das beschäftigte ihn, als er durch das bereits heiße Sonnenlicht zu dem jungen Mann hinübertrottete, der an diesem Tag sein T-Shirt gewechselt hatte. Get up! hätten sie ihn von nun an nennen müssen, wären sie noch beisammen gewesen.

Zu viert streiften sie durch die Ruinenlandschaft. Die beiden anderen kannte Albert nicht, betrachtete sie vorsichtig. Sie waren etwas älter als Vintage Diesel und in Schwarz gekleidet. Nur ihre Kopftücher unterschieden sich in den Farben, lange dunkle Bärte ließen wenig von ihren Gesichtern ahnen. Anfangs warfen sie Albert nur kurze Blicke zu. Bei ihrem Anblick befiel ihn Todesangst, und nur das helle Tageslicht und die leeren, von Trümmern übersäten Straßen lenkten ihn davon ab. Seine Hände zitterten, doch er achtete nicht darauf. Er konzentrierte sich ganz auf die ungeheure Stille, durch die sie wie in einer riesigen Halle voranschritten. Vintage Diesel packte Alberts Schulter und riss ihn mit sich, wenn sie in eine der Seitenstraßen abbogen.

Zerklüftet wie Riffe ragten die Ruinen neben ihnen auf. Erneut war Albert erstaunt über die offensichtliche Verlassenheit dieser Häuser; herausgerissene Verschalungsgitter, in denen Betonbrocken hingen, ganze Stockwerke, abgesackt und offen wie die Fächer eines riesenhaften Schrankes, jedweder Hausrat, Eimer, Töpfe, Tücher und sogar Latschen, in einer zur Ruhe gekommenen Lawine aus hellem Schutt. Nahe der Abbruchkanten leuchtete der blaue Vormittagshimmel besonders.

266

Mit jedem Schritt auf das Ende der Straße zu wurden Alberts Beine schwerer. Ihm kam es vor, als würde er barfuß gehen, so zerschlissen waren seine Latschen. Vor ihnen öffnete sich die Landschaft. Fleckige, buschbestandene Hügel, hier und dort ein Geröllbrocken und weiter entfernt die dunkle Sandpiste wie eine Schürfwunde auf den Hügelflanken.

Nach ein paar weiteren Schritten erreichten sie einen frisch ausgehobenen Graben. Die Schwarzgekleideten blieben davor stehen und schauten hinunter. Vintage Diesel wandte sich, so schien es Albert, demonstrativ von ihm ab. Er selbst schaute zurück zu der zerstörten Stadt, über der ein Schwarm schwarzer Vögel kreiste. Albert benetzte mit der Zunge die Hautfetzen auf seiner Unterlippe, kratzte sich den Bart und machte dabei im zweiten Stock der Häuserfront einen Waschtisch und ein Bett aus.

Jetzt ließ er den Gedanken zu, der ihn die ganze Zeit verfolgt, den er aber auf Abstand gehalten hatte: Es konnte nur einen Grund geben, warum ihn drei der Brüder hier hinausführten.

Er bestaunte wieder das Blau dieses Himmels, die in ihn hineinragenden Drahtpeitschen, Pfeiler und Balken erschienen ihm aus der Ferne wie aufgerichtete Ruder. In diesem Augenblick vermisste er nur den Wind. Er hockte sich nieder, griff in den Sand und hob zwei Handvoll davon auf. Eine weite Reise, dachte er, und doch finde ich überall diesen Sand, den ich schon so lange kenne.

Plötzlich hatte er eine deutliche Vorstellung davon, wie es sich anfühlen würde, wenn die Klinge durch die empfindliche Haut in die Adern seines Halses drang. Direkt unterhalb all dessen, was er sehen, denken und erinnern konnte, würde in einem Schwall das Leben aus ihm weichen, würde er noch wahrnehmen, wie sein Kopf sich löste. Wenn sie ihn in die Höhe hielten, wäre er schon leer und jene andere Epoche aus ihm herausgeflossen und ein erstarrtes Gesicht zurückgeblieben wie immer in solchen Fällen.

Er glättete den Sand mit den Handflächen, ritzte sich selbst als Strichfigur hinein, die ihren Kopf unter dem Arm trug. Vintage Diesel sagte etwas zu ihm, aber Albert war das egal, penibel zog er die Linien noch einmal nach. Die Schwarzgekleideten hockten sich zu ihm und blickten mit offenen Mündern auf die Zeichnung. Albert wandte sich an sie und sagte auf Deutsch:

»All den Unsinn in meinem Kopf, den holt ihr jetzt heraus.«

Die beiden Männer blickten verständnislos. Vintage Diesel stieß ihn gegen die Schulter. Albert erhob sich und zertrat seine Sandzeichnung.

»Osama«, sagte er und wiederholte den Namen mehrmals.

Der Mann legte den Kopf schräg und starrte auf seinen Mund, als wolle er von den Lippen lesen, bis er ihn mit beiden Armen vorwärtsstieß.

Sie folgten dem Verlauf des Grabens, der einen weiten Bogen beschrieb, um schließlich an einer noch recht intakten Lagerhalle zu enden, deren Eingangstore offen standen. Dort also, dachte Albert, nicht im Freien. Je näher er dem Tor kam, desto langsamer ging er. Die Furcht würgte ihn: Alle drei Männer waren unbewaffnet, er hätte über Trümmer hinweg fortlaufen, sich irgendwo in dieser Halde verkriechen können. Wohin hätte er besser gepasst? Doch er tat nichts.

Mit den anderen betrat er die Halle. Das Mittagslicht fiel durch das zerstörte Dach, an den Wänden hingen neben anderen Werkzeugen tatsächlich Äxte in verschiedenen Größen. Sie führten ihn in eine Ecke des Raumes und wiesen auf eine hölzerne Kiste. Albert setzte sich darauf, doch sie zogen ihn sofort wieder auf die Beine, öffneten den Deckel und freuten sich beim Anblick der Zimmermannsnägel, mit denen sie bis zum Rand gefüllt war.

Albert half den anderen, die Kiste anzuheben. Schreiend und lachend taumelten sie durch die Halle und mussten die Kiste wieder abstellen, weil sie zu schwer war. Sie alberten herum, verließen den Raum und suchten in der Umgebung nach einer Decke oder Stoffresten, die groß genug waren. Albert stolperte ihnen nach, benommen und befreit zugleich atmete er die stauberfüllte Luft ein, blickte zu den Mauern hinauf. Ihn interessierten die Blumenvasen, die Laufgitter und Kleiderschränke nah an den Bruchkanten. Nackt, wie aufgedeckt, wirkten die Räume, doch trösteten Albert diese Überbleibsel vergangenen Alltags.

Mit der schwindenden Angst wurde er wieder unbedeutend, es war, als schrumpfte er zusammen. Die anderen schafften eine Babydecke und einen Bettbezug herbei. In diesen Stoffsäcken transportierten sie so viele Nägel wie möglich zurück.

In der Werkstatt häuften sie vor der präparierten Limousine einen Berg aus Nägeln auf. Danach wurde Albert von Vintage Diesel wieder in den Raum hinter der vergitterten Öffnung gebracht. Der Mechaniker ließ ihn durch die Tür gehen und sperrte ihn rasch ein.

Albert stand vor einer großen Reisetasche aus Stoff, übersät von schmutzigdunklen Flecken. Sie war verschlossen, und man hatte sie unübersehbar in die Mitte des Raumes gestellt. Keinen Schritt konnte er sich ihr nähern, wich stattdessen an die gegenüberliegende Wand zurück, ließ sich dort niedersinken und starrte auf das große Gebilde mit den zwei Tragriemen, die wie Ohren davon abstanden.

Es musste einmal blau gewesen sein, doch davon war nicht mehr viel zu erkennen. Er hörte die Männer in der Werkstatt reden und winselte leise. Seine Hände begannen heftig zu zittern, aber er konnte den Blick nicht von der Tasche lösen. War das ihre Art von Humor, ihm den Übersetzer so zurückzubringen, fragte er sich. Ganz allmählich, Atemzug für Atemzug fing er sich, blickte mal zu dem blinden Fenster hinauf, dann wieder auf die Tasche. Und je öfter er sie betrachtete, umso leerer fühlte er sich. Es war nichts mehr in ihm, er war allein, mehr noch in diesem Moment als bei jenem Graben draußen, als er überzeugt war, sie würden ihn töten.

Der Tag des Shahid

Das wird ein besonderer Morgen sein, dein letzter, Shahid. Leicht wirst du dich fühlen, alles Feige, alles Geduckte wird von dir abfallen, alles, wozu man dich erzogen hat in diesem Land der Gewalt. Du wirst die Schläge deiner Brüder oder deines Vaters vergessen, die kalte Herablassung der Reichen, die farblosen Flure der Büros und Geheimdienstzentralen, alles, was dieses Reich ausmacht, seine Keller und seine Hochhäuser. Weil du so jung bist, wirst du es abschütteln wie eine Katze das Wasser. Und trotz deiner Trauer wirst du dich leicht fühlen.

Geduldig wirst du deine Waschungen verrichten an diesem Morgen, und dein Gebet wird inbrünstig sein wie nie zuvor. Mit sauberer Haut in sauberer Kleidung wirst du vor deine Brüder treten, aus der Dämmerung ins Licht. Ein Lächeln aus vielen Gesichtern wird dich empfangen zum ersten und zum letzten Mal in deinem Leben. Dein Emir wird dich begrüßen wie einen Gleichen. Das Auto wird für dich bereitstehen wie ein Geschenk, schwer beladen und schmutzig, damit es niemandem auffällt.

Dann wird man dir die schwere Weste anlegen. Mit ausgebreiteten Armen wirst du dastehen und noch immer die Blicke der anderen auf dir spüren. Sie, deine Brüder, werden noch begeisterter sein als du, denn auf sie warten noch Tage auf Erden, während du wortlos mit jedem Blick in die Runde Abschied nimmst von allem, was du kennst. Das ist nicht viel, und doch wird es dir schwerfallen, es wird dir den Atem nehmen, wenn deine Dishdasha über die Sprengstoffweste herabfallen wird und du die Arme sinken lässt.

Wenn du die Wagentür öffnest, werden alle die Gewehre heben, einer wird rufen: »Gott ist groß«, und alle werden einstimmen. »Vernichte die Ungläubigen und die Häretiker«, werden sie rufen, »das Paradies ist dir gewiss, der Ort, an dem wir dich wiedersehen.« Noch immer werden sie lachen – und deine Reise beginnt.

Über die staubige Piste wirst du fahren, an Ruinen und Trümmerhaufen vorbei bis zu dem Highway, auf dem die Häretiker pilgern. Schon von Weitem wirst du sie erkennen, die Straße wird von Menschen bevölkert sein, so weit das Auge reicht. Du wirst anhalten und warten, bis dir all diese Jungen, Alten, Frauen und Kinder eine Gasse freimachen, damit du hindurchkommst und neben dem Menschenstrom herfahren kannst. Geradeaus, immer in Richtung Stadt, so nah wie möglich an ihren Tempel heran, der aussieht wie eine goldene Moschee, aber in Wahrheit ein Haus der Lügen ist. Langsam wirst du fahren, mit offenen Wagenfenstern, wenn ein Kind versehentlich auf deine Fahrbahn gerät, wirst du anhalten, ganz wie es die Ordnung verlangt. Nicken und lächeln wirst du, unauffällig bleiben, ein Taxifahrer auf dem Weg zurück in die Stadt.

Beim Anblick der Frauen wirst du an deine Mutter denken, die nichts von all dem ahnt. Vielleicht wirst du sie um Verzeihung bitten, um dich sogleich zu besinnen, die Aufgabe nicht aus den Augen zu verlieren. Du wirst den Zünder kontrollieren und spüren, wie feucht deine Finger sind. Der Menschenstrom an deiner Seite wird sich ausdünnen, du wirst junge Männer auf große Trommeln schlagen sehen und andere, die ein gewaltiges, mit eisernen Vögeln, Löwen und Symbolen verziertes Metallgestell tragen. Weit werden sie es schleppen, bis in die Hitze des Mittags hinein, schwere Arbeit zur Erinnerung an die Leiden eines anderen, ihres falschen Propheten.

Dann wirst du Häuser sehen und davor Marktstände. Du wirst halten und warten, um dich im Schritttempo in den

Kreisverkehr einzufädeln. Du wirst an den Ort denken, der dir in blumigen Worten versprochen wurde und den du dir dennoch nicht vorstellen kannst. So sehr du es auch versuchst, du wirst nur das Bild eines Gartens im Kopf haben. Und doch wirst du etwas darin erkennen, was du nie hattest: einen sicheren Ort.

Du wirst die monumentale Skulptur in der Mitte des Platzes hinter dir lassen, der überfüllten Hauptstraße folgen, vorbei an Hotels, Fotogeschäften, Teehäusern und Schneidereien. Eine Patrouille der Amerikaner wirst du zu umfahren haben, vorsichtig, in weitem Abstand. Vom gepanzerten Fahrzeug wird ein Soldat Zeichen geben, und du wirst den Anweisungen umsichtig und langsam folgen, im Vorbeifahren Blickkontakt mit ihm suchen und die Hand heben und nicken und lächeln, denn so wollen sie es sehen.

Weiter oben wirst du die Hauptstraße verlassen, auf dem Gehsteig vor der Autowerkstatt halten und bei laufendem Motor ausharren. Das wird der Augenblick für die letzten Instruktionen sein, die du von einem Mann bekommst, der hinter der Glastür zur Werkstatt steht. Er wird nicht herauskommen, sondern auf die Uhr schauen und dir bedeuten, ob du den Motor abstellen kannst oder nicht. Je nachdem, wie lange es dauert, wirst du dich noch umblicken können. Du wirst diese Menge sehen, die sich allmählich vor dir versammelt. Weinende Männer mit grünen Bauchbinden wirst du sehen, die sich die Fäuste an die Köpfe und in die Gesichter schlagen. Blut wirst du sehen, denn Ashura ist der Häretiker barbarisches Fest des Blutes. Vielleicht wirst du auch den Tanz sehen, den die Halbwüchsigen aufführen, in Gruppen, im Gleichschritt. Sich um sich selbst drehend, werden sie ihre aus vielen eisernen Kettchen bestehenden Peitschen schwingen und damit die eigenen nackten Rücken schlagen, bis ihnen das Blut auf die Füße tropft.

275

So viele, wirst du denken, so viele Irregeleitete. Man kann sie nicht zurückholen, wirst du denken, zu tief sitzt der Irrtum, ihre Tränen bezeugen es. Sie sind besessen von Märchenfiguren, vom abgetrennten Kopf ihres Götzen mit dem engelsgleichen Blick, sie zerstören den wahren Glauben an die Macht des Höchsten, mit jedem Schritt, den sie tun. Dieser endlose Zug von Menschen ist auf dem Weg in die Hölle.

Dann wirst du dein Zeichen bekommen, von dem Mann hinter der Glastür. Langsam wirst du losfahren, dich im Schritttempo dem Polizeiposten nähern. Das Haus der Lügen wird noch weit entfernt sein, doch wenn nur ein Splitter es trifft, wird es genügen. Die Polizisten, junge Männer in deinem Alter, werden dir zuwinken. Du wirst wieder lächeln und zurückwinken, Meter für Meter wirst du dich dem Menschenstrom nähern, bis die Polizisten, ihre Gewehre im Anschlag, Halt! rufen. Mit klopfendem Herzen wirst du den Kopf aus der Wagentür strecken und Was ist los? schreien, um im gleichen Augenblick Gas zu geben, hochzuschalten, nochmals Gas zu geben. Deutlich wirst du die harten Hände deiner Mutter sehen und küssen wollen, während nah am Wagen Gesichter auftauchen und Leiber gegen die Windschutzscheibe prallen. Du wirst dich nach der Stille sehnen, doch Schreie und Schüsse hören, bis du den Zünder betätigst und der Blitz dich vor dem Lärm und der rasenden Flucht deiner Herzschläge, vor allem, was folgen wird, und allem, was war, in Sicherheit bringt.

Osama schlug die Augen auf und blickte ins Dunkel. Er hätte nicht zu sagen gewusst, ob er wirklich geträumt oder nur fantasiert hatte. Jetzt erinnerte ihn der Benzingeruch auf seiner Haut an das, was hinter ihm lag. Es war der Name des Jungen, den sie immer nur Beachking genannt hatten, der ihn rettete. Immer wieder hatte er ihn danach gefragt, leise, fordernd, bittend, und lange hatte der Junge gezögert.

Aber irgendwann, wie einer Laune folgend, sagte er: »Kadir«

und blickte dabei herausfordernd auf Osama, der den Namen sofort wiederholte, leise, fordernd, bittend. Mit jeder Nennung seines Namens schien der Junge ein wenig mehr besänftigt. Osama gelang es, ihn in ein Gespräch zu verwickeln, über das Essen, über das, was er hier lernte, Waffenkunde und Gehorsam, und über die vielen unterschiedlichen Feinde, die er zu bekämpfen hatte.

Die ganze Zeit über blickte der Junge auf das Feuerzeug in seiner Hand, bis Osama ihn danach fragte.

»Ich muss es zurückgeben«, sagte Kadir. »Es gehört mir nicht.«

»Du kannst es bestimmt behalten«, beruhigte ihn Osama. »Niemand wird es vermissen.«

»Es gehört mir nicht«, wiederholte Kadir. »Wenn ich stehle, wird Gott kommen und meine Hände verbrennen.«

Osama schwieg. Auch er hatte so etwas in der Koranschule gelernt. Er wartete und bat den Jungen schließlich, ihm den Helm abzunehmen. Kadir tat es überraschend vorsichtig.

Als Osama die Gestalt verkehrt herum und schwankend vor sich sah, musste er an einen Satz des Deutschen denken, den dieser aussprach, als es um die Lösung all der religiösen und ethnischen Konflikte in diesem Land ging: Nehmt ihnen die Kinder weg, dann ist es vorbei. Ein wahrhaft sozialistischer Gedanke, über den Osama lächeln musste. Zu seinem Erstaunen und seiner Erleichterung lächelte Kadir zurück.

Der Emir Abdul war überrascht, dass es Osama gelungen war, den Jungen zu überzeugen. Er wertete es als Gottesurteil.

Die Klappe zur Speisekammer wurde geöffnet und wieder sprang eine Gestalt herab, machte Osama los und wies ihn an, nach oben zu klettern. Ächzend zog er sich in die Küche hinauf und blieb auf dem Boden liegen, weil Arme und Beine ihm den Dienst versagten. Er versuchte sich allmählich zu erheben, ging auf die Knie, hob den Oberkörper, doch musste er sich wieder hinlegen, weil ihn Schwindel erfasste. Er wartete auf das Gebrüll der Entführer, als eine Detonation den Boden des Hauses erzittern ließ. Die verbliebenen Scheiben gingen zu Bruch, irgendwo in der Nähe schien etwas zu zerreißen und ein Zischen erfüllte den Raum. Meter für Meter kroch Osama in Richtung der Tür, die schief in den Angeln hing. Sein einziger Gedanke war, aus diesem Raum herauszukommen, den Sekunden später eine weitere Detonation wie eine Pappschachtel anhob und niederfallen ließ. Im Boden öffneten sich Risse, aus denen heller Staub emporstieg.

Osama erreichte die Tür, zog sich am Rahmen hinaus. Noch immer erwartete er Schreie und Schläge. Er suchte nach den anderen, glaubte, sie hätten sich auf der Veranda im vorderen Teil der Villa verschanzt. Erst als er dort war, begriff er, dass es das Haus nicht mehr gab. Die offene Straße lag vor ihm. Er sprang auf, hielt sich in der Deckung von Schuttbergen, als die nächste Detonation auch die Küche hinter ihm zerstörte. Holzsplitter trafen ihn im Rücken und am Hals, aber der Gedanke an seine mögliche Freiheit trieb ihn voran.

Gebückt rannte er quer über die Straße auf einen der kleinen Sportplätze zu, entschlossen, die leere Villa dahinter zu erreichen, um sich dort zu verstecken. Sekunden später änderte er die Richtung aus Furcht, dort möglicherweise seinen Entführern in die Arme zu laufen. Er kletterte über einen Haufen aus Balken und Ziegelsteinen in die nächstgelegene Ruine, ging durch eine noch intakte Tür in den Raum dahinter und duckte sich unter dem Fenster. Um herauszubekommen, wer woher schoss, musste er die Straße beobachten können. Draußen aber war niemand zu erkennen.

Gehetzt blickte er um sich. Er wollte das Haus nicht verlassen und suchte nach einem Weg in den nächsten Raum. Einem Irrgarten gleich lag das zerstörte Gemäuer vor ihm, immer wieder musste er Hügel erklimmen und sich durch Maueröffnungen zwängen. Dann stand er wieder vor einem Korridor, dessen Tür zur Straße herausgerissen vor ihm lag. Er wagte keinen weiteren Schritt, legte sich auf den Bauch und kroch vorwärts, hielt an der Türöffnung inne, atmete tief durch und schob seinen Kopf hinaus.

Bis zum Essen am Spätnachmittag hatte Albert vor der Reisetasche gesessen. Den Mann, der das Tablett brachte, erkannte er als Hussein, obwohl er diesmal ganz in Schwarz gekleidet und sein Gesicht zur Hälfte verhüllt war. Albert dachte nicht weiter über den Grund dafür nach. Sobald der Mann das Essen vor ihm abgestellt hatte, begann er auf ihn einzureden, wies immer wieder auf die Tasche, forderte ihn auf, sie zu öffnen. Für Albert war es von größter Wichtigkeit, das nicht selbst tun zu müssen, es einem von ihnen, die dafür verantwortlich waren, zu überlassen. Heftig gestikulierend und immerfort redend drang er auf den Mann ein.

Hussein tat einen Schritt zurück und blickte ihn erstaunt an, hob sogar die Hände in einer fragenden Geste. Er wollte sich abwenden und den Raum verlassen, doch Albert schlug mit den flachen Händen auf den Boden, was Hussein veranlasste, zurückzukommen und ihn zu fragen, was er wolle. Da er die Antwort nicht verstehen konnte, blieb ihm nur der Blick zur Tasche, auf die der Fremde wie besessen wies.

Hussein rief durch die Maueröffnung in die Werkstatt, nach und nach versammelten sich vier weitere Männer um Albert, von denen jedoch keiner begriff, was ihn in solche Aufregung versetzte. Um die Sache zu beenden, hastete Nike zu der Tasche hinüber, riss den Reißverschluss auf und zog die Öffnung auseinander. Er warf eine Trainingshose, ein Hemd und Schuhe in Alberts Richtung.

Die Männer lachten, sprachen auf ihn ein und ließen ihn verwirrt zurück. Nachdem er sich erholt hatte, zog sich Albert um. In diesen im Vergleich zu seinen bisherigen Fetzen fast neuen Kleidern fühlte er sich verwandelt, bereit für das Kommende. Selbst die zu großen, ausgetretenen Sportschuhe ohne Schnürsenkel gaben ihm Sicherheit. Er stand wieder auf festen Sohlen, das Gehen würde ihm leichtfallen. Vor allem anderen aber erfüllte ihn leise Zuversicht bei dem Gedanken, dass Osama vermutlich noch lebte.

Albert ging zur Maueröffnung und warf einen Blick auf das Auto. Wie ein Ausstellungsstück stand es dort, am Schluss hatten sie es noch mit Sand beworfen und eine grüne Fahne am Dach befestigt, passend zum Ashura-Fest. Er schritt im Raum auf und ab, doch seine Unruhe wollte sich nicht legen. Er fiel über das kalte Essen her, trank das Wasser, duckte sich unter das blinde Fenster und blickte in den allmählich verblassenden Himmel. Seine Zuversicht verlor sich, durch nichts war bewiesen, dass der Übersetzer noch am Leben war, und vielleicht waren diese neuen Kleider nur sein letztes Gewand.

Am Abend und während der ganzen Nacht hörte er das Geräusch ankommender und abfahrender Autos. Noch immer trug Albert seine neuen Schuhe, strich ab und an mit den Händen über die Jogginghose und versicherte sich selbst, sie hätten ihn für die baldige Entlassung ausstaffiert. Die fertig gerüstete Limousine, die nur kurze Predigt am Abend und der rege Verkehr vor dem Fenster, alles deutete auf das Ende hin.

Er dachte noch einmal an den Emir, der auch ein Prediger war, daran, wie er sich über seine Geschichten amüsiert hatte, über seine Liebe zu Mila, von der ihm nichts als eine E-Mail-Adresse geblieben war. Das konnten diese Männer unmöglich verstehen, in ihren Augen hatte es etwas Anrüchiges. Man kann das Vergehen einer Epoche nicht genug bedauern, dachte Albert, auch wenn es sich in etwas Kleinem und Seltsamem wie dieser Geschichte verkörpert. Diese Leute hier kannten Geschichte nur als Raubgut und Handelsware, sie konservierten nichts, sondern verschacherten es. Globales Fellachentum hatte sein verbitterter Vater das in seinen späteren Jahren einmal genannt, und sah darin eine universale Achtlosigkeit am Werk, die alle Menschen in Touristen verwandelte, in Streuner, wie er sagte, die in jedem Winkel jeder Stadt auf dieser Welt gleich aussahen. Ein Weltproletariat ohne Bestimmung, nannte er es kalt lächelnd, und es betraf ihn persönlich, denn seine, nach dem verunglückten Strandurlaub mit Berthold und Albert, in irgendein neues Leben verschwundene Mila gehörte für ihn längst dazu.

Spät in der Nacht wurde ihm kalt, und erst jetzt kam Albert auf die Idee, noch einmal in die Tasche zu schauen. Er fand eine zweite Garnitur Kleidung, allerdings kein zweites Paar Schuhe. Er zog sich das Hemd über und grübelte, ob man zwei Männer, die man töten wollte, kurz vorher neu einkleidete. Noch immer verfolgte ihn die Erinnerung an jenen Raum, mit der Videokamera und den Bannern an den Wänden, und die Befürchtung, etwas Ähnliches könnten sie für den nächsten Morgen auch hier vorbereitet haben.

Ihn weckte eine Detonation. Albert riss die Augen auf, sah den Raum im Tageslicht, erhob sich und legte die Hände gegen die Wand. Sein erster Gedanke war der an die erhoffte Befreiung, doch sogleich ergriff ihn die Furcht, diese nicht zu überleben. Kurz darauf, eine zweite, weiter entfernte Detonation war zu hören, kam ihm die Limousine in den Sinn, die noch immer in der Halle nebenan stand und auf ihren Einsatz wartete. Albert hastete im Raum umher, bemühte sich, jede weitere Detonation zu orten, hoffend, sie würden sich diesem Gebäude nicht nähern. Er rüttelte vergeblich am Gitter vor der Maueröffnung, und es schien ihm grausam folgerichtig, am Ende, in dem Moment, auf den er so lange gewartet hatte, mit dieser Höllenmaschine allein zu bleiben.

Dann hörte er, dass die Tür geöffnet wurde. Sofort sprang

Albert auf sie zu, riss sie gänzlich auf und drängte hinaus. Nike der Mechaniker zog ihn mit sich, sie rannten die Treppe hinab, warteten vor dem Ausgang kurz ab und sprangen auf die Straße hinaus. Dort, auf dem brüchigen Asphalt, stolperte Albert, weil er einen der Sportschuhe verlor. Der Länge nach stürzte er hin, hörte Rufe von der gegenüberliegenden Straßenseite, suchte nach seinem Schuh und war, noch bevor er ihn gefunden hatte, allein.

In den Sekunden, die Osama wagte, auf die Straße hinauszuschauen, konnte er in den Löchern der Hausfassaden Fahrzeuge ausmachen. Er erkannte die Humvees, einige mit MG-Turm, andere mit aufmontiertem Granatwerfer, und sah sie langsam die parallel verlaufende Straße entlangfahren.

Er bezweifelte, dass die Explosionen von vorhin durch diese Granatwerfer verursacht worden waren. Unwillkürlich blickte er zum Himmel, obwohl er wusste, die Angreifer aus der Luft, ob bemannt oder unbemannt, waren immer unsichtbar.

Instinktiv zog er sich in das Haus zurück, die Gefahr in der Nähe seiner Retter ahnend. In der zerschlissenen Kleidung und mit dem Bart würden ihn jene dort, zumal wenn es Amerikaner sein sollten, für einen Gegner halten.

Er arbeitete sich in weitere Räume vor, öffnete Türen, überstieg Möbelreste und fand im weniger zerstörten Inneren des Hauses Maueröffnungen in den Wänden, gerade groß genug für einen Mann. Er war sicher, einen der quer durch die Ruinen führenden Fluchtwege gefunden zu haben, und folgte diesen Öffnungen bis an das andere Ende des Gebäudes. Vor ihm lag wieder eine Straße, die er vorsichtig in Augenschein nahm. Als er sie leer fand, hastete er ins nächste Haus hinüber. Wieder suchte er nach den Öffnungen in den Wänden. Er stand in einem Schlafzimmer mit Doppelbett und Nachttischen und atmete auf, als er in der freigeräumten Stirnwand das Loch sah.

Sofort kroch er hindurch, stieg über Teetische, Kartons, Flaschen, Sofas und umgestürzte Kleiderschränke.

Er erreichte einen kleinen Innenhof, bestanden mit Orangen- und Feigenbäumen. Hier gab es einen Wasserhahn, an dem er sich erfrischte. Als er das Wasser abgestellt und sich mit dem Ärmel das Gesicht getrocknet hatte, hörte er Schritte hinter sich. In der Stille des Mittags konnte er sogar den Atem des anderen hören. Er verschwand im Haus und suchte nach der nächsten Öffnung, fand sie, zögerte und schlich zurück, um zu sehen, wer ihm folgte.

Es war Kadir, der in den Innenhof trat, das Gewehr vor sich haltend. Unschlüssig stand der Junge da, wandte sich um, schaute zurück in das Haus, aus dem er gekommen war.

Versteckt hinter einem Fenstervorhang beobachtete Osama, wie er sich im Schatten der Bäume niedersetzte und ausruhte. Er weiß nicht, dass ich hier bin, dachte er erleichtert. Zwar hatte ihn der Junge verschont, aber was bedeutete das jetzt noch? Kindlich verzückt blickte Kadir in die dürren Kronen der Bäume hinauf. Leichter Wind erhob sich, der Junge lehnte sich zurück. Und so saß er da, in seinem winzigen Paradiesgarten, umgeben von Trümmern. Er war erschöpft, das schwere Gewehr hatte er außer Reichweite abgelegt.

Osama schlich weiter, fand auch den Weg hinaus aus diesem Haus und erreichte eine Gasse. In kaum hundert Metern Entfernung ragte das glatte, sandfarbene Gemäuer einer uralten Moschee auf, und Osama wusste, dies war der Ort, den er erreichen musste. Der Eingang zur Gasse hin stand offen, ohne zu zögern betrat Osama den Vorraum, ging weiter bis in den leeren Gebetssaal. Vor dem vom Staub grauen Teppich blieb er stehen, ließ den Blick schweifen, von der kleinen Predigtkanzel zu den zerbrochenen schmalen Fenstern.

Er wandte sich ab und suchte die Treppe zum Minarett. Verwundert über die eigene Bedächtigkeit stieg er die ausgetretenen Stufen hinauf bis in die immer enger werdende Spitze des Turms. Weiter werde ich nicht kommen, dachte er, als er oben stand und über die kaum hüfthohe Balustrade auf den verwüsteten Ort hinabblickte. Von dort sah er den zerstörten Vergnügungspark, die Straßen, hörte Motorengeräusche, jedoch keine weiteren Explosionen. Die Luft war klar, der leichte Wind besänftigend.

Er wartete, schaute wie ein Wächter von seinem Aussichtspunkt hinunter, bis er endlich weit oberhalb, am Ende einer der Straßen den Mann in seltsamer Kleidung sah, der mit erhobenen Händen auf eines der Humvees zuging. Er war ganz allein dort unten, alle, außer dem Jungen, schienen sich aus dem Staub gemacht zu haben. Und doch war das nicht sicher. Warum nur geht er so langsam, fragte sich Osama, als fürchtete er seine Rettung? Ich würde laufen, nichts würde mich zurückhalten, dachte er, ließ sich zu Boden sinken und lächelte.

Inhalt

Der Verschlag

5

Osama

43

Die Wüste

81

Flucht

109

Die Ruine

163

Der Emir

203

Der Tag des Shahid

271

Alexis Jenni

Die französische Kunst
des Krieges

Roman

768 Seiten, btb 74770

Vom Krieg im Frieden

Als 1991 der erste Golfkrieg ausbricht, ist er für den jungen
Erzähler von Alexis Jennis beeindruckendem Roman nicht
viel mehr als ein paar harmlose Bilder im Fernsehen – ein
Geschehen, weit weg, das sein Dasein nicht berührt. Bis er eines
Tages in einem Bistro Victor Salagnon kennenlernt, einen Greis,
der als junger Mann in der Résistance gegen die Deutschen
kämpfte und später in Indochina und Algerien in Frankreichs
schmutzigen Kolonialkriegen diente. Salagnon ist ein begnadeter
Tuschezeichner, aber er kennt auch das wahre Gesicht des
Krieges: Er hat noch die Kunst des Tötens gelernt und ausgeübt.
Alexis Jennis monumentaler Roman war die literarische
Sensation des Jahres 2011 – ein Meisterwerk, das den versteckten
Krieg, auf dem unser Frieden beruht, wieder sichtbar macht.

Ausgezeichnet mit dem Prix Goncourt

»In seinem monumentalen Roman holt Alexis Jenni die
Geschichte seiner Nation seit dem Zweiten Weltkrieg in die
Gegenwart hinein.«

Süddeutsche Zeitung

btb